DANIEL DEFOE

Moll Flanders

DANIEL DEFOE

Moll Flanders

ROMAN

Aus dem Englischen von
Joseph Grabisch

Anaconda

Titel der englischen Originalausgabe:
The Fortunes and Misfortunes of the Famous Moll Flanders, &c.
(London 1721).
Der Text folgt der Ausgabe *Die glücklichen und unglücklichen Begebenheiten der vielberufenen Moll Flanders,* München: Georg Müller Verlag 1919. Die Übersetzung wurde von Daniela Unger behutsam modernisiert.

Die Deutsche Nationalbibliothek verzeichnet diese Publikation in der Deutschen Nationalbibliographie; detaillierte bibliographische Daten sind im Internet unter http://dnb.d-nb.de abrufbar.

Umschlagmotiv: Johan Fredrik Eckersberg (1822–1870), »Naked in mirror«, Statens Museum for Kunst, Kopenhagen / De Agostini Picture Library / Bridgeman Images
Umschlaggestaltung: www.katjaholst.de
Satz und Layout: Roland Poferl Print-Design, Köln
Printed in Czech Republic 2016
ISBN 978-3-7306-0412-0
www.anacondaverlag.de
info@anacondaverlag.de

MF

Des Autors Vorrede

Die Welt ist in unseren Tagen überschwemmt mit Romanen und spannenden Begebenheiten, daß es schwer sein wird, für die Geschichte von einer aus dem Volk Aufmerksamkeit zu erlangen, zumal noch Name und andere Umstände dieser Person verschwiegen werden, so daß ich nichts anderes tun kann, als dem Leser seine Meinung zu belassen über den Bericht auf den nachfolgenden Blättern, er mag ihn halten für was er mag.
Der Autor wird hier eingeführt, als ob er ihre Geschichte aufzeichne, und gibt in den ersten Zeilen die Gründe an, warum er es für passend erachtet, ihren Namen zu verschweigen. In der Folge wird es kaum nötig sein, über diesen Punkt noch ein Wort zu verlieren.
Der Wahrheit die Ehre zu geben habe ich den ursprünglichen Bericht der verrufenen Frau, welche ihn hier erzählt, neu gefaßt und den Ausdruck an einigen Stellen verändert, insbesondere ist es meine Mühe gewesen, daß sie ihre Geschichte nunmehr in geziemenderen Worten erzählt, als sie es in ihrer eigenen Niederschrift getan, wo ihre Sprache viel mehr die Zuchthäuslerin verrät denn die reuige und zurückhaltende Ehrbare, die sie später nach ihrem Bericht geworden ist. Die Feder, welche

diese Geschichte zu Ende gebracht und sie so gestaltet hat, wie sie jetzt zu lesen ist, hat nicht wenig Fleiß verwendet, ihr das Kleid zu geben, in welchem sie nunmehr zu sehen ist, denn wenn ein von Jugend auf verdorbenes Weib, ja, die Frucht von Laster und Verderbtheit, dazu schreitet, einen Bericht ihres lasterhaften Lebens zu geben, das sie geführt hat, und auf die besonderen Gelegenheiten und Umstände eingeht, durch welche sie auf Abwege und in einen völligen Abgrund geriet, so muß der Verfasser aufs angelegentlichste Bedacht nehmen, daß er die Gewandung so rein wählt, daß kein Schaden gestiftet werde, insbesondere damit das Laster nicht für seine Zwecke daraus Vorteil ziehe.
Alle erdenkliche Sorgfalt ist auch getragen worden, daß eine angesteckte Einbildungskraft nicht neue Nahrung bekomme, daß in die jetzige Aufmachung der Erzählung sich nicht Schlüpfrigkeiten einschleichen und keine allzu gemeinen Ausdrücke aus ihrer schlechten Umgebung. Zu diesem Ende ist ein gewisser Abschnitt ihres Luderlebens, der die Zartheit verletzte, ausgelassen und verschiedene andere Teile um ein Merkliches verkürzt worden. Von dem, was übrig geblieben, wird erhofft, daß es den keuschen Leser oder die züchtige Zuhörerin nicht verletze. Aber da auch die ärgste Erzählung den besten Nutzen zu stiften vermag, so erwartet der Verfasser mit

Zuversicht von dem Leser, daß die Moral ihn in dem nötigen Ernst erhalte auch da, wo die Erzählung sich ihm nach einer bedenklichen Seite zu neigen scheint.

Wenn die Geschichte eines verabscheuenswerten Lebens erzählt werden soll, so muß sie mit Notwendigkeit verabscheuenswerte Begebenheiten enthalten, wie sie eben jenes wirkliche Leben enthielt, um dem späteren Abschnitt jenen Hintergrund zu geben, auf dem die Schönheit der Reue am besten und leuchtendsten erstrahlen kann, wie überhaupt in einer Wiedergabe immer derselbe Wind wehen muß wie in der Wirklichkeit. Es wird gesagt, daß in der Erzählung eines reuigen Lebens nicht dieselbe Lebendigkeit, dieselbe Farbigkeit und dieselbe Anziehungskraft herrschen kann wie in einem Bericht von Schandtaten. Wenn diese Annahme einigen Grund haben soll, so muß mir auch gestattet sein zu sagen, daß es nicht einerlei Geschmack und Neigung beim Lesen gibt und es nur allzu wahr ist, daß die Verschiedenheit nicht in der Beurteilung des wirklichen Wertes des Gegenstandes liegt als vielmehr am Gaumen und Gelüste des Lesers.

Allein da dieses Werk vor allem in die Hände derjenigen kommen soll, welche zu lesen und den besten Gebrauch aus dem zu machen verstehen, was diese Erzählung ihnen in die Hände gibt, so ist zu erhoffen, daß solche Leser mehr befriedigt sein werden von der Moral als von der Fabel, mehr von der Nutzanwendung als von der Darstellung, mehr von dem Endzweck, den der Autor im Sinn hatte, als von dem Leben der Person, das hier erzählt wird.

Es sind in dieser Geschichte ergötzliche Vorfälle in großer Zahl, von denen sich in jedem Falle ein Nutzen ziehen läßt, und da sie in angenehmer und wohlgestalteter Form dem Leser vorgeführt werden, so mag er auf die eine oder die andere Weise seinen Vorteil daraus ziehen. Mit einem Wort: Die Urschrift ist mit Fleiß durchgesehen worden, und keiner kann, ohne sich einer offenbaren Ungerechtigkeit schuldig zu machen, weder auf den Autor noch auf den Verleger einen Tadel werfen.

Die Befürworter des Theaters haben zu allen Zeitaltern dieses Hauptargument vorgebracht, um das Volk zu gewinnen, nämlich daß die Spiele Nutzen stiften und daß sie um dieses Grundes willen in allen zivilisierten und religiösen Staaten erlaubt sein sollten, da sie die Tugend befördern, und dies um so mehr, je lebendiger die Vorführung ist. Sie haben nicht unterlassen, Tugenden und edle Grundsätze anzuempfehlen, indem sie das Laster und die Sittenverderbnis darstellten, und wenn wirklich diese Regel befolgt wird, so darf wohl sehr viel zugunsten des Theaterspiels gesagt werden.

Auf solchem Grund steht dieses Buch, das ein Werk ist, von dem der Leser einen Gewinn haben wird, wenn er ihn zu machen weiß.

Mein eigentlicher Name ist in den Registern der Zuchthäuser von Newgate und Old-Bailey so wohl bekannt, und es sind daselbst noch einige Fälle unverhandelt geblieben, die mein besonderes Betragen betreffen, daß ich Bedenken trage, mich oder meine Herkunft bei dieser Gelegenheit näher zu benennen. Vielleicht erfährt man nach meinem Tod ein Näheres davon.

Ich bin froh, da ich beständig dasselbe Ende befürchtete, daß etliche meiner schlimmsten Gefährten mir nun nicht mehr schaden können, weil sie durch Leiter und Strick aus dieser Welt geschafft worden sind, sie haben mich unter dem Namen Moll Flanders gekannt, es mag mir darum erlaubt sein, diesen Namen so lange weiter zu führen, bis ich offenbaren darf, wer ich in Wirklichkeit bin.

Man hat mir gesagt, daß in einem benachbarten Land, ich weiß nicht, ob in Frankreich oder sonstwo, auf besonderen königlichen Befehl die Kinder eines zum Tod oder auf die Galeere oder zur Verschickung verurteilten Missetäters von der Regierung in Fürsorge genommen und ins Waisenhaus gebracht werden, wo sie erzogen, unterrichtet, gekleidet und ernährt werden, bis sie imstande sind, ein Handwerk zu erlernen oder in einen Dienst zu treten, um dadurch selbst ihr Brot zu verdienen, zumal Kinder solcher Eltern von allen Mitteln entblößt zu sein pflegen.

Wäre dies auch in unserem Land Brauch, so würde ich kein so armes verlassenes Mädchen gewesen sein, zu dem mich das Unglück gemacht hat, das ohne Freunde und ohne Hilfe dastand, wodurch denn mein Elend schon unbeschreiblich groß war, ehe ich meine Lage erkannte oder dieselbe zu verbessern vermochte, so daß ich in die ärgste Not geriet, welches gewöhnlich der nächste Weg ist, Leib und Seele ins Verderben zu stürzen.

Meine Mutter wurde eines geringen Diebstahls überführt, der kaum nennenswert war: Sie hatte nämlich drei Stücke feiner holländischen Leinwand von einem Kaufmann in Cheapside genommen. Die Geschichte ist aber zu lang und ist mir auch auf so verschiedene Weise erzählt worden, daß ich sie hier nicht wiederholen will.

Dem sei nun wie ihm wolle, darin stimmen aber alle Nachrichten überein, daß sich meine Mutter im Gefängnis auf ihre Schwangerschaft berief und deshalb eine Frist von sieben Monaten erhielt, nach deren Ablauf man sie wieder vor Gericht brachte, wo ihr die Gnade widerfuhr, daß man sie nach Virginia auswies. Mich ließ man als halbjähriges Kind, und wie man sich wohl denken kann, in schlimmen Händen zurück.

Aus meiner ersten Lebenszeit weiß ich natürlich alles nur vom Hörensagen. Ich war an einem unglücklichen Ort, nämlich im Zuchthaus Newgate, geboren, so daß ich kein Anrecht hatte, von einer Gemeinde erhalten zu werden. Wie mir gesagt wurde, sollen einige Verwandte meiner Mutter mich zu sich genommen haben, indes auf wessen Anordnung und Kosten dies geschehen, ist mir unbekannt.

Das erste, dessen ich mich erinnern kann, ist, daß ich mit Zigeunern herumwanderte, doch glaube ich war es nur eine kurze Zeit, denn meine Haut war nicht gefärbt, wie sie es mit Kindern, welche dieses Volk herumschleppt, zu tun pflegen, ich kann auch nicht sagen, auf welche Weise oder wann ich von ihnen losgekommen bin.

Zu Colchester in Essex bin ich von ihnen zurückgelassen worden, oder bin ich ihnen entlaufen und habe ich mich vor ihnen versteckt, weil ich nicht weiter mitziehen wollte. Wohin sie dann gezogen, konnte niemand in Erfahrung bringen, obgleich ihnen im ganzen Land nachgespürt wurde.

Nun war ich auf gutem Weg, versorgt zu werden. Denn

obgleich ich von Rechts wegen keiner Gemeinde zur Last gelegt werden konnte, rührte doch mein Schicksal und meine Jugend – ich war nicht älter als drei Jahre – den Rat der Stadt zum Mitleid, daß er sich meiner annahm und mir Unterhalt gewährte, wie wenn ich in seiner Stadt geboren wäre.

So hatte ich das Glück, einer zwar armen aber frommen Frau anvertraut zu werden, die früher den besseren Ständen angehört hatte und sich nun damit ernährte, daß sie solche Kinder wie ich war in Kost nahm und so lange für sie sorgte, bis sie alt genug waren, bei anderen Leuten zu dienen oder sich sonst weiterzuhelfen.

Diese Frau hatte dabei auch eine Schule und lehrte die Kinder lesen und arbeiten. Da sie nun, wie schon erwähnt, früher in besseren Verhältnissen gelebt hatte, so erzog sie die Kinder mit großem Fleiß und viel Sorgfalt.

Vor allem aber gab sie uns eine sehr gottesfürchtige Erziehung, da sie selbst eine sittsame fromme Frau war und dabei auch häuslich, sauber, bescheiden und höflich. So wurden wir erzogen, wie wenn wir allerhand Lehrmeister gehabt hätten, doch das Essen war schlecht, unsere Schlafkammern kahl und die Kleidung sehr ärmlich.

Hier lebte ich bis zu meinem achten Jahr, als mich die Nachricht erschreckte, daß die Obrigkeit des Ortes befohlen habe, mich irgendwo in Dienst zu tun. Nun war ich aber sehr ungeeignet dazu, Bestellungen auszurichten oder einer Köchin zur Hand zu gehen, und dies ward mir sehr oft vorgehalten. Ich fürchtete mich nun vor solchen Diensten und äußerte dagegen großen Abscheu, obgleich ich erst so jung war. Dann gab ich meiner Pflegerin zu verstehen, daß ich mir schon zutraute, mein Brot zu verdienen, ohne Dienste zu tun, wenn sie mir solches vergönnen würde. Sie hatte mich Nähen und Wollspinnen gelehrt, denn diese Gewerbe wurden in der Stadt am meisten betrieben. Ich sagte ihr deshalb, wenn sie mich nur bei sich behalten wollte, so würde ich für sie arbeiten, und zwar mit allen meinen Kräften. Fast täglich redete ich davon und tat nichts anderes als arbeiten und weinen, was der guten Frau endlich so zu Herzen ging, daß sie meinetwegen ganz bekümmert wurde, denn sie hatte mich sehr lieb.

Einmal kam sie in die Stube, wo all die armen Kinder arbeiteten, und setzte sich mir gerade gegenüber, nicht auf ihren gewöhnlichen Platz, sondern als wenn sie nur mich und meine Arbeit besonders beobachten wollte. Ich war eben damit beschäftigt, in die Hemden, die sie mir gegeben hatte, Namen zu nähen. Nachdem sie eine Weile so gesessen, redete sie mich an und sagte:

Du törichtes Kind, du sitzest immer und weinst – es

standen mir gerade wieder Tränen in den Augen – sage mir, was dir fehlt, warum weinst du denn?
Sie wollen mich wegnehmen und in den Dienst geben, sagte ich, und ich kann doch keine Hausarbeit tun!
Wenn du es jetzt noch nicht kannst, so wirst du es schon mit der Zeit lernen, man wird dir wohl zuerst keine harte Arbeit geben.
Das wird man aber doch tun, sagte ich, und wenn ich dann nichts kann, so werde ich Stöße bekommen, und die Mädchen werden mich schlagen, damit ich schwere Arbeit tun soll, und ich bin doch noch ein kleines Kind und kann noch nichts arbeiten. Dabei fing ich wieder an zu weinen, bis ich nicht mehr reden konnte.
Dies rührte meine gute Lehrmeisterin so, daß sie den Entschluß faßte, mich noch nicht in Dienst zu geben. Sie befahl mir, nicht mehr zu weinen und sagte, sie wolle mit dem Bürgermeister reden und es dahin bringen, daß ich noch so lange bei ihr bleiben sollte, bis ich größer geworden wäre.
Damit war mir aber nicht geholfen. Denn ich hatte solche Angst vor dem Dienen, daß es für mich doch dasselbe gewesen wäre, wenn man es auch bis in mein zwanzigstes Jahr hinausgeschoben hätte, und ich die ganze Zeit über geweint haben würde aus Furcht, daß es endlich doch sein müßte.

Als meine Lehrerin dies merkte, wurde sie böse und fragte mich, was ich denn noch wolle, sie versichere mir doch, ich solle nicht dienen, bis ich erwachsen wäre.
Aber ich muß doch zuletzt daran, sagte ich, darum muß ich weinen.
Wie, sprach sie, bist du denn närrisch? Willst du denn ein Fräulein sein? Wie willst du denn durchkommen, etwa durch deine Handarbeit?
Ja, sagte ich ganz einfältig und unschuldig.
Wie willst du dich damit erhalten, wieviel denkst du wohl, daß du den Tag über mit deiner Arbeit verdienst?
Drei Groschen, sagte ich, wenn ich spinne, und vier, wenn ich Weißzeug nähe.
Armes Fräulein, sagte sie lachend, wie weit willst du denn damit kommen!
Es wird mich schon ernähren, sagte ich, wenn ich nur bei euch bleiben darf. Dies sagte ich in einem so jämmerlichen Ton, daß es der guten Frau selbst leid tat, wie sie mir später gestand.
Aber, sprach sie noch immer lächelnd, dieser Verdienst kann dir nicht Nahrung und Kleider schaffen, wer wird denn dem kleinen Fräulein die Kleider kaufen?
Ich werde dann noch fleißiger arbeiten, und ihr sollt dann alles haben.

Armes Kind, sprach sie, es wird nicht ausreichen, es wird dir kaum das liebe Brot eintragen.

So will ich nichts essen, sagte ich wieder in größter Unschuld, aber laßt mich nur bei euch bleiben.

Wie kannst du denn ohne Essen auskommen, sagte sie.

Das kann ich, sagte ich einfältiges Kind. Ich dachte nichts Arges hierbei, es war alles natürlicher unverstellter Trieb, von soviel Unschuld und Leidenschaft begleitet, daß sich die gute Mutter zuletzt selber der Tränen nicht enthalten konnte und noch lauter als ich weinte. Darauf führte sie mich aus der Schulstube und sagte: Nun, du sollst nicht dienen, sondern sollst bei mir bleiben! Dann erst war ich zufrieden.

Als sie bald darauf zum Bürgermeister ging, um mit ihm über mich zu reden, erzählte sie ihm die ganze Geschichte, die ihm so wohl gefiel, daß er seine Frau und seine beiden Töchter rief, damit sie sich mit ihm daran ergötzen könnten.

Es waren kaum acht Tage vergangen, als die Frau Bürgermeisterin mit ihren beiden Töchtern zu uns kam und meine Pflegerin besuchte unter dem Vorwand, einmal die Schule und die Kinder zu besichtigen. Nach einer Weile fragte die Bürgermeisterin, welches das kleine Mädchen wäre, das ein Fräulein werden wolle. Ich hörte ihre Frage, und es wurde mir schrecklich bange, obgleich

ich nicht wußte, warum. Die Bürgermeisterin kam dann auf mich zu und sagte: Wie ist's, Fräulein, was habt ihr hier für Arbeit?
Mit Fräulein hatte mich noch niemand angeredet und ich dachte wunder was das für ein seltsamer Name sein müsse. Doch ich stand auf und verneigte mich, und sie nahm mir darauf die Arbeit aus der Hand, besah und lobte sie.
Darauf betrachtete sie meine Hände und sagte, es könnte wohl wirklich dereinst ein Fräulein aus mir werden, weil ich so schöne Hände hätte, wie eine vornehme Dame sie haben müßte. Dies gefiel mir über alle Maßen, aber die Bürgermeisterin ließ es dabei nicht bewenden, sondern langte mit der Hand in ihre Tasche und gab mir einen Schilling mit der Ermahnung, meine Arbeit in acht zu nehmen und wohl zu lernen, damit ich dereinst, wie sie mir wünsche, ein Fräulein werden möchte.
Bisher hatten mich weder meine Pflegemutter noch die Bürgermeisterin noch alle anderen verstanden: Unter dem Worte Fräulein begriffen sie etwas ganz anderes als ich meinte. Was ich darunter verstand, war, daß ich für mich selbst arbeiten und meinen Lebensunterhalt erwerben wollte, ohne in einen Dienst gehen zu müssen, sie aber waren in dem Wahn, ich wollte sehr vornehm und ich weiß nicht was sonst noch sein.

Nachdem die Bürgermeisterin gegangen war, traten ihre beiden Töchter auf mich zu und redeten lange mit mir, und ich antwortete ihnen auf meine unschuldige Art. So oft sie mich fragten, ob ich gesonnen sei, ein Fräulein zu werden, sagte ich allemal ja. Zuletzt kam die Frage, was denn ein Fräulein sei. Da wurde ich verwirrt, besann mich aber bald und sagte, das wäre eine, die nicht nötig hätte, zu dienen oder Hausarbeit zu verrichten. Das gefiel ihnen wohl, und meine kindlichen Reden machten ihnen große Freude, so daß sie mir auch Geld gaben.

Dieses aber gab ich alles zusammen meiner Pflegemutter und versprach ihr, sie sollte alles haben, was ich bekäme, sowohl jetzt wie später, wenn ich ein Fräulein sein würde.

Aus diesen und anderen Gesprächen begriff sie endlich, was ich unter Fräulein verstand, nämlich nichts anderes als mein Brot durch eigene Arbeit zu verdienen, und sie fragte mich zuletzt, ob ich es so meinte.

Ich bejahte und bestand darauf, daß darin nach meinem Begriff die Eigenschaft eines Fräuleins bestünde. Denn, sagte ich, unsere Nachbarin, welche Spitzen ausbessert und reinigt, ist ein Fräulein, und jedermann sagt zu ihr Fräulein.

Mein armes Kind, sagte die Frau, ein solches Fräulein

könntest du leicht werden – das ist eine übelbeleumdete Person und hat bereits zwei uneheliche Kinder.

Hiervon verstand ich jedoch nichts, antwortete aber, ich wisse gewiß, daß man sie Fräulein nenne und daß sie nicht wie eine Magd diene noch Hausarbeit verrichte, und blieb also dabei, sie sei ein Fräulein, und ich wollte auch eines werden.

Die vornehme Dame, die bei uns gewesen war, erfuhr bald, was ich geredet hatte, und belustigte sich daran. Die Töchter des Bürgermeisters kamen auch dann und wann und fragten nach dem kleinen Fräulein, worauf ich mir nicht wenig einbildete. Bisweilen brachten sie noch andere Damen mit, und ich wurde bald in der ganzen Stadt unter diesem Namen bekannt.

Nun war ich ungefähr zehn Jahre alt und fing an, einem Fräulein ähnlich zu sehen, ich war sehr ernst, doch auch sehr höflich. Und da die Damen oft sagten, ich sei hübsch und würde einmal sehr schön werden, so kann man sich leicht denken, daß ich nicht wenig stolz dadurch wurde. Doch hatte dieser Stolz keine schlechte Wirkung, und wenn man mir Geld gab, so gab ich es meiner alten Pflegemutter, die an mir sehr ehrlich handelte und es für Hüte, Leinenzeug und Handschuhe für mich ausgab. Ich war sehr eigen, und wenn ich auch nur Lumpen anhatte, so mußten sie doch rein sein, ich wusch sie oft selbst aus.

Wenn nun meine redliche Pflegemutter den Damen sagte, daß sie mir dies oder jenes für das Geld angeschafft habe, so gaben sie mir immer mehr, und das dauerte so lange, bis die Obrigkeit in allem Ernst verlangte, ich sollte in einen Dienst gehen. Aber da ich mich so eingearbeitet hatte, und eine vornehme Dame mir sehr gewogen war, konnte ich den Dienst wohl entbehren. Denn was ich bekam, reichte aus, und ich konnte meiner Pflegemutter soviel einbringen, als zu meinem Unterhalt notwendig war. Deswegen bat sie die Herren um Erlaubnis, das Fräulein, wie sie mich nannte, bei sich behalten und als ihre Gehilfin in der Kinderschule anstellen zu dürfen. Darin war ich sehr geschickt, denn trotz meiner Jugend besaß ich eine besondere Geschicklichkeit beim Arbeiten.
Hiermit endete nun die Güte der Damen nicht, denn als sie hörten, daß mich die Stadt nicht mehr unterhielt, gaben sie mir häufiger Geld. Und als ich heranwuchs, brachten sie mir Wäsche zu nähen, Spitzen auszubessern, Hüte zu machen und ähnliche Arbeit, wofür sie mich nicht nur bezahlten, sondern mir auch Anweisungen gaben, wie ich es machen sollte. So war ich also wirklich in meinem Sinn ein Fräulein, denn ehe ich mein zwölftes Jahr erreicht hatte, schaffte ich mir selbst Kleider an, bezahlte meiner Pflegemutter Kostgeld und behielt noch einiges Taschengeld übrig.

Die Damen gaben mir auch oft von sich oder ihren Kindern Kleider, Strümpfe oder Unterröcke, bald dieses, bald jenes, und meine alte Pflegemutter verwahrte es mir und hielt mich dazu an, es auszubessern und nützlich zu verarbeiten, denn sie war eine vortreffliche Hausfrau.
Zuletzt gefiel ich der einen Dame so gut, daß sie mich zu sich ins Haus nehmen wollte, damit ich ihren Töchtern einen Monat lang Gesellschaft leisten sollte.
Obgleich dies sehr gütig gehandelt war, so wandte doch meine gute Pflegemutter dagegen ein, daß mir mehr Schaden als Vorteil daraus entstehen würde, es sei denn, daß die gütige Frau mich gänzlich und nicht nur für eine Zeitlang behalten wollte. Diese gab der Alten recht und sagte dann, sie wolle mich erst auf eine Woche versuchsweise nehmen und sehen, wie sich ihre Töchter mit mir vertragen würden, und wie ich ihr gefiele, später wollte sie sich dann genauer darüber äußern. Wenn jemand nach mir fragen sollte, so sollte es heißen, es sei ihr etwas für mich aufgetragen worden.
Dies war klug angefangen, und ich begab mich zu der gütigen Frau, wo mir die jungen Fräulein so gut gefielen ebenso wie ich ihnen, daß es schwerfiel, dort wieder fortzukommen, und sie mich endlich gegen ihren Willen gehen ließen.
Darauf begab ich mich aufs neue zu meiner ehrlichen al-

ten Pflegemutter, bei der ich fast noch ein Jahr zubrachte und ihr gute Hilfe leistete. Ich war nun beinahe vierzehn Jahre alt, wohlgebildet für mein Alter und sah schon fast erwachsen aus, allein ich hatte solchen Geschmack an dem Herrschaftsleben in dem erwähnten Haus gefunden, daß mir mein altes Quartier nun nicht mehr so gut gefiel wie früher. Ich dachte, es sei doch etwas Schönes um eine vornehme Dame und hegte jetzt von einem Fräulein eine ganz andere Meinung als zuvor. Deshalb mochte ich auch gern mit den Fräulein umgehen und wünschte mir, wieder bei ihnen zu sein.
Als ich ungefähr vierzehn und ein viertel Jahr alt war, wurde meine gute Pflegemutter krank und starb. Das war für mich etwas sehr Trauriges, denn eine arme Familie hört auf zu bestehen, wenn die Hauptperson die Augen zumacht. Kaum war die gute Frau begraben, als die Schule geschlossen und die Kinder anderswo untergebracht wurden. Was den Nachlaß betraf, so kam die verheiratete Tochter der Alten und machte reinen Tisch, indem sie mir ins Gesicht lachte und sagte, das kleine Fräulein möge nun für sich selbst sorgen, wenn's ihr beliebte. Ich wußte vor Angst nicht, was ich tun sollte. Denn man wies mir gleichsam die Tür in die weite Welt hinein, und was das schlimmste war, die selige Frau hatte von mir 22 Schillinge in Verwahrung gehabt, die mein

ganzes Vermögen ausmachten. Als ich das Geld von der Tochter forderte, zog sie die Nase hoch und sagte, das ginge sie nichts an.

Die gute Frau hatte sogar mit ihrer Tochter davon gesprochen und ihr den Ort angedeutet, wo das Geld verwahrt war, und ihr gesagt, dies gehöre dem Kind. Sie hatte mich auch ein paarmal rufen lassen, um es mir zurückzugeben, allein zu meinem Unglück war ich nicht bei der Hand, und als ich kam, war sie schon bewußtlos. Doch die Tochter war später so ehrlich, mir das Geld zu bezahlen, obwohl sie sich anfangs geweigert hatte.

Nun war ich in der Tat ein armes Fräulein und mußte mich an demselben Tag noch meiner Wege scheren. Denn die Tochter hatte alles fortgeschleppt, und ich hatte weder Unterkunft noch Brot. Einige Nachbarn aber hatten so viel Mitleid mit mir, daß sie die gnädige Frau, bei der ich acht Tage im Haus gewesen war, über meinen Zustand unterrichteten, die auch bald ihr Mädchen schickte und mich zu sich holen ließ. So schnürte ich denn mein Bündel und ging frohen Herzens dorthin. Die Angst über meine Lage hatte mir so zugesetzt, daß ich fast nicht mehr verlangte, ein Fräulein zu sein, sondern willig war, eine Dienstmagd zu spielen, es mochte nun kommen, was da wollte.

Allein meine neue großmütige Herrin hatte etwas Besseres mit mir im Sinn. Ich nenne sie großmütig, denn sie übertraf meine alte Pflegemutter sowohl an Reichtum wie in vielem anderen. Ich muß aber hinzufügen: außer in der Redlichkeit. Denn obgleich diese vornehme Dame keinem Menschen zu nahe trat, so muß ich doch bekennen, daß jene andere, ungeachtet ihrer Armut, keinem an aufrichtigem Herzen nachstand.

Kaum war ich heimatlos geworden, als auch die Bürgermeisterin ihre beiden Töchter schickte, um Sorge für mich zu tragen. Noch eine andere Familie, mit der ich bekannt geworden war, als ich noch das kleine Fräulein hieß, hatte geschickt, um sich nach mir zu erkundigen, und so wurde ein großes Wesen von mir gemacht. Ja, sie waren sogar nicht wenig böse, besonders die Bürgermeisterin, daß ihre Freundin mich ihr weggenommen hatte, denn sie sagte, ich gehörte ihr von Rechts wegen, weil sie die erste gewesen, die sich meiner angenommen hätte. Doch die mich hatten, wollten mich nicht wieder fortlassen, und ich konnte es auch nirgends besser haben als da, wo ich war.

Hier blieb ich nun bis zu meinem achtzehnten Jahr und hatte die vortrefflichste Erziehung, die sich nur denken läßt. Es kamen allerhand Lehrer zu den Fräulein ins Haus, um sie im Tanzen, Französischen, Schreiben, Singen und anderen Künsten zu unterweisen, und da ich stets bei ihnen war, so lernte ich alles ebenso gut wie die Fräulein selbst. Obgleich die Lehrer keinen Auftrag hatten, mich mit zu unterrichten, so lernte ich doch alles durch Nachahmen und Nachfragen, was jenen durch Unterricht und Aufgaben beigebracht wurde. Kurz, ich tanzte, redete Französisch so gut wie sie, sang aber weit besser, denn meine Stimme war den ihrigen an Schönheit überlegen. Mit dem Klavierspiel kam ich nicht so rasch vorwärts, da ich kein eigenes Instrument zum Üben hatte sondern warten mußte, bis die Fräulein gespielt hatten und es mir überließen, doch ging mir auch dies ziemlich vonstatten, bis zuletzt noch ein Instrument angeschafft wurde, so daß wir nun zwei hatten, ein Klavier und ein Spinett, alsdann unterwiesen mich die Fräulein selber. Was aber das Tanzen betraf, so behinderte mich nichts, denn bei allen Reigentänzen war ich unentbehrlich, weil die Zahl voll sein mußte. Andererseits waren sie ebenso willig, mich zu unterrichten wie selbst zu lernen.

Hierdurch erlangte ich viele gute Eigenschaften, die einem Fräulein zukamen. In einigen Dingen hatte ich sogar etwas voraus, denn ich hatte von Natur aus gute Anlagen, die nicht mit Geld zu bezahlen oder zu kaufen sind.

Dies war nicht nur meine eigene Meinung, sondern auch die des ganzen Hauses. Natürlich besaß ich die meinem

Geschlecht eigene Eitelkeit und bildete mir nicht wenig auf meine Schönheit ein, ich mochte besonders gern hören, wenn man mich deswegen lobte.

Bis jetzt war meine Lebensgeschichte eben verlaufen, denn ich hatte nicht nur die Ehre, in einer angesehenen Familie zu leben, die wegen ihrer Tugend und Frömmigkeit berühmt war, sondern man hielt mich auch selbst mit Recht für ein bescheidenes, stilles und tugendhaftes Mädchen. Es war mir auch noch kein Anlaß gegeben worden, auf andere Gedanken zu kommen, noch war gar eine Versuchung zum Laster an mich herangetreten.

Worauf ich so stolz war, nämlich meine Schönheit, wurde mein Fallstrick, und meine Eitelkeit und Einbildung gaben die Ursache dazu. Die gnädige Frau hatte zwei Söhne, sehr flotte junge Herren, bei denen ich zu meinem Unglück wohl gelitten war, wiewohl sie sich auf ganz verschiedene Art gegen mich benahmen. Der ältere war ein lustiger Herr, der in der Stadt wie auf dem Land dafür bekannt war, und obwohl er leichtsinnig genug war, etwas Ungehöriges zu begehen, so wußte er doch alles so zu wenden, daß ihm seine Lust nicht zu teuer zu stehen kam. Er legte mir jenen Fallstrick, der allen Frauen gefährlich wird, nämlich er sagte mir bei jeder Gelegenheit, wie hübsch ich wäre, wie wohlgestaltet, wie angenehm und solch ähnliches. Dies trieb er so kunstvoll, daß man glauben konnte, er wisse die Frauenzimmer ebenso wie die Rebhühner in seinen Schlingen zu fangen. Er sprach immer über mich zu seinen Schwestern, wenn ich nicht nahe dabei war, aber wenn er doch ganz genau wußte, daß ich nicht weit weg stand und es hören mußte. Die Schwestern sagten oft zu ihm: Still, sie kann dich hören, sie ist nur nebenan.

Darauf hielt er inne und redete ganz leise, wie wenn er es nicht gewußt hätte, doch währte es nicht lange, so fing er wieder an, mich mit lauter Stimme zu rühmen, wie wenn er nicht daran dächte, daß ich ihn hören könnte. Ich für meinen Teil versäumte keine Gelegenheit, ihn zu behorchen und zu belauern, weil es mir ungemein wohl gefiel, so gelobt zu werden.

Nachdem er den Köder auf diese Weise ausgeworfen und ein Lockmittel gefunden zu haben glaubte, das er mir vorhalten könnte, gab er sich endlich, wie er wirklich war. Eines Tages ging er an der Stube seiner Schwestern vorüber, wo auch ich war, und als er mich sah, trat er ganz fröhlich herein und sprach: Haben euch eure Ohren jetzt nicht geklungen? Ich neigte mich und wurde rot, sagte aber nichts.

Warum, Bruder? fragte das Fräulein.

Wir haben, antwortete er, unten über eine halbe Stunde von euch geredet.

Ich hoffe, daß es nichts Böses war, sprach die Schwester, und dann kann es mir gleich sein, was ihr geredet habt.
Beileibe nichts Böses, sagte er, wir haben sehr viel Gutes von Jungfer Betty gesprochen, besonders daß sie das schönste Mädchen in ganz Colchester ist, mit einem Wort, es wird fast überall in der Stadt auf ihr Wohl getrunken.
Ich wundere mich über dich, Bruder, Betty fehlt es an einer Sache, die alles andere in sich begreift, und daher fehlt es ihr an allem. Das weibliche Geschlecht ist jetzt übel daran. Es mag ein junges Frauenzimmer von hoher Geburt und guter Erziehung, mit Witz, Verstand, guten Manieren, löblichen Sitten und allen Tugenden im Übermaß versehen sein, hat sie aber kein Geld dazu, so bedeutet sie nichts, und es ist so, als ob ihr alles fehlte. Nichts als Geld kann ein Frauenzimmer in den jetzigen Zeiten beliebt machen. Die Männer haben das Spiel in den Händen.
Der jüngere Bruder, der eben dazu kam, fiel ihr ins Wort: Still, Schwester, du übereilst dich, nimm mich von deiner Regel aus. Ich versichere dir, wenn ich eine Frau von solchen Eigenschaften fände, wie du sie eben beschrieben hast, so wollte ich mich nicht viel ums Geld kümmern.
Du wirst dir, sprach die Schwester, auch nicht ein solches Frauenzimmer ohne Geld vorstellen können.

Du kannst das nicht wissen, sagte der jüngere Bruder.
Aber warum, liebe Schwester, fuhr der ältere fort, redest du denn so viel von Geld? Daran fehlt es dir doch nicht, wenn es dir vielleicht sonst an mancherlei mangelt.
Ich verstehe dich schon, lieber Bruder, höhnte das Fräulein gar gereizt, du willst sagen, es fehlt mir zwar nicht an Geld, aber an Schönheit. Doch in unserer Zeit macht es nur das Geld, und ich habe darum vor anderen alles voraus.
Aber, sagte der jüngere Bruder, die anderen können dir doch gleich sein. Denn Schönheit fesselt bisweilen einen Mann auch ohne Reichtum, und wenn es sich trifft, daß die Kammerjungfer schöner ist als das Fräulein, kann sie oft ebenso gut ihr Glück machen und ihr in der Kutsche vorausfahren.
Hier war es Zeit für mich, wegzugehen, und ich tat es auch, ging aber nicht so weit, daß ich die Unterredung nicht hätte weiter hören können. Da kam nun verschiedenes ins Gespräch, das meiner Eitelkeit schmeichelte, doch war dies nicht dazu angetan, mich bei der Familie beliebter zu machen, denn die Schwester entzweite sich sehr darüber mit ihrem jüngeren Bruder. Da ihr dieser meinetwillen etliche bittere Pillen zu kosten gab, so merkte ich an ihrem folgenden Benehmen zu mir, daß sie deshalb verletzt war, womit sie mir doch großes Un-

recht tat, weil ich nie an ihren jüngeren Bruder in der Art gedacht hatte, wie sie wohl argwöhnte. Was den älteren betraf, so hatte er viele Dinge im Scherz vorgebracht, die ich als Ernst auffaßte, und ich schmeichelte mir mit einer Hoffnung, welche ich lieber für ganz unbegründet hätte halten sollen.

Eines Tages kam er nach seiner Gewohnheit die Treppen heraufgerannt nach der Kammer zu, in der seine Schwester zu arbeiten pflegte, und klopfte an, ehe er hineintrat, wie es auch sonst seine Art war. Ich befand mich allein in der Kammer, ging zur Tür und sagte: Mein Herr, die Fräulein sind nicht hier, sie haben sich in den Garten begeben. Ich hatte kaum ausgeredet, da trat er auch schon ganz herein, umarmte mich, als ob gar nichts dabei wäre, und sagte:

O Jungfer Betty, ihr seid hier, das ist noch besser, ich habe etwas mit euch zu reden! Mit diesen Worten hielt er mich fest in seinen Armen und küßte mich einige Male.

Ich bemühte mich, von ihm loszukommen, doch vermochte ich es nicht, denn er hielt mich immer fester und küßte mich, bis ihm der Atem ausging, dann setzte er sich nieder und sprach: Meine schöne Betty, ich bin in dich verliebt! Ich muß gestehen, daß seine Worte mein Blut entzündeten, und mein Herz fing an zu pochen. Er wiederholte mir dies noch öfter, daß er mich liebe, und mein Herz sprach wie eine deutliche Stimme, daß mir das angenehm sei. So oft er sprach: Ich liebe dich – gab ich mir die Antwort: Ich wollte, daß es wahr wäre! Es fiel aber diesmal weiter nichts vor. Es war nur eine Überrumpelung, und ich kam bald wieder zu mir. Er wäre noch länger geblieben, wenn er nicht durchs Fenster gesehen hätte, daß seine Schwestern zurückkamen. Darum nahm er Abschied, küßte mich und sagte, daß es ihm Ernst sei, und ich bald mehr von ihm hören würde. Darauf ging er höchst vergnügt von mir fort. Es war nur traurig, daß der junge Herr es nicht so meinte, wie die Jungfer Betty annahm.

Von dieser Zeit ab setzte ich mir seltsame Gedanken in den Kopf, und ich kann wohl sagen, daß ich mich selbst nicht mehr kannte. Ein solcher Herr redete mir von Liebe und fand mich reizend – das waren Dinge, die meine Eitelkeit aufs höchste trieben. Ich war voller Hochmut, aber weil mir die Verderbnis der Zeit nicht bekannt war, dachte ich nicht an meine Tugend. Ich hätte dem jungen Herrn, wenn er gewollt hätte, bei dem ersten Zusammensein jede Freiheit gestattet, allein er merkte zu meinem Glück seinen Vorteil nicht.

Es währte nicht lange, so fand er eine Gelegenheit, mich abermals abzufangen, und zwar fast in derselben Weise.

Doch geschah es seinerseits mit Absicht, die bei mir nicht ihr Spiel trieb. Die beiden jungen Fräulein waren mit ihrer Mutter auf Besuch ausgefahren. Der jüngere Bruder befand sich außerhalb der Stadt, und der Vater war schon seit acht Tagen in London. Er hatte mich so gut beobachtet, daß er wußte, wo ich mich aufhielt, wogegen ich nicht wußte, daß er im Hause war. Darauf kommt er die Treppe herauf, sieht mich bei der Arbeit, tritt geradewegs in das Zimmer herein und beginnt das Spiel da, wo er das erstemal aufgehört hatte, nämlich mit Umarmungen und Küssen, und trieb es fast eine Viertelstunde lang hintereinander.
Ich befand mich in der Kammer der jüngeren Schwester, und kein Mensch war im Haus als die Magd unten, wodurch er vermutlich noch kühner wurde. So schien es denn, als ob Ernst daraus werden sollte. Vielleicht kam ich ihm ein wenig zu willfährig vor, denn ich leistete keinen Widerstand, solange er mich in den Armen hielt und küßte. Um die Wahrheit zu sagen, es gefiel mir nur allzu gut, als daß ich mich ihm hätte widersetzen können.
Nachdem wir nun beide von dieser Beschäftigung rechtschaffen ermüdet waren, setzten wir uns nieder, und er redete lange mit mir und sagte, meine Schönheit habe ihn bezaubert und ihm keine Ruhe gelassen, bis er mir

seine Liebe entdeckt hätte. Würde ich ihm nun Gegenliebe zeigen und ihn glücklich machen, so würde er mir sein Leben lang danken und dergleichen. Ich sagte wenig dazu, ließ aber deutlich genug merken, daß ich nicht verstünde, was er meinte.

Darauf ging er in dem Zimmer auf und ab, faßte mich bei der Hand, so daß wir nebeneinander gingen. Endlich nahm er seinen Vorteil wahr, warf mich aufs Bett und küßte mich heftig. Doch muß ich zu seiner Ehre sagen, daß er mir sonst nichts zumutete, sondern mich nur eine Zeitlang küßte. Dann kam es ihm so vor, als hörte er jemanden die Treppe heraufkommen, er sprang darum vom Bett, hob mich auf und versicherte mir noch einmal die Größe seiner Liebe und daß er es ehrlich meine und nicht die geringste böse Absicht dabei habe. Mit diesen Worten steckte er mir fünf Guineen in die Hand und ging hinunter. Das Geld blies mich noch mehr auf als die Liebe. Ich wurde dadurch so hochmütig, daß ich kaum den Boden unter mir fühlte, auf dem ich stand.

Bei dieser Erzählung wollte ich recht ausführlich sein, damit ein junges Frauenzimmer daraus lerne, auf ihrer Hut zu sein, um sich nicht durch allzu frühe Einbildung auf die eigene Schönheit ins Unglück zu stürzen. Wenn sich ein Frauenzimmer erst einmal einbildet, daß sie schön sei, so zweifelt sie später niemals mehr an der Aufrichtigkeit desjenigen, der ihr von Liebe spricht. Denn da sie sich für reizend genug hält, jedermann zu fesseln, so ist nur zu natürlich, daß sie die Wirkung ihrer Reize endlich zu sehen verlangt.

Mein junger Herr hatte nun seine Neigung und meinen Hochmut völlig angefeuert, und es mochte ihn vielleicht verdrießen, daß er die gute Gelegenheit so bald aus der Hand gelassen und sie nicht beim Schopf genommen, deshalb kam er nach einer halben Stunde wieder herauf und trieb es mit mir auf die vorige Weise, doch machte er die Einleitung etwas kürzer.

Das erste, was er tat, nachdem er in die Kammer gekommen, war, daß er die Tür abschloß. Jungfer Betty, sprach er, es dünkte mich vorhin, als käme jemand die Treppe herauf, allein ich hatte mich geirrt. Und wenn man uns auch vielleicht zusammen in dem Zimmer finden mag, so soll man uns doch nicht küssend antreffen.

Ich sagte ihm, da nur die Köchin im Haus wäre, so wüßte ich nicht, wer wohl heraufkommen sollte, denn diese würde es nie tun.

Gut, meine Liebste, sagte er, aber Vorsicht kann nicht schaden. Darauf setzte er sich und redete weiter. Obwohl ich nun schon von seinem vorigen Besuch in voller Flamme war und gar wenig sagen konnte, redete er immer schönere Worte und versicherte mich seiner äußersten Liebe, wenn er auch hinzusetzte, er könnte mich zwar nicht sogleich heiraten, er wäre aber entschlossen, sowohl sein Glück als auch das meine zu machen, sobald er nur seine Erbgüter erhalten hätte, und dergleichen lokkende Dinge mehr. Ich arme Närrin merkte nicht, wohin diese Redensarten zielten, und verhielt mich so, als ob es keine andere Liebe in der Welt gäbe als die, welche die Ehe zum Gefolge hat. Und wenn er auch von einer anderen Liebe geredet hätte, so hätte ich doch weder Ursache noch Kraft gehabt ihm eine abweisende Antwort zu geben. Aber noch waren wir nicht so weit gekommen.

Wir saßen nicht lange beieinander, als er aufsprang und mich fast mit seinen Küssen erstickte und mich wiederum aufs Bett warf. Dieses Mal kam er weiter mit mir, als mir der Anstand zu sagen erlaubt. Es wäre wohl auch nicht in meiner Macht gewesen, ihm in diesem Augenblick das letzte zu versagen, wenn er es gleich verlangt hätte.

Dennoch ging diese mißbrauchte Freiheit nicht bis zum äußersten, und ich muß zu seinen Gunsten sagen, daß er sich dessen doch nicht getraute. Er bediente sich auch dieser Zurückhaltung als Ausrede, um mit ihr die anderen Kühnheiten zu entschuldigen, die er darauf mit mir vornahm. Darauf blieb er nur noch kurze Zeit, steckte mir eine ganze Handvoll Gold zu und ließ mich mit tau-

send Versicherungen seiner größten Liebe zurück, wobei er mich über alle Frauenzimmer der Welt stellte.
Nun wäre es Zeit gewesen, in mich zu gehen, aber leider war ich zu eingehender Betrachtung wenig geneigt. Mein Vorrat an eitlen Gedanken war unerschöpflich, hingegen war im Grunde wenig Tugend vorhanden. Bisweilen überlegte ich mir wohl, was mein junger Herr wohl im Sinn hatte, allein die glatten Worte und das schöne Gold erfüllten mein ganzes Herz. Es schien mir nicht von so großer Wichtigkeit zu sein, daß er willens war mich zu heiraten, ich dachte nicht einmal an einen Abschluß dieser Art, bis er mir selbst einen Vorschlag machte, wie wir bald hören werden.
So ergab ich mich also meinem Verderben ohne die geringste Besorgnis und kann allen jungen Frauenzimmern zum Beispiel dienen, deren eitler Hochmut größer ist als die Tugend. Niemals hat eine Liebschaft von beiden Seiten einfältiger angefangen als diese. Hätte ich gehandelt, wie es sich geziemt hätte, und den Widerstand geleistet, den Tugend und Ehre erforderten, so wäre ich entweder von seinen Nachstellungen befreit gewesen, wenn ihm sein Vorhaben nicht gelungen wäre, oder er würde mir in allen Ehren die Ehe angetragen haben. Wenn er mich recht gekannt oder gewußt hätte, wie leicht er den gewünschten Erfolg hätte haben können, so würde er sich

den Kopf nicht so lange darüber zerbrochen sondern mir vier oder fünf Guineen dafür gegeben und sein Vorhaben bei der ersten besten Gelegenheit ausgeführt haben. Hätte ich hingegen seine Gedanken gewußt, wie er es sich so sauer werden ließ, um mich zu gewinnen, so hätte ich alles nach meinem eigenen Willen eingerichtet, und wenn ich schon keinen richtigen Kontrakt für die nachfolgende Heirat hätte erhalten können, so würde ich mir doch den Unterhalt bis zur Hochzeit gesichert haben, und damit hätte ich meinen Wunsch erfüllen können, denn er war überaus reich, auch ohne seine künftige Erbschaft. Allein es kam kein solcher Gedanke in meinen Sinn, all mein Dichten und Trachten ging nur auf Hoffart aus, und ich freute mich, einen solchen jungen Herrn entflammt zu haben. Ganze Stunden brachte ich damit zu, das Gold zu besehen und zählte meine Guineen wohl tausendmal am Tag. Kein armseliges Geschöpf ist jemals so vergnügt über ihr vermeintliches Glück gewesen, wie ich es war, ohne zu ahnen, daß das Unglück schon vor der Tür stand. Ja, es scheint fast, daß ich mein Verderben heftiger gewünscht, als es zu vermeiden versucht habe.

Indes war ich doch so schlau, daß ich niemanden im Haus von meinem Umgang mit ihm etwas merken ließ. Ich sah ihn kaum an, wenn wir unter Leuten waren, antwortete ihm auch nicht, wenn er mich um etwas fragte.

Trotzdem hatten wir manchmal eine kurze Zusammenkunft, so daß wir miteinander reden oder uns auch wohl einige Male küssen konnten, aber die Gelegenheit weiter zu gehen fand sich noch nicht, besonders da er mehr Umschweife machte als nötig war und sich das Werk schwer werden ließ, weil es ihm schwer vorkam.
Allein der Satan wird niemals müde, als Versucher fehlt es ihm auch nie an Gelegenheit das Laster ins Werk zu setzen, wozu er die Menschen treibt. An einem Abend, als ich mit dem Fräulein und meinem Liebhaber im Garten war, wußte er mir heimlich einen Zettel zuzustecken, worin er mich wissen ließ, daß er mir am anderen Tage öffentlich eine Besorgung auftragen und ich ihn dann irgendwo antreffen würde.
Darauf redete er mich bei der Mahlzeit in Gegenwart der Schwestern ganz ernsthaft an:
Jungfer Betty, ich möchte euch um etwas bitten. Was soll das sein?, fragte die jüngere Schwester.
Wenn du aber Jungfer Betty heute nicht entbehren kannst, so kann ich es auch bis zu einer anderen Zeit aufschieben.
O nein, wir können sie ganz gut entbehren, sagten beide. Aber, fuhr die ältere fort, du mußt der Jungfer Betty auch sagen, was es ist, es sei denn, daß es etwas betrifft, wovon wir nichts wissen sollen.

Was meinst du, fragte er ganz unverdächtig, alles, was ich möchte, ist, daß sie für mich nach der Hochstraße – dabei zog er eine Halsbinde hervor – und dort in einen Laden geht. Und darauf erzählte er eine lange Geschichte von zwei schönen Halstüchern, die er dort habe kaufen wollen, und die er durch mich gern kaufen lassen wollte, ich möchte mit den Leuten handeln. Er trug mir noch einige kleine Besorgungen auf und zwar so viele, damit eine gute Zeit damit hinginge.

Danach erzählte er seinen Schwestern, daß er eine ihnen gut bekannte Familie besuchen müßte, wo er einen gewissen Herrn antreffen wollte, er bat sie auch noch, ihn dahin zu begleiten, sie aber entschuldigten sich sehr höflich, weil sich verschiedene Fräulein bei ihnen nachmittags angesagt hätten, was auch er veranlaßt hatte.

Kaum hatte er ausgeredet, so meldete sein Diener, daß der Wagen des Barons W. vor der Tür hielte. Er lief hinunter, kam aber gleich wieder herauf mit den Worten: Nun ist mir meine ganze Freude verdorben, Baron W. hat mir eben seinen Wagen geschickt und will mich sprechen, und er wohnt drei Meilen von der Stadt draußen.

Mein junger Herr hatte den Wagen des Barons unter irgendeinem Vorwand geliehen und sich ihn auf drei Uhr bestellt, zu welcher Zeit er auch pünktlich eintraf.

Die beste Perücke, Hut und Degen wurden geholt, der Diener mußte seinen Herrn am anderen Orte entschuldigen, das heißt, der Herr benutzte diese Gelegenheit, um seinen Diener fortzubringen. Während er zum Wagen ging, blieb er eine Weile in Gedanken stehen und redete dabei ernstlich mit mir über die mir aufgetragenen Besorgungen, fand aber Gelegenheit dabei mir heimlich zu sagen: Komm, mein Engel, sobald es nur möglich ist. Ich sagte nichts, sondern verneigte mich und gab dadurch meine Einwilligung zu verstehen. Eine Viertelstunde darauf machte ich mich auf den Weg. Meine Kleidung war nicht anders wie zuvor, nur hatte ich einen Kopfputz und ein paar Handschuhe in der Tasche mitgenommen, damit man im Haus keinen Argwohn schöpfte. Er erwartete mich in einer Hintergasse, durch die ich gehen mußte, der Kutscher war unterrichtet, wohin er fahren sollte, nämlich nach Mile-End, wo einer seiner Vertrauten wohnte, bei dem wir einkehrten und alle Bequemlichkeit von der Welt fanden, um so gottlos zu sein, als es uns nur gefiel.

Wie wir zusammen waren, fing er an, ganz ehrbar mit mir zu reden und sagte, er ginge nicht damit um, mich zu betrügen. Seine Liebe zu mir erlaube ihm nicht, mir das geringste Üble anzutun, er sei entschlossen mich zu heiraten, sobald er zu seiner Erbschaft gelangt wäre. Wenn ich ihn inzwischen erhören wolle, wäre er erbötig, mich ehrlich zu unterhalten, und brachte noch tausend Beteuerungen seiner Aufmerksamkeit vor mit dem Versprechen, mich nie zu verlassen. Ich kann wohl sagen, er machte tausendmal mehr Einleitungen als nötig waren. Da er mich nun veranlaßte, zu sprechen, gab ich ihm zu verstehen, daß ich keine Ursache hätte, an der Aufrichtigkeit seiner Liebe zu mir zu zweifeln, nachdem er mir dieselbe so hoch und so oft versichert, aber – hier hielt ich inne, als ob er das übrige erriete –

Ich kann mir denken, was du meinst, mein Schatz, sprach er, wenn du etwa schwanger werden solltest, nicht wahr? Nun, dann will ich auch dafür Sorge tragen, daß weder du noch das Kind zu kurz kommen sollen, und damit du siehst, daß ich nicht scherze, so soll dies das Angeld sein. Dabei zog er einen seidenen Beutel mit hundert Guineen heraus und gab ihn mir. Ebensoviel sollst du jedes Jahr bekommen, bis ich dich heiraten kann.

Ich wurde bald rot, bald blaß beim Anblick dieses Beutels und bei diesem Gespräch, so daß ich kein Wort herausbringen konnte, worauf er wohl merkte. Indes steckte ich den Beutel in meinen Busen und widerstand ihm nicht, sondern ließ ihn machen, was und wie oft er wollte. So bewirkte ich mein eigenes Verderben, denn von diesem Tag an, da ich Tugend und Scham ganz fallen ließ, blieb mir nichts mehr, was mich hätte bei Gott und den Menschen angenehm machen können.

Ich ging zurück in die Stadt, richtete aus, was mir befohlen worden, und war zu Hause, ehe noch jemand nach mir fragte. Mein junger Herr blieb bis spät in die Nacht aus, und niemand in der Familie hatte den geringsten Argwohn gegen mich oder ihn.

Hiernach fanden wir häufig Gelegenheit, unsere Missetat zu wiederholen, besonders zu Hause, wenn die Mutter mit den Töchtern auf Besuch gefahren war, und diese Zeit nahmen wir so getreulich wahr, daß wir nichts versäumten. Wir wußten allemal vorher, wenn sie ausgingen, und so fand er mich stets allein und willig. So gaben wir uns der gottlosen Lust fast ein halbes Jahr hin in aller Sicherheit, wobei ich aber nicht schwanger wurde, worüber ich sehr befriedigt war.

Etwa nach einem halben Jahr wollte mir der jüngere Bruder, den ich bereits anfangs erwähnt habe, ebenfalls zu Leibe. Als er mich eines Abends allein im Garten traf, fing er auf dieselbe Art an wie sein Bruder, erklärte mir nicht nur seine große Liebe, sondern erbot sich sogar, mich sofort in Ehren zu ehelichen.

Hierüber wurde ich sehr bestürzt und geriet in eine Not, wie ich sie noch nicht kennen gelernt. Ich stellte ihm die Ungleichheit zwischen uns beiden vor, welchen Vorwurf die Familie auf mich werfen würde: Undankbarkeit gegen seine Eltern, die mich mit solcher Großmut aufgenommen, als ich so bedürftig gewesen war, kurz, ich brauchte meine ganze Überredungskunst, um ihn von seinem Vorhaben abzubringen, nur verschwieg ich ihm den wahren Grund, womit ich ihn hätte überzeugen können, allein eben diesen durfte ich nicht verraten.

Inzwischen fiel etwas vor, was ich nicht vermutet und wodurch ich zum äußersten getrieben wurde. Dieser junge Herr, der ein aufrichtiges Gemüt hatte und es ehrlich meinte, war nicht so vorsichtig wie sein älterer Bruder, ein Geheimnis daraus zu machen, daß er in Jungfer Betty verliebt sei. Denn obgleich er es niemandem sagte, daß er mit mir davon gesprochen, gab er doch seinen Schwestern deutlich genug zu verstehen, wie es ihm ums Herz war. Die Mutter entdeckte es, und er bekam manches zu hören, und auch ich fand, daß die Leute gegen mich ganz verändert waren.

Ich sah die Wolke, doch nicht den Sturm. Das Benehmen meiner Herrschaft gegen mich wurde von Tag zu Tag unerträglicher, und ich bekam Wind, daß man mich in kurzem vor die Tür setzen wolle.

Diese Nachricht betrübte mich nicht, weil ich gewiß wußte, wer mich versorgen würde. Außerdem konnte ich täglich schwanger werden und wäre dann über kurz oder lang doch genötigt gewesen, das Haus, ohne einen triftigen Grund angeben zu können, zu verlassen.

Kurze Zeit darauf nahm der jüngere Herr Gelegenheit mir mitzuteilen, daß seine Liebe zu mir im Haus ruchbar geworden sei. Er gab mir nicht die Schuld, da ihm bekannt war, wie die Sache herausgekommen war. Er gestand, daß er selber mit seinen Reden schuld daran sei, denn er habe kein Geheimnis daraus gemacht, daß er mich liebe, weil er auch die Absicht gehabt, öffentlich zu erklären, daß er mich heiraten wolle, sobald ich nur darin einwilligen würde. Es sei wahr, seine Eltern könnten es übel aufnehmen und es ihn entgelten lassen, aber er wollte sich schon durch seine Advokatur versorgen und mich gut unterhalten. Da er nun glaubte, ich würde mich nicht weigern, so sei er entschlossen, meiner nicht zu entsagen, denn warum sollte er diejenige, die später doch seine Frau werden würde, nicht schon heute als seine Braut anerkennen. Ich hätte nichts weiter zu tun als ihm die Hand zu reichen, das übrige wolle er schon verantworten.

Hier saß ich nun in der Klemme und bereute von Herzen, daß ich dem älteren Bruder so leicht zu Willen gewesen war, nicht etwa aus Gewissensbissen, denn das waren für mich böhmische Dörfer, sondern weil ich unmöglich des einen Bruders Freiliebste und des anderen

Ehefrau sein konnte. Es fiel mir auch ein, daß mir der ältere Bruder versprochen mich zu heiraten, wenn er in den Besitz seines väterlichen Erbes kommen würde, aber ich erinnerte mich auch, daß er, seitdem ich seine Beischläferin geworden war, kein Wort mehr davon erwähnt hatte, was mir schon manchmal im Kopf herumgegangen war. Trotzdem hatte ich mich darum bisher nicht bekümmert, denn ebenso wie seine Liebe für mich nicht abnahm, verminderte sich auch seine Freigiebigkeit nicht, obwohl er mich bescheiden bat, kein Geld auf Kleidung zu verwenden, noch den geringsten Aufwand mit meiner Person zu machen, da dies der Familie in die Augen fallen würde, und ich solches nicht auf ehrliche, sondern nur auf verdächtige Weise erworben haben könnte.

Ich war nun in die Enge getrieben und wußte nicht, was ich anfangen sollte. Die größte Schwierigkeit lag darin, daß der jüngere Bruder mich an allen Orten zu treffen suchte und es auch alle Welt sehen ließ. Er kam in das Gemach seiner Mutter oder in das seiner Schwestern und setzte sich zu mir, wenn er mich dort fand, und redete in ihrer Gegenwart von tausend schönen Dingen zu mir. Das ganze Haus wußte davon, und die Mutter bestrafte ihn deshalb, während sie zu mir sehr ungnädig war. Kurz, die Mutter hatte es verlauten lassen, daß sie mir die Tür weisen wolle. Dies konnte dem älteren Bruder gewiß nicht verborgen bleiben, aber er mochte wohl darauf pochen, was niemandem von den anderen in den Sinn gekommen war, nämlich, daß er mir eine völlige Erklärung und einen Heiratsantrag gemacht habe. Allein ich hielt es für unumgänglich notwendig mit ihm darüber zu sprechen, war aber im Zweifel, ob ich ihn daraufhin anreden sollte oder warten, bis er es tun würde. Nach reiflicher Überlegung – ich dachte nun wirklich in allem Ernst darüber nach – wurde ich schlüssig ihm zuvorzukommen, und es währte nicht lange, daß sich eine gute Gelegenheit dazu bot. Der jüngere Bruder war wegen eines Prozesses nach London gereist, die übrigen von der Herrschaft machten Besuche, wie es sehr oft geschah, als der ältere Bruder seiner Gewohnheit nach in meine Kammer kam, um sich ein paar Stunden mit mir die Zeit zu vertreiben.

Nachdem wir eine Weile still gesessen hatten, merkte er mir eine Veränderung an, weil ich mich nicht so frei und lustig zeigte wie sonst, auch sah er bald, daß ich geweint hatte, und fragte mich deshalb freundlich, ob mir wohl etwas fehle oder ob ich Verdruß gehabt hätte. Ich hätte es jetzt gern verschwiegen, konnte es aber nicht mehr. Auf seine Fragen sagte ich ihm endlich, daß ich allerdings Verdruß gehabt hätte und zwar solcher Art, daß ich es schwerlich verbergen könnte, aber auch nicht wüßte, wie ich es ihm mitteilen sollte. Es sei etwas, was mich vollständig aus dem Gleichgewicht gebracht habe, und ich wüßte nicht, was ich anfangen sollte, wenn er mir nicht riete. Er antwortete mit der größten Zärtlichkeit, es möge sein, was es wolle, ich dürfe mich nicht so bekümmern, er sei bereit, mich gegen alle Welt zu beschützen.

Darauf fing ich von ungefähr an ihm zu sagen, die Fräulein hätten etwas von unserem heimlichen Umgang erfahren, denn ihr Benehmen gegen mich sei ganz anders als früher, ich könnte ihnen nichts mehr recht machen, immer zankten sie mit mir, obgleich ich ihnen doch gar keine Ursache dazu gegeben. Vorher hätte ich bei der älteren Schwester geschlafen, nun aber wäre mir ein besonderes Bett angewiesen worden, oder ich müßte auch bei einer von den Mägden liegen. Ich hätte oft heimlich gehört, wie sie von mir schlecht redeten, und endlich wäre mir zu Ohren gekommen, daß ich aus dem Haus sollte, weil mein längeres Verbleiben der Familie schädlich wäre.

Er lächelte darüber, und ich fragte ihn, warum er dies für so gering achtete, da er doch wissen müsse, daß eine solche Entdeckung zu meinem Verderben und zu seinem Nachteil ausschlagen müsse. Ich warf ihm vor, er sei ebenso wie die übrigen Männer: wenn sie ein Mädchen zu Willen gehabt hätten, trieben sie ihr Gespött mit ihr und hielten es für eine Kleinigkeit, wenn eine solche Person ihrem Untergang entgegenginge, nachdem sie ihr Vergnügen und ihre Lust mit ihr gehabt.

Als er fand, daß ich zornig und ernst aussah, schlug er einen anderen Weg ein und sagte, es sei ihm leid, daß ich solche Gedanken von ihm hegte, er habe mir niemals Ursache dazu gegeben, sondern sich meines guten Namens ebenso wie des seinen angenommen, er sei sicher, daß unser Verkehr so heimlich gewesen sei, daß keine Seele im Hause den geringsten Verdacht habe schöpfen können, und wenn er gelächelt hätte, so sei es deswegen gewesen, weil er noch vor kurzem erfahren habe, daß unser Verhältnis von niemandem bemerkt worden sei, worüber ich doch mit ihm froh sein sollte.

Ich wendete ein, ich könnte mich nicht freuen, wenn man mich aus dem Haus hinausjagen wolle. Wenn also unser Verkehr nicht herausgekommen sei, so begriffe ich nicht, was ich sonst getan haben sollte, weswegen man mir solche saure Gesichter zeigte, da ich doch früher wie ein Kind im Haus gehalten worden sei.

Es ist wahr, sprach er, mein liebes Kind, die Mutter und die Schwestern sind nicht mit dir zufrieden, aber das kommt nicht daher, weil wir etwas miteinander haben.

Sie haben meinen Bruder Robert im Verdacht, daß er ein Auge auf dich geworfen habe. Der Dummkopf hat es ihnen ja selbst auf den Kopf gesagt, er plagt und belästigt sie immerfort damit zu seiner eigenen Unehre. Ich gestehe, daß er unrecht daran tut, die Familie in Harnisch zu bringen und sie dir dadurch auf den Hals zu hetzen, aber es ist mir doch lieb, weil ich um so sicherer bin, daß sie nicht auf mich kommen, und das, meine ich, sollte dich doch auch freuen.
Das kann ich wohl begreifen, sagte ich, aber das ist doch nicht die Hauptsache, obwohl es mich auch bekümmert hat.
Was ist es denn? fragte er.
Ich konnte vor lauter Weinen kein Wort herausbringen. Er bemühte sich, mich zu beruhigen und wollte wissen, was mich etwa sonst noch quälte.
Da sagte ich ihm denn endlich, es sei meine Pflicht, es ihm zu entdecken, und er habe ja auch das Recht dazu es zu verlangen: Ich befände mich in solcher Verwirrung, daß ich nicht wüßte, was ich tun oder lassen sollte. Darauf erzählte ich ihm die ganze Geschichte, wie unklug sein Bruder sich aufgeführt habe, indem er mich so bloßgestellt. Wenn er nur stillgeschwiegen hätte, würde ich ihm rund heraus einen Korb haben geben können, ohne ihm irgendeinen Grund deswegen angeben zu brauchen,

so daß ihm wohl mit der Zeit die Lust vergangen wäre. Aber weil er sich meiner Einwilligung schmeichelte und auch noch dem ganzen Haus sein Vorhaben kund täte, käme es mir sehr ungelegen.

Ich berichtete ferner, wieweit ich ihm Widerstand geleistet hätte, auch wie treuherzig und rühmlich seine Absicht sei. Allein, fuhr ich fort, mein Zustand würde doppelt unglücklich werden, denn wenn sie mich jetzt schon scheel ansähen, weil er mich zu seiner Frau haben will, was werden sie erst tun, wenn sie hören, daß ich ihm eine abschlägige Antwort gegeben habe. Dann wird es heißen: Da steckt etwas anderes dahinter, sie wird wohl wissen, warum sie ein solches Glück ausschlägt, und dergleichen mehr.

Hierüber wurde mein Liebhaber sehr bestürzt und sagte, es sei gewiß eine brenzlige Sache für mich, er sähe auch nicht, wie ich da herauskommen könnte, ich sollte ihm nur Zeit gönnen, alles wohl zu überlegen, und er würde mir bei unserer nächsten Zusammenkunft seine Meinung darüber sagen. Inzwischen bäte er mich, seinem Bruder weder meine Einwilligung noch eine abschlägige Antwort zu geben, sondern ihn vielmehr eine Weile zappeln zu lassen.

Diese Worte machten mich stutzig. Ich verstünde das nicht, sagte ich, er wisse doch, daß ich keine Einwilligung mehr zu vergeben hätte, da er mir ja selbst die Ehe versprochen hätte und ich also demnach an ihn gebunden wäre. Er hätte mir doch bisher immer gesagt, ich sei seine Frau, und ich hätte mich auch wirklich dafür gehalten, wie wenn die Trauung in aller Form vor sich gegangen wäre, es sei dies ja auch solches sein eigener Wille gewesen, indem er mich die ganze Zeit über beredet hätte, mich seine Frau zu nennen.

Ja, mein Schatz, sagte er, laß dich nur nicht hierdurch irre machen. Wenn ich auch nicht dein ehelicher Mann bin, so will ich doch so an dir handeln, als ob ich es wäre. Bekümmere dich darüber nicht, und laß mich die Sache etwas genauer überlegen, ich will dir bald mehr darüber sagen.

Er stellte mich hierdurch so zufrieden als er konnte, ich fand aber, daß er tiefe Gedanken hatte, und obwohl er sehr freundlich zu mir war, mich auch wohl tausendmal küßte und mir Geld gab, so fiel doch in den ganzen zwei Stunden, die wir zusammen verbrachten, nichts weiter vor, worüber ich mich sehr verwunderte, besonders wenn ich bedachte, wie es sonst zu sein pflegte, und welch schöne Gelegenheit wir hatten.

Der Bruder kam erst nach fünf oder sechs Tagen von London zurück, und es verstrichen noch einige Tage, ehe sie miteinander reden konnten. Endlich, als sie sich einmal allein trafen, nahm der ältere den jüngeren auf die Seite. Er hielt ihm vor, daß er unterdes wunderliche Gerüchte gehört hätte, nämlich daß er um Jungfer Betty freien wolle.

Was ist denn dabei, sagte der jüngere und wurde dabei ein bißchen gereizt, ich weiß nicht, wen das wohl etwas anginge?

Werde nur nicht böse, mein lieber Robert, sprach der ältere, ich habe dazu nichts zu sagen, ich finde aber, daß die Unsrigen sich mit der Sache beschäftigen und dem armen Mädchen deswegen Ungelegenheiten machen.

Wen meinst du mit den Unsrigen? fragte Robert. – Ich verstehe meine Mutter und Schwestern darunter, sagte der ältere Bruder, aber gestehe mir einmal aufrichtig, liebst du Betty wirklich ernsthaft?

Ich will es dir frei heraus bekennen, sagte Robert, ich liebe sie mehr als alle Mädchen der Welt, und ich muß sie haben, mögen die Unsrigen sagen und tun, was sie wollen, ich glaube auch, das Mädchen wird mich nicht abweisen.

Noch an demselben Abend fand er Gelegenheit, mir das ganze Gespräch zu wiederholen. Als ich das hörte, ging es mir sehr zu Herzen, denn obwohl meine Vernunft Robert nicht verschmähen wollte, so ließ doch mein Gewissen das nicht zu, obwohl ich meinen Untergang be-

reits voraussah. Es war aber jetzt nicht an der Zeit, darüber zu sprechen, und so unterbrach ich die Erzählung mit den Worten: Meint er denn, ich könne mich ihm nicht versagen, nun so soll er sehen, daß ich es kann!
Still, mein Schatz, sprach er, laß mich erst mit meiner Erzählung zu Ende kommen, und dann sage, was du willst.
Darauf fuhr er fort und sprach, er habe seinem Bruder so zugeredet: Mein lieber Robert, du weißt doch, daß Betty nichts besitzt, und du kannst eine bekommen, die dir eine gute Mitgift mitbringt.
Das ist mir gleichgültig, sagte Robert, ich mag das Mädchen leiden, und ich werde mich beim Heiraten nicht nach dem Geldbeutel richten, sondern nach meiner Neigung.
Darum, fügte der ältere hinzu, sehe ich nicht, wie man ihn davon abbringen könne.
Allerdings, sagte ich, ich kann und werde ihn davon abbringen. Ich habe jetzt Nein sagen gelernt, vorher war ich nicht so klug. Sollte mir jetzt der größte Herr im ganzen Land einen Antrag machen, so würde ich ihn getrost abschlagen.
Aber, mein Engel, sprach er weiter, was kannst du ihm nur sagen? Du weißt, daß er dich hart bedrängen wird, und das ganze Haus wird sich wundern und herauszube-

kommen versuchen, was hinter deiner Widerspenstigkeit steckt.
O, sagte ich, ich kann ihnen allen den Mund stopfen, wenn ich sowohl Robert wie auch den übrigen beichte, daß ich schon mit dem älteren Bruder verheiratet bin.
Er lächelte ein wenig bei diesen Worten, doch merkte ich, daß er stutzig wurde und daß er seine Bestürzung schwer verbergen konnte. Er antwortete, es sei wohl in gewissem Sinn wahr, daß ich mit ihm verheiratet wäre, doch meine er, es sei nur ein Scherz von mir, mich auf solche Weise herauszureden, weil es sich wegen mancherlei Ursachen nicht schicken würde.
Ich antwortete, ich hätte auch nicht sonderlich Lust, dieses Geheimnis ohne seinen Willen herauskommen zu lassen.
Was könntest du meinem Bruder denn für Einwendungen machen, fragte er, wenn jedermann sieht, daß du eine Heirat ausschlägst, die dir allem Anschein nach doch so große Vorteile einbringen würde.
Darum bin ich nicht verlegen, sprach ich, denn erstens bin ich nicht verpflichtet, jemandem Rede zu stehen, aus welchem Grund ich es abschlage, zweitens kann ich ihnen sagen, daß ich schon verheiratet bin, und weiter nichts. Dies wird deinem Bruder genügen, denn er hat keinen Grund, mich weiter danach zu fragen.

Aber sie werden dich quälen, und wenn du gänzlich schweigst, es übelnehmen und auf allerhand Argwohn verfallen.
Dann kann ich nichts dafür, sprach ich, was soll ich nun tun? Ich war bereits bekümmert genug und habe dir deswegen meinen Zustand offenbart, damit du mir einen guten Rat geben sollst.
Mein Schatz, sprach er, ich habe es reiflich überlegt, das kannst du glauben, und ich will dir einen Rat geben, der mir zwar selber schwer und dir im ersten Augenblick vielleicht spanisch vorkommen wird, aber er ist doch der beste Weg, der dir offensteht, wenn man alle Umstände in Betracht zieht, nämlich: daß du meinem Bruder willfährst, und falls du findest, daß es ihm rechter Ernst damit ist, ihn heiratest.
Ich warf bei diesen Worten einen entsetzten Blick auf ihn und wurde leichenblaß und wollte vom Stuhl herunterfallen. Aber er ergriff mich und schrie aus vollem Hals: Mein Kind, was ist dir? Was soll das heißen? und dergleichen. Er rüttelte und schüttelte mich, rief und schrie so lange, bis ich wieder ein wenig zu mir kam, obgleich es noch eine gute Weile dauerte, ehe ich mich recht besinnen und reden konnte, denn die Sprache war mir für einige Minuten vergangen.
Als ich nun wieder völlig zu mir gekommen war, fing er

an: Mein Schatz, ich wollte doch nur dein Bestes, du siehst doch, wie es in diesem Fall mit der ganzen Familie steht, sie würden alle rasend werden, denn soviel ich daraus ersehen kann, würde es nicht nur mich, sondern auch dich ins Verderben stürzen.

Sind denn alle deine Gelübde und Beteuerungen, sagte ich, durch das bloße Mißfallen der Familie über den Haufen geworfen? Habe ich dir das nicht immer vorgehalten, und du hast es in den Wind geschlagen als eine Kleinigkeit, die du gering achtetest und leicht überwinden würdest? Ist es nun so weit gekommen? Ist das deine Treue, deine Ehe, dein wohlgegründetes Versprechen?

Er blieb bei allen diesen Vorwürfen sehr ruhig, obgleich ich gar nicht sparsam damit umging. Endlich sagte er: Mein Schatz, ich habe noch keine meiner Versprechungen gebrochen. Meine Zusage war, dich zu heiraten, wenn ich zu meinem väterlichen Erbteil gelangen würde, du siehst aber, daß mein Vater ein gesunder, frischer Mann ist, der noch gut dreißig Jahre leben kann, ohne damit älter zu werden als viele andere in der Stadt. Du hast niemals von mir verlangt, daß ich dich eher als dann heiraten sollte, weil du wußtest, daß es mein Untergang sein würde. Im übrigen bin ich dir in keiner Weise zu nahe getreten.

Ich konnte nichts dagegen einwenden. Aber warum,

fragte ich, konntest du mich denn überreden, dich zu verlassen, da du mich doch nicht verlassen hast? Habe ich für meinen Teil etwa keine Liebe, keine Neigung, die du in so großem Maß hegst? Habe ich dir keine Gegenliebe gezeigt? Habe ich von meiner Leidenschaft und Aufrichtigkeit etwa kein Zeugnis abgelegt? Sind die Opfer der Sitte und Ehre nicht Beweise genug, daß ich mit dir allzu fest verbunden bin, als daß ich mit dir brechen könnte?

Aber hier, mein Schatz, sagte er, kannst du in sichere Verhältnisse kommen und dich mit Ehren sehen lassen. Die Erinnerung dessen, was zwischen uns vorgefallen ist, wollen wir in ewiger Vergessenheit begraben, als wenn es nie gewesen wäre. Du kannst dich jederzeit meiner aufrichtigen Gewogenheit versichert halten, nur soll dieselbe ehrlich sein und meinem Bruder keinen Schaden tun. Du sollst dann meine liebe Schwester heißen, so wie du jetzt – – hier hielt er inne.

Deine liebe Hure, warf ich ein, hast du sagen wollen, du brauchst gar kein Blatt vor den Mund zu nehmen. Doch ich verstehe dich schon. Inzwischen sei so gut, dich der langen Unterredungen zu erinnern, die wir miteinander gehabt haben, und der vielstündigen Mühe, die du dir gegeben hast mich zu überreden, daß ich mich für so ehrlich halten sollte wie nur irgend eine auf der Welt, daß ich vor Gott deine Ehefrau wäre, und daß unsere Vereinigung ebensoviel wert sei, als wenn uns ein Priester getraut hätte. Du weißt, daß dies deine eigenen Worte gewesen sind.

Dies ging ihm doch ein wenig nahe. Er stand eine Zeitlang unbeweglich und sagte kein Wort, dann fuhr ich fort: Wenn du nicht ungerecht sein willst, so kannst du nicht glauben, daß ich mich auf all die süßen Worte hin ergeben hätte, wenn ich an deiner Liebe gezweifelt oder nicht gedacht hätte, solche Liebe könne nie aufhören, komme was da wolle. Hegst du aber dergleichen schändliche Gedanken von mir, so muß ich fragen, womit ich das verdient habe. Wenn ich aber meiner starken Liebe nachgegeben und dabei geglaubt habe, ich sei wirklich deine Frau, warum soll ich jetzt diesen ganzen Grund über den Haufen werfen und mich deine Hure oder Freiliebste nennen, was auf eins herauskommt? Willst du mich deinem Bruder übergeben? Kannst du auch meine Liebe auf jemand anderen hinlenken? Kannst du mir befehlen, nicht dich sondern ihn zu lieben? Nein, mein Lieber, das ist unmöglich. Denn du magst dich ändern wie du willst, ich will dir doch allzeit treu bleiben und eher, da es doch so weit gekommen ist, deine Freiliebste als deines Bruders Weib sein.

Die letzten Worte schienen ihm zu gefallen und sein

Herz zu rühren. Er sagte mir, es wäre seinerseits nichts versäumt, keine Zusage gebrochen worden, alles bliebe ebenso wie vorher, aber es stellten sich ihm so viele schreckliche Dinge vor Augen, daß er das obengenannte Mittel vorgeschlagen habe, nicht daß wir dadurch gänzlich geschieden sein sollten sondern unser Leben lang Freundschaft miteinander halten könnten, was uns vielleicht mehr Zufriedenheit gewähren würde als unser jetziger Zustand. Ich könne doch nicht gut von ihm befürchten, daß er ein Geheimnis entdecken sollte, wodurch wir beide unseren Untergang befördern würden. Eine Frage sei noch zu beantworten, und wenn diese Antwort nach Wunsch ausfiele, so wäre er noch immer der Meinung, daß ich nichts Besseres tun könne als seinem Rat zu folgen.
Ich erriet diese Frage sogleich, nämlich ob ich etwa schwanger sei.
Was das betrifft, sagte ich, so brauche er sich deshalb keine Sorge zu machen, es wäre noch nicht so weit.
So haben wir, sagte er, dann nichts weiter zu besprechen. Überlege es wohl, meine liebe Betty, ich bin noch immer der Ansicht, daß mein Rat der beste ist. Und hiermit nahm er schnell Abschied, weil er seine Mutter und die Schwestern kommen hörte.
Er ließ mich in der größten Verwirrung zurück, die er

mir auch am folgenden Tag und die ganze Woche hindurch anmerkte, allein es fand sich keine Gelegenheit, sich mir eher zu nähern als erst am Sonntag, da ich wegen Unpäßlichkeit nicht zur Kirche ging und er gleichfalls eine Entschuldigung fand, um zu Hause zu bleiben. Dieses Mal war er wieder anderthalb Stunden mit mir allein, und unser Gespräch war dasselbe wie neulich. Zuletzt fragte ich ihn im Zorn, was er wohl von meiner Ehrbarkeit hielte, wenn er mir zumutete, ich sollte bei zwei Brüdern schlafen. Ich versicherte ihm dabei, daß dies niemals angehen könnte, und fügte noch hinzu, wenn er mir sagte, daß er mich niemals wiedersehen wollte, was mir nächst dem Tod das schrecklichste zu sein schiene, so könnte ich mich doch nicht an solche Gedanken gewöhnen, die mir schändlich und unanständig seien. Deswegen ersuchte ich ihn, wenn er noch die geringste Achtung und Neigung für mich übrig hätte, nicht mehr mit mir davon zu reden oder mir sonst lieber seinen Degen in die Brust zu stoßen. Er schien über meinen Eigensinn sehr bestürzt zu sein und sagte, es sei weder mir noch ihm daran gelegen, es wäre nun eben ein so wunderbarer Zufall, den wir beide nicht vorausgesehen hätten, und doch gäbe es keinen anderen Weg als den, welchen er mir vorgeschlagen hätte, um uns beide aus der Not zu reißen, und er müßte es mir deswegen übel deuten, daß ich seinen Rat nicht befolgen wolle. Wenn ich ihm aber verböte, davon noch etwas zu sagen – und dies sagte er mit der größten Kaltblütigkeit – so wüßte er sonst nichts, wovon wir noch weiter reden sollten. Mit diesen Worten stand er auf, um sich zu verabschieden.

Ich stand ebenfalls auf mit derselben Kaltblütigkeit, allein als er mir sozusagen den Abschiedskuß gegeben, brach ich in Tränen aus, so daß ich nicht zu sprechen vermochte, auch wenn ich gewollt hätte. Ich drückte seine Hand, tat so, als sagte ich ihm gute Nacht, weinte aber bitterlich.

Hierdurch wurde er gerührt, danach setzte er sich wieder zu mir und redete mir viel vor, kam aber immer auf seinen Ratschlag zurück und gab mir zu verstehen, daß er mich auch, wenn ich ihn nicht befolgte, doch versorgen werde, ließ mich aber deutlich merken, daß er ferner mit mir nichts zu tun haben wollte und mich nicht als seine Geliebte betrachten könnte, weil es seiner Ehre zu nahe träte, einen vertrauten Umgang mit derjenigen Frau zu pflegen, die allem Vermuten nach heute oder morgen seines Bruders Frau werden würde.

Der Verlust keines Liebhabers ging mir je so zu Herzen als der Verlust dieses ersten, und der Verlust meiner Hoffnung, ihn jemals zum Ehegatten zu bekommen, weil ich ihn unmenschlich lieb hatte. Dies drückte mich dergestalt nieder, daß ich ein hitziges Fieber bekam und eine Zeitlang an meiner Besserung zweifelte. Es kam so weit mit mir, daß ich oft raste, aber nichts ängstigte mich so sehr als die Furcht, daß ich in meinem Wahn eines oder das andere zu meines Geliebten Nachteil vorbringen könnte. Es ging mir sehr nahe, daß ich ihn nicht sehen durfte, und er litt deswegen auch sein Teil, denn er liebte mich wohl wirklich von Herzen. Allein es konnte nicht geschehen, daß wir uns sahen, auch hatten wir beide keinen Grund, es zu verlangen, weil unsere Liebe dadurch entdeckt worden wäre.

Beinahe drei Wochen blieb ich im Bett, und obgleich sich die Heftigkeit des Fiebers nach drei Wochen legte, kam es doch zu verschiedenen Zeiten wieder. Die Ärzte erklärten einige Male, sie wüßten nichts mehr zu verordnen, die Natur müßte sich selbst helfen. Am Ende der fünften Woche besserte es sich mit mir, allein ich war noch so schwach, so verändert und erholte mich so langsam, daß die Ärzte befürchteten, ich hätte die Schwindsucht. Das aber verdroß mich am meisten, daß sie sagten, mein Gemüt sei niedergeschlagen, ich müßte etwas auf dem Herzen haben, kurz, ich müßte wohl verliebt sein. Als sie dies im Hause hörten, quälten sie mich fortwährend, ich sollte doch sagen, ob ich verliebt wäre und in wen, aber ich gestand nichts.

Es fiel deshalb eines Tages bei Tisch ein Zwist vor, worüber die ganze Familie aufrührerisch wurde. Außer dem Vater waren sie alle versammelt. Was mich betraf, so lag ich krank in meiner Kammer. Zu Anfang des Gesprächs befahl die alte Mutter der Magd, sie sollte hinaufgehen und fragen, ob ich noch etwas verlangte. Aber die Magd brachte den Bescheid, daß ich noch nicht die Hälfte von dem genossen hätte, das sie mir hingestellt hätten.

Das arme Mädchen, sagte die Mutter, fürchte ich, wird nie wieder genesen.

Wie sollte es wohl anders sein, sagte der ältere Sohn, wenn sie verliebt ist.

Ich glaube kein Wort davon, sagte die Mutter. Wer weiß, sprach die älteste Schwester, man hat so viel Wesens von ihrer Schönheit gemacht und zwar in ihrer Gegenwart, vielleicht hat ihr dies den Kopf verdreht, und dann ist es immer schlimmer geworden. Ich wüßte nicht, wie ich es mir sonst erklären sollte.

Du mußt doch zugeben, sagte der ältere Bruder, daß Jungfer Betty sehr schön ist.

Jawohl, sagte Robert, viel schöner als ihr seid, und das verdrießt euch eben.

Darum handelt es sich nicht, sprach die eine Schwester, das Mädchen ist artig genug, und sie wird es selber auch

wissen, ist es aber deshalb nötig, daß man es ihr sagt, damit sie sich etwas darauf einbildet?
Wir reden jetzt nicht von ihrer Einbildung, sondern davon, daß sie verliebt sein soll, sagte der ältere Bruder.
Vielleicht ist sie in sich selbst verliebt, wie meine Schwestern anzunehmen scheinen.
Ich wünschte, sie wäre in mich verliebt, sagte Robert, ich wollte sie bald heilen.
Was willst du damit sagen, mein Sohn, sprach die Mutter, wie kannst du wohl so reden?
Liebe Mutter, versetzte Robert, meint ihr, daß ich das arme Mädchen aus Liebe sterben lassen würde, und noch dazu, wo ich so nahe bei der Hand bin?
Pfui, Bruder, sagte die jüngere Schwester, wie kannst du so reden, willst du eine zur Frau nehmen, die keinen Heller Vermögen hat?
Mein liebes Kind, sagte Robert, Schönheit ist ein Brautschatz, und ein frommes Gemüt dabei ist eine gute Morgengabe. Ich wünschte, du hättest nur die Hälfte ihrer Mitgift.
Darauf schwieg die jüngere Schwester.
Nun, sagte die ältere, wenn auch Betty nicht verliebt ist, so ist es doch mein Bruder. Mich wundert, daß er ihr sein Anliegen noch nicht offenbart hat, ich wette, sie würde nicht Nein sagen.

Die sich ergeben, wenn man sie bittet, haben etwas vor denen voraus, die man noch nie darum gefragt hat, und noch mehr vor denen, die sich ergeben, ehe man sie darum fragt. Da hast du meine Antwort, Schwester.

Dies war Öl ins Feuer gegossen. Die Schwester wurde zornig und sagte, es wäre nunmehr hohe Zeit, das Mensch – damit meinte sie mich – aus dem Haus zu schaffen. Da solches aber jetzt wegen der Krankheit nicht geschehen könne, so hoffe sie, Vater und Mutter würden dafür Sorge tragen, sobald ich nur imstande wäre, mich von dannen zu bringen.

Robert sprach, das ginge nur die Eltern an, welche wohl nicht nötig hätten, sich von jemandem etwas vorschreiben zu lassen, der so wenig Verstand hätte wie seine Schwester.

Es kam noch besser: Die Schwester schalt, Robert schimpfte und schmähte, aber die arme Betty verlor dabei am meisten. Man sagte es mir, und ich weinte von Herzen darüber, bis die gnädige Frau herauf kam, weil man ihr erzählt hatte, wie sehr ich mich darüber grämte. Ich klagte ihr, daß es unrecht von den Ärzten gehandelt sei, mir solches unterschieben zu wollen, zumal wenn man meine Stellung in der Familie betrachte. Ich hoffte indessen, daß ich nichts getan hätte, was mir die Gunst der gnädigen Frau entziehen könne, um so weniger, als ich mich auch nur im geringsten an den Zänkereien zwischen ihren Kindern für schuldig halten könne, zumal ich mehr Ursache hätte an den Sarg als an Liebe zu denken, und ich bat sie, daß sie mich doch um keines anderen als meines eigenen Versehens halber aus ihrer Gunst ausschließen möge.

Sie begriff gar wohl, daß ich im Recht war, sagte mir aber, weil doch solch ein Streit in ihrem Hause meinetwegen entstanden wäre, und ihr jüngster Sohn so wunderliche Reden führte, ihr Vertrauen zu schenken und ihr auf eine Frage aufrichtig zu antworten. Ich versprach es mit der größten Aufrichtigkeit und Redlichkeit. Darauf fragte sie mich, ob zwischen mir und ihrem Sohn Robert irgendwelche Beziehungen beständen.

Ich antwortete mit höchster Beteuerung, es sei nichts zwischen uns vorhanden, auch niemals etwas gewesen. Herr Robert hätte wohl, fuhr ich fort, gescherzt, wie die gnädige Frau ja an ihm gewöhnt wäre, ich hätte es auch stets so aufgefaßt, als eine jugendliche Art zu reden, die nichts zu bedeuten habe. Ich gab ihr also die feste Versicherung, daß zwischen uns nichts bestände, und daß diejenigen, die es gesagt hätten, mir gar sehr zu nahe träten und auch dem Herrn Robert einen schlechten Dienst damit erwiesen hätten.

Hiermit war die gnädige Frau völlig zufrieden, küßte

mich, gab mir gute Worte, bat mich, auf meine Gesundheit Bedacht zu sein und es mir an nichts fehlen zu lassen, worauf sie mich verließ.
Als sie aber hinunter kam, fand sie ihren jüngeren Sohn und die Schwestern in voller Wut. Er hielt ihnen vor, daß sie gar nicht hübsch wären und niemals einen Verehrer gehabt hätten, daß sich noch niemand um ihre Gunst bemüht hätte, sondern daß sie fast genötigt gewesen wären, sich den Männern anzubieten und dergleichen mehr. Er hielt ihnen Jungfer Betty vor, wie sie so artig und fromm wäre, wie viel besser sie sänge und tanzte, ja, wieviel mehr Schönheit sie ihnen voraus habe, und unterließ nichts, was die guten Fräulein kränken konnte. Die Mutter wollte Frieden stiften und erzählte das Gespräch, das sie eben mit mir gehabt hatte, und daß ich ihr versichert, es läge nichts zwischen mir und Robert.
Darin hat sie unrecht, sagte Robert, denn wenn nichts zwischen uns wäre, würden wir uns wohl näher stehen. Ich habe ihr gesagt, daß ich sie ungemein liebe, aber sie hat es niemals glauben wollen.
Wie ist das möglich, sagte die Mutter, wer seine Sinne beieinander hat, muß doch wohl glauben, daß du es ernstlich meinst, wenn du dem armen Mädchen solche Dinge sagst. Allein, lieber Sohn, fuhr sie fort, da du uns gestehst, sie habe dir nicht glauben wollen, so sage doch endlich,

was wir davon denken sollen. Denn du führst so seltsame Reden, daß man nicht klug daraus wird, noch wissen kann, ob es Ernst oder Scherz ist. Aber da ich auch nach deiner Aussage weiß, daß das Mädchen mir die reine Wahrheit gesagt hat, so möchte ich, daß du es auch tätest und mir offenherzig sagtest, ob etwas daran ist oder nicht, ob es dein Ernst ist oder nicht. Es ist dies eine wichtige Frage, und ich möchte sie gern beantwortet haben.

Bei meiner Ehre, Frau Mutter, es ist vergeblich, die Sache zu umgehen oder zu bemänteln, sagte Robert, es ist mir so ernst damit als jemandem, der zum Tod geführt wird. Würde Jungfer Betty sagen, daß sie mich lieb hätte, so wollte ich mich morgen früh vor dem Frühstück mit ihr trauen lassen und statt meines Frühstücks vor dem Prediger Ja sagen.

So ist denn, sprach die Mutter betrübt, einer von meinen Söhnen verloren.

Ich hoffe, Frau Mutter, sagte Robert, der Mann ist nicht verloren, der eine gute Frau findet.

Aber, mein liebes Kind, fuhr die Mutter fort, sie ist eine Bettlerin.

Eben darum, antwortete Robert, muß man Liebe und Barmherzigkeit an ihr üben. Ich würde sie auch nehmen, wenn sie Almosenempfängerin wäre, sie und ich würden dann zusammen betteln gehen.

Mit solchen Dingen soll man nicht scherzen, sagte die Mutter.
Ich scherze nicht, sagte Robert, ich wollte kommen und euch und meinen Herrn Vater um euren Segen bitten.
Das gehört nicht hierher, sagte die Mutter, wenn das wahr ist, so bist du ein verlorener Sohn.
Darum ist mir nicht angst, sagte Robert, denn ich zweifle sehr, ob Jungfer Betty mich haben will, es mag meinen Schwestern auch noch so spanisch vorkommen: ich glaube nicht, daß ich jemals so glücklich sein werde sie zu überreden.
Das ist gut, wandte die jüngere Schwester ein, es ist also noch nicht so weit mit ihr gekommen! Jungfer Betty ist aber keine Närrin, meinst du, daß sie mehr als andere gelernt hat und Nein sagen wird?
Es ist wahr, Fräulein Naseweis, sprach Robert, Jungfer Betty ist keine Närrin, aber Jungfer Betty kann ja schon anderweitig versprochen sein.
Dagegen läßt sich nichts sagen, sprach die andere Schwester, aber wer sollte dies wohl sein, mit dem sie versprochen ist, sie kommt ja nicht aus dem Haus, es muß einer von euch beiden sein.
Das geht mich nichts an, sprach Robert, ich bin genug darüber befragt worden, da ist mein Bruder, wenn einer von uns es sein soll, so wendet euch an ihn.

Er schüttelte nur den Kopf und sprach: So bin ich ein ruinierter Mann!
In dem Augenblick trat die Schwester herein und sagte, sie könne die Flöte nicht finden. Ich sehe wohl, sagte er, es geht nicht ohne mich, sprang auf und ging hinaus und suchte selbst, kam aber auch mit leeren Händen wieder, nicht weil er die Flöte nicht zu finden vermochte, sondern weil er keine Lust mehr zum Spielen hatte. Er hatte mit mir zu sprechen gesucht, wie er gewollt, aber es war nicht zu seinem Vergnügen gewesen.
Mich befriedigte es hingegen sehr, daß ich Gelegenheit gefunden hatte, ihm frei heraus meine Meinung zu sagen, und obwohl es nicht die Wirkung hatte, die ich verlangte, nämlich ihn noch fester an mich zu knüpfen, so nahm es ihm doch alle Möglichkeit, mich zu verlassen, wenn er nicht alle Ehre und Redlichkeit außer acht lassen wollte.
Einige Wochen danach ging ich wieder im Haus umher, es besserte sich mit mir, ich war aber stets betrübt und einsam, worüber sich die ganze Familie wunderte, derjenige ausgenommen, der die wahre Ursache kannte. Doch es währte lange, bis er meinen Kummer bemerkte, ich meinerseits wollte ihn auch nicht anreden, sondern war immer sehr ehrerbietig gegen ihn und sagte kein einziges Wort, woraus man etwas entnehmen konnte. Dieses

dauerte ungefähr drei bis vier Monate, ich erwartete täglich meine Verabschiedung wegen des Mißvergnügens, das ich in der Familie ohne meine Schuld angerichtet hatte, und hegte auch keine Hoffnung mehr, meinen Liebhaber ferner zu sehen, sondern meinte, von ihm verlassen und vergessen zu sein.

Zuletzt bot sich mir selbst eine Gelegenheit zum Weggehen. Ich redete einmal ganz ernsthaft mit der gnädigen Frau wegen meines Zustandes, daß mir nach meiner Krankheit beständig solcher Schwermut anhinge.

Ich bin bange, Betty, sprach sie, daß es dir so nahegegangen ist, was ich über meinen Sohn mit dir geredet habe, du bist vielleicht darüber so traurig. Ich bitte dich, laß mich wissen, wie die Sachen zwischen euch beiden stehen, denn Robert scherzt und spottet nur, wenn ich mit ihm darüber spreche.

Wenn ich die Wahrheit reden soll, gnädige Frau, sagte ich, stehen die Sachen so, daß ich es mir gern anders wünschte. Ich will Ihnen reinen Wein einschenken. Herr Robert hat mir verschiedene Male die Ehe angetragen, welche Ehre ich angesichts meiner Armut nie vermutet hätte, aber ich habe mich ihm allzeit widersetzt und vielleicht mit größerer Standhaftigkeit, als es meinem Stand zukommt in Anbetracht der Hochachtung, die ich einem jeden in dieser Familie schuldig bin. Indes – ich

habe die Verpflichtung Ihnen gegenüber nie so weit aus den Augen gelassen, daß ich meine Zustimmung zu einer Sache gegeben hätte, die Ihr Mißfallen erregt haben würde. Und ich habe Herrn Robert auch gesagt, ich könnte in Ewigkeit nicht daran denken, es sei denn, daß er die Genehmigung Eurer Gnaden und des Herrn Vaters dazu hätte.
Ist das möglich, sagte die gnädige Frau, so hast du großmütiger an uns gehandelt als wir an dir. Denn wir haben immer gedacht, du hättest unseren Sohn in deinen Netzen, und wir waren sogar deswegen schon auf deine Entfernung bedacht, obwohl ich mir nichts davon dir gegenüber merken ließ, aus Besorgnis, es möchte dich zu traurig machen und dich wieder aufs Krankenbett werfen, denn wir meinen es noch immer gut mit dir, wenn auch unser Sohn nicht unglücklich werden darf. Verhält sich die Sache aber so, dann haben wir dir alle miteinander Unrecht getan.
Um die Wahrheit dessen, was ich gesagt habe, zu beweisen, gnädige Frau, sagte ich, brauchen Sie nur Ihren Herrn Sohn selbst zu fragen; wenn er redlich an mir handeln will, so muß er die Sache genau so erzählen, wie ich es getan habe.
Darauf ging die gnädige Frau zu ihren Töchtern und ließ sie wissen, was sie von mir gehört hatte. Diese wurden

darüber bestürzt, wie ich mir leicht denken konnte. Die eine sagte, sie hätte das nicht erwartet, die andere meinte, Robert sei ein Narr. Dann wollten sie wieder kein Wort davon glauben, sondern meinten, Robert würde die Sache ganz anders erzählen, aber die Mutter, die klar sehen wollte, ehe ich Gelegenheit gehabt hätte, mich mit Robert zu verständigen, ließ ihn unverzüglich rufen. Er war in der Nähe bei einem Advokaten und kam sogleich herbei.

Als alle versammelt waren, sagte die Mutter: Setze dich, Robert, ich habe etwas mit dir zu reden.

Ich stehe zu Diensten, Frau Mutter, antwortete Robert, ich hoffe, Sie werden mir vielleicht eine gute Frau antragen, denn es ist mir sehr darum zu tun.

Wie könnte ich das tun, sagte die Mutter, hast du nicht gesagt, du wolltest Jungfer Betty heiraten?

Allerdings, sprach Robert, aber es hat mich jemand daran gehindert.

Wer sollte das sein? fragte die Mutter.

Jungfer Betty selbst, antwortete Robert.

Wie geht das zu, fragte die Mutter, hast du denn um sie geworben?

Freilich habe ich um sie geworben. Ich habe sie fünfmal in aller Form angesprochen, während sie krank war, und bin allemal abgewiesen worden. Sie ist so starrköpfig, daß sie weder nachgeben noch sich auf andere Bedingungen einlassen will als auf solche, die ich wirklich nicht eingehen kann.

Erkläre dich deutlicher, sprach die Mutter, denn ich bin bestürzt und kann dich nicht verstehen, ich hoffe, das ist nicht dein Ernst.

Meine liebe Frau Mutter, die Sache ist deutlich genug und bedarf keiner weiteren Erklärungen. Sie will mich nicht haben, hat sie mir gesagt. Ich meine, das ist sehr deutlich und ziemlich grob dazu.

Aber, sprach die Mutter, du redest von Bedingungen, die du nicht eingehen könntest. Verlangt sie etwa einen Witwensitz? Ihre Ausstattung sollte wohl nach ihrer Brautgabe eingerichtet sein, und was bringt sie dir mit?

Was das anlangt, so ist sie reich genug. Ich bin mit ihrer Mitgift völlig zufrieden, aber es liegt eben an mir, ich kann ihrem Begehren kein Genüge leisten, und wenn ich das nicht tue, will sie mich nicht haben.

Hier gaben die Schwestern auch ihre Weisheit dazu: Mutter, sagte die jüngere, es ist unmöglich, ein vernünftiges Wort aus ihm herauszubringen, er gibt keinem Menschen richtigen Bescheid. Das beste ist, wir lassen ihn gehen und reden nicht mehr davon. Es wird ja wohl ein Mittel geben, ihm das Mädchen aus den Augen zu bringen.

Diese Grobheit seiner Schwester verdroß Robert, er gab sie ihr zurück und sagte zur Mutter: Es gibt zweierlei Leute, mit denen man nicht disputieren soll: mit Naseweisen und mit Narren, es ist aber etwas zuviel, daß ich zu gleicher Zeit mit beiden streiten soll.
Darauf erwiderte die jüngere Schwester: Wir müssen wohl rechte Närrinnen sein, wenn wir uns weis machen ließen, daß unser Bruder der Jungfer Betty die Ehre angetragen habe, sie zu heiraten und daß sie sich geweigert hätte.
Du magst antworten oder nicht antworten, schreibt Salomo, sagte Robert, es bleibt dasselbe. Ich sollte meinen, wenn euer Bruder versichert, daß er der Jungfer Betty fünfmal die Ehe angetragen und sie ihn abgewiesen habe, daß dann eine jüngere Schwester an der Wahrheit nicht zweifeln sollte, wenn selbst die Mutter es nicht tut.
Da siehst du nun, sprach die Schwester, daß die Mutter dich nicht verstanden hat.
Es ist ein Unterschied, sagte Robert, sich eine Sache erklären zu lassen und – sie nicht glauben wollen.
Aber mein Sohn, fing die alte Dame wieder an, wenn du gesinnt, bist uns das Geheimnis zu offenbaren, so laß einmal die harten Bedingungen hören, von denen du gesprochen hast.
Von Herzen gern, sprach Robert, ich hätte sie schon

längst gesagt, wenn mir diese Hausplagen nicht immer ins Wort gefallen wären. Die Bedingungen sind, daß ich Sie, verehrte Frau Mutter, und den Herrn Vater zur Einwilligung bewege, denn wenn das nicht stattfindet, so will Jungfer Betty nichts davon hören. Nun aber glaube ich, daß es nimmer in meinen Kräften steht, diese Bedingungen zu erfüllen, und hoffe, meine hitzigen Schwestern werden nun zufriedengestellt sein und sich wohl ein wenig schämen.

Diese Antwort machte die Bestürzung noch größer, nur der Mutter waren sie nichts Neues, weil ich ihr eben dasselbe gesagt hatte. Die Töchter verstummten eine Weile, aber die Mutter sagte etwas hastig: Ich habe dieses schon vorhin gehört, aber nicht glauben können, wenn es sich indes so verhält, so haben wir alle der guten Betty Unrecht getan, und sie hat sich besser betragen als zu vermuten war.

Wenn dem so ist, sprach die ältere Tochter, so hat sie gewiß redlich gehandelt.

Ich muß bekennen, sprach die Mutter, daß ihr die Schuld nicht beizumessen ist, wenn sich mein Sohn so heftig in sie verliebt, aber daß sie ihm eine solche Antwort gegeben hat, beweist mehr Hochachtung gegen uns als ich sagen kann; ich werde das Mädchen nun um so lieber haben.

Ich nicht, sagte Robert, es wäre denn, daß die Frau Mutter mir ihre Genehmigung erteilt.
Das will ich mir noch überlegen, sagte diese. Doch kann ich dir versichern, wenn sonst nichts im Wege stände, daß ihr gutes Betragen schon viel bei mir erreichen könnte.
Ich wünsche, sprach Robert, daß es glücken möge. Trüge die Frau Mutter soviel Sorge, um mich vergnügt, als sie darauf verwendet, um mich reich zu machen, so würde sie bald ihre Zustimmung geben.
Robert, sprach die Mutter, ist es wirklich dein Ernst, sie zur Frau zu nehmen?
Gewiß und wahrhaftig, antwortete er, es ist ein grausames Verfahren, mich abermals danach zu fragen. Es ist mein Ernst, niemals eine andere zu heiraten als sie, wenn ich es durchsetzen kann.
Es war mir schrecklich zu hören, daß die Mutter anfing nachzugeben. Robert bestürmte sie Tag und Nacht. Sie zog auch den ältesten Sohn zu Rate, der natürlich alles daran setzte, ihre Einwilligung zu erhalten. Er berief sich auf seines Bruders heftige Liebe und meine so hohe Hochachtung für seine Familie, daß ich deswegen sogar meinen eigenen Vorteil hatte außer acht lassen wollen.
Was den Vater betraf, so war dieser zu sehr in seine Geschäfte vertieft und trachtete nur, Geld auf Geld zu häu-

fen, er befand sich selten zu Hause und dachte nur an die hauptsächlichsten Angelegenheiten und stellte alles andere seiner Frau anheim.

Es ist leicht zu verstehen, wo nun der Fuchs zum Loch heraus war, daß es für den älteren Bruder weder schwer noch gefährlich war, weil ihn niemand verdächtigte, freieren Zutritt als vorhin bei mir zu haben. Ja, die Mutter, welche sich sehr nach seinen Wünschen richtete, gab ihm selbst Gelegenheit dazu und verlangte, er sollte mit Jungfer Betty reden.

Vielleicht, mein Sohn, sagte sie, hast du mehr Geschick für die Sache als ich selbst, du kannst besser ergründen, ob sie so standhaft gewesen ist, wie Robert sagt, oder nicht. Das war Wasser auf seine Mühle, und er stellte sich, als ob er der Mutter zu Gefallen mit mir reden wolle, sie brachte mich selbst zu ihm in ihr eigenes Gemach, indem sie sagte, ihr Sohn habe auf ihren Wunsch etwas mit mir zu besprechen, ließ uns allein und machte die Tür hinter sich zu.

Er wandte sich zu mir, nahm mich in die Arme und küßte mich herzlich, sagte mir dann, es sei nun so weit, daß ich mich entweder elend oder glücklich fürs ganze Leben machen könne. Wenn ich seinem Verlangen kein Gehör geben wollte, so wären wir beide verloren. Darauf erzählte er mir die ganze Geschichte zwischen Robert, seiner Mutter, seinen Schwestern und ihm selbst, wie oben berichtet worden. Nun bedenke, mein Engel, sagte er, was es zu bedeuten hat, einen Edelmann aus gutem Haus zu heiraten, der gut dasteht, mit Einwilligung der ganzen Familie, und daß du alle Lust genießen kannst, die es nur in der Welt gibt.

Betrachte andererseits, was es für ein Elend ist, wenn eine Frau ihren guten Namen verloren hat, und wenn ich auch dein heimlicher Freund sein will, solange du lebst, so können wir doch leicht in Verdacht kommen, so daß du wirst Bedenken tragen müssen, mit mir zusammenzukommen und daß ich mich deiner nie werde öffentlich annehmen können.

Er ließ mir keine Zeit zu antworten, sondern fuhr fort: Was zwischen uns vorgefallen ist, mein liebes Kind, kann in völlige Vergessenheit getan werden, wenn wir uns nur darüber einig sind. Ich werde stets dein aufrichtiger Freund sein und nichts weiter von dir verlangen, wenn du erst meine Schwägerin bist. Alsdann soll zwischen uns ein ehrlicher Umgang sein, ohne daß wir daran denken, daß wir einstmals über die Stränge geschlagen haben. Ich bitte dich inständigst, erwäge es wohl und stehe dir nicht selbst im Weg. Damit du aber an meiner Aufrichtigkeit nicht zweifelst, so gebe ich dir hiermit eine Verschreibung auf 500 Pfund als Entgelt für die Freiheit, die ich

mir mit dir herausgenommen habe, die wir von jetzt ab als eine Jugendtorheit ansehen und bereuen wollen.
Er sagte dies alles mit viel eindringlicheren Worten, als ich es wiederholen kann, denn er redete mit mir über anderthalb Stunden, beantwortete alle meine Einwürfe und bekräftigte seine Rede mit allen Gründen, die menschlicher Witz und menschliche Kunst nur erdenken kann.
Dennoch kann ich nicht sagen, daß mich dies alles irgendwie beeinflußte, oder daß ich dadurch anderen Sinnes geworden wäre. Endlich erklärte er mir offen, wenn ich mich widerspenstig zeigte, so müßte er mir zu seinem Bedauern gestehen, daß er unmöglich mit mir in dem vorigen Verhältnis weiterleben könne, denn obwohl er mich noch ebenso lieb hätte wie vordem, so habe ihn doch die Tugend nicht ganz verlassen, daß er sich entschließen könnte, eine Frau zu umarmen, die sein Bruder zur Frau begehrte. Sollte ich ihn nun mit einer abschlägigen Antwort gehen lassen, so würde ich es ihm nicht übel deuten können, wenn er, ausgenommen daß er für meinen Unterhalt sorgen würde, wie er versprochen, mich ferner nicht mehr sehen würde, wie ich es auch von ihm wohl nicht anders erwarten könnte.
Dies versetzte mich in große Aufregung, und ich hatte genug zu tun mich aufrecht zu halten, denn ich liebte

diesen Mann mehr als ich es mir nur gestehen wollte. Er aber bemerkte meine Unruhe und bat mich, die Sache ernstlich zu erwägen, da dies der einzige Weg sei, unsere gegenseitige Zuneigung zu erhalten. Wir könnten uns ja wie gute Freunde lieben und zwar mit aller erlaubten Zärtlichkeit, die eine Verwandtschaft gestattet, frei von allem Argwohn. Er würde mir sein ganzes Glück verdanken, würde mein Schuldner bleiben, solange er lebe, und dieser Schuld bis zum letzten Atemzug gedenken. Auf solche Art brachte er mich zuletzt so weit, daß ich wankend wurde, da er mir die Gefahr so deutlich ausmalte, welche sich in meiner Phantasie noch vergrößerte, nämlich daß ich eine verworfene Hure sein und der ganzen Welt als Scheusal vorgestellt werden würde, daß ich wenig zum Lebensunterhalt, auch keinen Freund, keine Bekannten auf der Welt hätte, außer in der Stadt Colchester, wo ich natürlich unter solchen Umständen nicht länger bleiben könnte. Alles dies schreckte mich aufs äußerste, und mein Liebhaber machte sich meine Schwachheit zunutze und stellte mir die Gefahr riesenhaft dar, wogegen er allen Fleiß darauf verwandte, mir die Lebensweise, wozu er mich überreden wollte, als die glückseligste und vergnügteste vorzuführen.

Die Einwürfe, die ich wegen unserer Liebe und ehemaligen Verbindung machte, beantwortete er damit, daß uns die Not jetzt zwinge, andere Mittel zu ergreifen. Was aber das Heiratsversprechen anlange, so habe sich die Sache jetzt geändert, weil ich aller Wahrscheinlichkeit nach seines Bruders Frau sein würde, ehe er noch imstande sein würde, seine Zusage zu erfüllen.

So nahm er meine Vernunft durch Vernunftgründe gefangen, warf alle meine Einwendungen über den Haufen und machte mich noch auf eine Gefahr aufmerksam, die ich noch nicht beachtet hatte, nämlich daß ich einmal von allen beiden verlassen werden könnte und dann für mich selbst sorgen müßte. Dieser Grund und seine Überredung vermochten endlich so auf mich einzuwirken, daß ich mich darein ergab, jedoch mit solchem Widerwillen, daß es leicht zu ersehen war, ich würde zur Trauung gehen wie ein Lamm zur Schlachtbank. Außerdem befürchtete ich, daß mein neuer Bräutigam, für den ich nicht die geringste Liebe hegte, schlau genug sein würde, mich auf eine gewisse Probe zu stellen, wenn wir das erstemal beieinander schlafen würden. Ob es nun mit Absicht geschah oder durch Zufall, kann ich nicht sagen, kurz der ältere Bruder ließ es sich angelegen sein, den jüngeren rechtschaffen betrunken zu machen, ehe er zu Bett ging, so daß ich die Ehre hatte, in der ersten Nacht einen betrunkenen Beischläfer zu haben. Wie es zugegangen ist, weiß ich nicht, aber ich glaube, es ist mit Absicht geschehen, damit der ehrliche Robert außerstande sein möchte, den Unterschied zwischen einer Jungfrau und einer Frau zu erkennen, er schien aber nicht einmal daran zu denken. Es hätte mir auch in meiner Lage nichts Günstigeres begegnen können, als daß mein Mann so betrunken zu Bett kam, daß er am folgenden Morgen nicht wußte, ob er etwas mit mir getan habe. Gleichwohl hielt ich es für nötig ihm zu sagen, daß er mich wirklich entjungfert hätte, damit er sicher wäre und keine weiteren Untersuchungen anstellte. So listig betrog ihn mein Liebhaber und ließ sich noch dafür vielen Dank sagen, daß er seine Hure dem Bruder als Weib zugeschanzt hatte. So natürlich ist es den Männern, Ehre, Redlichkeit, ja, ihre Religion hinzugeben, wenn sie nur ihre Rechnung dabei finden. Allein Robert wollte mich haben, und ich war nicht verpflichtet ihm zu sagen, daß ich seines Bruders Freiliebste gewesen war, obwohl ich nun keinen Vorwand mehr, hatte ihn abzuweisen.

Es hat wenig mit der gegenwärtigen Geschichte zu tun, was in den fünf Jahren, die ich mit diesem Mann gelebt habe, vorgefallen ist. Nur soviel will ich sagen, daß ich zwei Kinder von ihm hatte, und daß er am Ende des fünften Jahres unserer Ehe gestorben ist. Er ist mir ein sehr guter Ehemann gewesen, und wir lebten sehr vergnügt miteinander. Weil er aber wenig Zuschuß von seinen Eltern bekam und auch in der kurzen Zeit seines Lebens nicht viel ersparen konnte, so hinterließ er mir nicht sonderlich viel, und ich war danach nicht in sonderlich guten Verhältnissen.

Ich hatte aber des älteren Bruders Schriftstück über 500 Pfund noch, die er mir für meine Einwilligung in die Heirat mit dem jüngeren Bruder gegeben hatte. Diese Summe, dazu was ich sonst noch von früher her erspart hatte, und vielleicht noch einmal soviel aus meines seligen Mannes Nachlaß machten mich zu einer Witwe mit 1200 Pfund baren Geldes. Das war mein ganzes Vermögen.

Zu meinem Glück nahmen sich meine Schwiegereltern der beiden Kinder an, was mir eine große Erleichterung war – soviel hatten sie nun von Jungfer Betty gehabt!

Ich gestehe, daß mir meines Mannes Tod nicht sonderlich zu Herzen ging, kann auch nicht sagen, daß ich ihn so geliebt habe, wie er es verdient hätte. Denn er war der zärtlichste, liebenswürdigste Mann, den sich eine Frau nur wünschen kann. Allein, daß sein Bruder immer in meiner Nähe war, besonders wenn wir auf dem Land waren, brachte mich in manche Versuchung, und ich befand mich niemals im Bett bei meinem Mann, daß ich nicht gewünscht hätte, in seines Bruders Armen zu liegen, obwohl mir dieser nicht die geringste Gunstbezeugung solcher Art bewies, sondern sich seit der Hochzeit nur wie ein Bruder gegen mich benahm. Trotzdem beging ich täglich Ehebruch und Blutschande mit ihm in meinen Gedanken und im heftigen Verlangen, und dies war ohne Zweifel ebenso sündhaft, wie wenn ich es mit der Tat begangen hätte.

Ehe noch mein Mann starb, hatte auch sein älterer Bruder geheiratet. Wir waren damals in London, und die Mutter schrieb uns aus Colchester, daß wir hinkommen und der Hochzeit beiwohnen möchten. Mein Mann reiste hin, ich aber schützte eine Krankheit vor und blieb zu Hause, denn obgleich ich wußte, daß er doch niemals mein werden konnte, war es mir doch unerträglich, daß ich zusehen sollte, wie er einer anderen angetraut würde.

So war ich sozusagen wieder auf freien Fuß gesetzt, war jung und schön, wie mir jedermann sagte, und wie ich auch selbst glaubte, hatte dazu etwas Vermögen in Händen und wußte nicht, wie hoch ich hinaus wollte. Verschiedene angesehene Kaufleute bewarben sich um mich, besonders ein Leinwandhändler, in dessen Haus ich seit meines Mannes Tod wohnte, da ich mit seiner Schwester bekannt war. Hier fand ich alle Freiheit und Gelegenheit, lustig und guter Dingen zu sein. Ich hatte so viel Gesellschaft, wie ich nur verlangte, denn meines Hauswirts

Schwester war das wildeste, frechste Mädchen von der Welt und bei weitem nicht so tugendhaft, wie ich anfangs annahm. Sie brachte mich in allerhand lose Gesellschaft, führte auch verschiedene Personen, denen sie gern etwas zugute tun wollte, ins Haus, damit sie die schöne Witwe kennen lernten. Da nun große Narren und große Torheiten gern beisammen sind, so wurde ich hier sehr verwöhnt, hatte viele Anbeter und zwar solche, die verliebt zu sein vorgaben. Ich hatte zwar viele Freier, jedoch keine Werber. Aber ich verstand ihre Absicht zu wohl, als daß ich mich hätte auf solche Art wieder fangen lassen sollen. Es hatte nun eine andere Bewandtnis mit mir, meine Tasche war voll Geld, und ich scherte mich nicht viel um die Männer. Die Liebe hatte mich einmal betrogen, also war es damit für immer vorbei.

Ich mochte zwar gern mit witzigen und lustigen Leuten verkehren, hatte auch oft solche um mich versammelt, aber ich fand durch verschiedene Beobachtungen, daß die, welche das größte Wesen von sich machen und viel reden, am wenigsten taugen, nach meinem Begriff wenigstens; hingegen waren andere, die mit ganz ehrbaren Anträgen angezogen kamen, einfältige dumme Tröpfe und ganz unansehnliche Gesellen. Ein Kaufmann war mir gerade nicht zuwider, aber es sollte einer sein, der etwas vom Edelmann an sich hätte, so daß er, wenn er mich in Gesellschaft oder ins Theater führen würde, mit Degen und schöner Perücke wohl anzusehen wäre, nicht aber ein solcher, auf dessen Rock man sehen konnte, wo das Schürzenband gesessen hatte, oder an dessen Perücke der Eindruck eines Hutes wahrzunehmen gewesen wäre. Nicht einen, der aussähe, als ob er an seinem Degen befestigt wäre und nicht der Degen an ihm, und dem man an den Augen ansehen konnte, mit welchen Waren er handelte.

Endlich traf ich solch einen Zwitter an, der zugleich den Kaufmann und den Edelmann in sich vereinigte. Es geschah meiner Torheit ganz recht, daß ich in dem Netz gefangen wurde, das ich selbst für mich ausgelegt hatte. Dieser Glückliche war ein Leinwandhändler, denn obgleich meine Hausgenossin gern für ihren Bruder den Kauf abgeschlossen hätte, war es doch genau betrachtet nur auf eine Freiliebste abgesehen, wogegen ich die Meinung hatte, daß sich ein Frauenzimmer niemals als Geliebte brauchen lassen solle, wenn sie Geld genug hat, eine Frau zu werden.

Es war demnach mein Stolz und nicht mein guter Grundsatz, mein Geld und nicht meine Tugend, die mich bewogen, meine Ehre zu wahren. Dennoch ergab es sich zuletzt, daß ich weit besser daran getan hätte, mich durch meine Hausgenossin an ihren Bruder verkuppeln zu lassen, als daß ich mich selbst an einen Kaufmann verhandelte, der ein liederlicher Tropf, ein Halbkavalier, ein Budenkrämer, dazu ein Bettler, alles auf einmal war. Allein ich folgte meiner unverständigen Neigung und brachte mich dadurch ins Verderben. Denn als mein neuer Mann mit einem Mal zu einem solchen Haufen Gelde kam, ließ er sich zu solcher Verschwendung hinreißen, daß alles Meinige und alles Seinige nicht ausreichen konnte, solch ein Leben auch nur ein Jahr lang zu führen.

Er hielt ein Vierteljahr lang große Stücke auf mich, und alles was ich davon hatte, war die Freude, daß das meiste von meiner Habe auf mich selbst verwendet wurde.

Komm, mein Schatz, sagte er eines Tages zu mir, laß uns eine Reise aufs Land machen.

Ja, mein Engel, sagte ich, wohin wollen wir denn reisen?

Es ist mir gleich, sagte er, aber ich möchte gern eine Woche lang wie eine Standesperson leben. Wir wollen nach Oxford fahren.

Auf welche Art, sprach ich, ich kann mit dem Reiten nicht zurechtkommen, und es ist zu weit, um eine Kutsche zu nehmen.

Zu weit? fragte er, kein Ort ist zu weit, wenn man eine Kutsche mit sechs Pferden hat. Wenn ich mit dir reise, soll es fürstlich hergehen.

Sachte, sachte, sprach ich, es wäre schon ein ganz hübscher Streich, und hast du im Ernst Lust dazu, so will ich mir's schon gefallen lassen.

Der Tag wurde bestimmt, und wir nahmen eine vergoldete Kutsche, recht schöne Pferde, einen Kutscher, einen Vorreiter und zwei Lakaien in Livree. Zu einer Seite des Wagens ritt ein Kavalier und zur anderen ein Page mit einer Feder am Hut. Die Diener nannten meinen Mann gnädiger Herr und mich die hochgeborene Gräfin. Auf solche Art trabten wir nach Oxford und hatten eine sehr lustige Reise. Denn das muß ich diesem Mann nachsagen, daß kein Ritter auf Erden bessere Anlagen haben konnte als er, den großen Herrn zu spielen. Wir besahen alle Sehenswürdigkeiten von Oxford, sprachen mit einigen Professoren wegen eines Neffen, den wir ihnen auf der Universität anvertrauen wollten. Wir belustigten uns ferner mit einigen Studenten, denen wir wer weiß was vorredeten und ihnen Hoffnung machten, daß sie gräfliche Kaplane werden und seidene Schärpen tragen sollten. Nachdem wir also an diesem Ort, was die Ausgaben betraf, recht standesgemäß gelebt hatten, ging der Weg nach Northampton, und wir schwärmten also zwölf Tage umher, ehe wir wieder nach Hause kamen, wo denn nach aufgestellter Rechnung befunden wurde, daß wir nicht mehr und nicht weniger als 93 Pfund ausgegeben hatten.

Mein Mann hatte die Eigenschaft, daß er das Geld nicht ansah, und das wird dem Leser als Grund genügen, daß er nach zwei Jahren Bankrott machte und seiner Schulden halber in Arrest gesetzt ward, weil er keinen Bürgen stellen konnte.
Es befremdete mich dies um so weniger, als ich dies schon lange vorausgesehen hatte, daß alles zusammenkrachen würde. Aber als er mich zu sich kommen ließ an dem Ort, wo er gefangen saß, benahm er sich doch weit besser, als ich vermutet hatte. Er sagte mir offen, daß er wie ein Narr gehandelt habe. Es wäre sein Wille, daß ich mich nach Hause verfügen und in der folgenden Nacht alles ausräumen, was von Wert wäre, und in Sicherheit bringen sollte. Dann riet er mir auch, wenn ich für 100 oder 200 Pfund Waren aus dem Geschäft bekommen könnte, so sollte ich das an mich nehmen, sollte ihn aber nicht wissen lassen, wohin ich es gebracht hätte. Denn, sagte er, ich bin entschlossen, aus diesem Loch zu entwischen und weit genug zu entfliehen. Wenn du also weiter nichts von mir hören solltest, so will ich dir hiermit Lebewohl sagen und nichts so sehr bereuen, als was ich dir angetan habe. Er sagte mir noch viele schöne Dinge beim Abschied, denn er war ein Kavalier durch und durch, und das war der einzige Vorteil, den ich von ihm gehabt hatte. Er ging sehr gut mit mir um bis zum letz-

ten Augenblick, nur daß er all das Meinige durchbrachte und meinen künftigen Unterhalt darauf gründete, daß ich die Gläubiger bestehlen sollte.
Ich tat, wie er mir geheißen, und ich habe ihn in meinem Leben nicht wiedergesehen. Er fand Mittel, in derselben oder in der folgenden Nacht auszubrechen, ich weiß aber nicht, wie es zugegangen ist, habe auch nichts weiter davon erfahren können als folgendes: Er war des Morgens um drei Uhr zu seinem Haus gegangen, hatte die übriggebliebenen Waren zu einem Hehler bringen und den Laden schließen lassen. Aus diesen Waren hatte er so viel Geld wie möglich zusammengebracht und war dann nach Frankreich gegangen, von wo er mir ein paarmal geschrieben, mehr habe ich von ihm nicht mehr gehört. Er war noch so höflich gegen mich – denn er war eben ein Kavalier –, daß er mir in seinem ersten Brief schrieb, er habe bei einem 20 Stücke seiner holländischer Leinwand für 30 Pfund versetzt, die aber über 90 Pfund wert wären. Er legte auch den Pfandschein mit ein, mit dem ich die Stücke gegen Hinterlegung des Pfandgeldes wieder einlösen könnte. Ich tat es auch und bekam nach und nach 100 Pfund dafür, da ich Zeit genug hatte, die Leinwand ellenweise, je nach Gelegenheit an verschiedene Leute zu verhandeln. Trotz allem diesem und mit dem, was ich vorher in Sicherheit gebracht hatte, war doch, als

ich Rechnung machte, mein Kapital ziemlich zusammengeschmolzen. Denn wenn ich die holländische Leinwand und eine Partie Nesseltuch, das ich vorher eingepackt hatte, samt einigem Silbergeschirr und einigen anderen Sachen mitrechnete, so konnte ich doch kaum 500 Pfund zusammenbringen. Dabei war meine Lage sehr merkwürdig, denn obwohl ich kein Kind hatte – das einzige, das ich von dem Leinwandkavalier hatte, war bereits verstorben –, so war ich doch eine behexte Witwe, ich hatte einen Mann und dann auch wieder keinen, durfte also nicht wieder heiraten, obwohl ich wußte, daß mein Mann England nicht wieder betreten würde, wenn er auch noch 50 Jahre leben sollte. Also war mir das Heiraten verboten, es mochte sich mir auch etwas noch so Vorteilhaftes bieten. Außerdem hatte ich nicht einen einzigen Freund, der mir in meiner Lage mit Rat und Tat beigestanden hätte, wenigstens war niemand da, dem ich das Geheimnis meiner Sachen hätte anvertrauen können, denn sobald die Gläubiger Wind bekommen hätten, wo ich anzutreffen wäre, so würden sie alles daran gesetzt haben, mir das, was ich beiseite gebracht, wieder fortzunehmen.

Das erste, was ich nun vornahm, war, daß ich meine ganze bisherige Bekanntschaft mied und mir einen anderen Namen zulegte. Ich ging ins Münzviertel, suchte mir dort eine abgelegene Wohnung, kleidete mich wie eine Witwe und ließ mich zum ersten Mal Frau Flanders nennen.

Hier lebte ich ziemlich versteckt, doch bekam ich bald Gesellschaft genug, obwohl mich keiner kannte und niemand von mir wußte, woher ich käme. Es mag nun sein, daß bei den Leuten, die dortherum wohnen, Frauenzimmer ein etwas seltenerer Artikel sind als an anderen Orten oder daß bei ihnen wegen ihres Elends mehr Trost erfordert wird als bei anderen, kurz eine angenehme Frau war diesen Leuten äußerst willkommen, und es waren solche unter ihnen, die ihren Gläubigern kaum eine halbe Krone statt eines Pfundes bezahlen konnten, auch in dem Gasthaus ihr Essen noch schuldeten, die trotzdem immer soviel Geld aufzutreiben wußten, um einer angenehmen Frau einen Abendschmaus zu geben. Es kam mir wunderlich vor, daß Leute in einem so armseligen Zustand, die schon mehr als ruiniert waren und deren Angehörige zu ihrem Schrecken zum Bettelstab greifen mußten, dennoch, solange ein Heller vorhanden, ja, wenn auch keiner mehr da war, ihre Sorgen in Gottlosigkeit zu vergraben trachteten, indem sie sich stets befleißigten, Schulden auf Schulden zu häufen, die Vergangenheit zu vergessen und die gegenwärtigen Sünden als ein Mittel gegen die früheren zu brauchen.

Doch ich habe nicht die Gabe zu predigen. Diese Leute waren allzu leichtsinnig, sogar für mich, es war etwas Abscheuliches und Abstoßendes um ihre Sünden, denn sie mußten sich selbst dazu zwingen. Sie handelten nicht nur gegen ihr Gewissen, sondern sogar gegen die Natur, und es war nichts Gemeineres als die Seufzer bei ihrem Singen zu hören und die blasse Farbe bei ihrem Lachen zu sehen. Bisweilen brachen sie in laute Klagen aus, wenn sie ihr Geld mit losen Weibern verpraßt hatten. Manchmal wandte sich einer ab, stieß einen tiefen Seufzer aus und rief: Was bin ich doch für ein Lumpenhund! Dennoch muß ich auf deine Gesundheit trinken, mein liebes Weib – diese hatte vielleicht keinen halben Taler im Vermögen und drei oder vier Kinder. Am folgenden Morgen kam dann die Reue wieder und vielleicht auch die Frau, um ihm unter Tränen die Nachricht zu bringen, was die Gläubiger wieder fortgenommen hätten, wie Frau und Kinder zu Hause hinausgejagt worden wären und dergleichen schreckliche Dinge mehr. Hat er nun lange genug darüber getrauert und soviel überlegt, daß er fast von Sinnen gekommen war, so nimmt er wieder das alte Hilfsmittel zur Hand, will sein Herzeleid versaufen und verhuren, kommt dabei in Gesellschaft von Leuten, die ebenso sind wie er und wiederholt beständig das letzte Verbrechen, indem

er täglich einen Schritt näher zu seinem Untergang macht.
Ich war noch nicht ruchlos genug für dergleichen Leute, sondern betrachtete nun ganz ernsthaft, was ich tun sollte, denn das wenige, was mir geblieben war, nahm sichtbar ab. Wenn das nun verbraucht war, so sah ich nichts als Hunger und Not vor mir. Da die Dinge nun so lagen, und mir der Ort meiner Wohnung abscheulich vorkam, nahm ich mir vor, meine Wohnung zu verändern.
Ich hatte mit einer stillen Frau Bekanntschaft geschlossen, die ebenfalls Witwe war, aber mehr durchgemacht hatte als ich. Ihr Mann war Schiffskapitän gewesen, hatte aber das Unglück gehabt, auf der Rückreise von Westindien Schiffbruch zu erleiden, darauf hatte die Witwe aus Furcht vor den Gläubigern im Münzviertel Schutz gesucht. Mit Hilfe guter Freunde brachte sie ihre Sachen bald in Sicherheit und sich selbst in Freiheit. Als sie nun merkte, daß ich mich an besagtem Ort, mehr um versteckt als geschützt zu sein, aufhielt, auch denselben Abscheu wie sie vor der dortigen Lebensweise empfand, lud sie mich in ihr Haus ein, bis ich Gelegenheit hätte, mich nach meinem Sinn irgendwo einzurichten. Sie wollte auch zehn gegen eins wetten, daß der eine oder andere Schiffskapitän an dem Teil der Stadt, wo sie wohnte, Lust bekommen würde um mich zu freien.

Ich nahm ihr Anerbieten an und war ein halbes Jahr bei ihr, wäre auch länger bei ihr geblieben, wenn sie nicht das gefunden hätte, was sie mit mir im Sinn hatte, nämlich daß sie eine vorteilhafte Heirat machte und mich zurückließ.

Während anderer Leute Glück zunahm, ging es mit mir immer schlechter, es fand sich nichts für mich als zwei oder drei Steuerleute. Unter den Schiffskapitänen aber waren erstens solche, die sich gut standen, das heißt, die ein gutes Schiff besaßen und die sich nicht anders als vorteilhaft zu verheiraten gedachten. Die anderen waren solche, die nichts zu tun hatten und nur eine Frau suchten, die ihnen ein Schiff mitbrächte, nämlich eine Frau, die ihr Geld einschießen konnte, um dadurch andere Besitzer anzuregen, sich zu beteiligen, oder eine Frau, die wenigstens Verbindungen hätte, die dem jungen Mann weiterhelfen konnten. Aber alles das paßte nicht auf mich, und ich saß da wie eine Braut, die niemand holen will.

Durch Erfahrung lernte ich hier so viel, daß bei dieser Art von Leuten der Ehestand nur eine Absicht habe: nämlich ihre Vermögensverhältnisse dadurch zu verbessern und damit ein Geschäft zu machen, und daß die Liebe wenig oder gar nichts dabei zu bedeuten hatte.

Ich erinnerte mich der Worte, welche meine Schwiegermutter zu Colchester einst gesagt hatte, nämlich daß Schönheit, Witz, Höflichkeit, Verstand, Freundlichkeit, gutes Benehmen, Erziehung, Tugend, Frömmigkeit, kurz alle Geistesgaben und körperlichen Vorzüge keine Macht hätten, uns emporzubringen, sondern daß das Geld allein ein Frauenzimmer angenehm mache, daß die Männer sich zwar eine Geliebte nach ihrer Neigung wählten, und daß eine solche schön, ansehnlich und liebreich sein müsse, aber bei der Ehefrau käme es weder auf Häßlichkeit noch auf schlechte Eigenschaften an, nur Geld sei die Losung, ein reicher Brautschatz sei nie krumm oder lahm, sondern immer angenehm, die Frau mag beschaffen sein wie sie wolle.

Andererseits spielen die Männer die Herren, so daß wir Frauen das Recht verloren haben, zur rechten Zeit Nein zu sagen. Es ist gleichsam eine Gnade, wenn wir gefragt werden, und wenn sich eine sträubt und Nein sagt, so darf sie nicht darauf hoffen, daß sich ihr die Gelegenheit zum anderen Mal bieten werde. Die Männer dagegen haben überall soviel Auswahl, denn sie finden überall Zutritt, und wenn einer in einem Haus abgewiesen wird, so kann er sicher sein, im nächsten aufgenommen zu werden. Außerdem gehen die Männer auf gute Partien aus, um einen guten Fang zu tun, auch wenn sie selbst nichts Gutes an sich haben. Sie bringen es so weit, daß es einem Frauenzimmer kaum möglich ist, sich nach ihres Freiers Verhältnissen und Wesen zu erkundigen. Die Welt ist so gottlos und das männliche Geschlecht ist durchgehend einem so liederlichen Leben ergeben, daß die Anzahl der Männer, mit denen sich ein ehrliches Frauenzimmer abgeben kann, sehr klein ist, zumal man nur ab und zu einen Menschen antrifft, der es verdient, daß eine rechtschaffene Frau es mit ihm wagt.

Hieraus geht hervor, daß ein Frauenzimmer vorsichtig zu Werke gehen muß. Würde sie dies immer tun, so würde sie leicht jeden Betrug entdecken. Denn heutigen Tages sind wenige Männer zu finden, denen man etwas Gutes nachsagen könnte, und wenn wir nur ein wenig nachfragen wollten, würde sich alles selbst verraten. Solche Frauen aber, die in ihrem ledigen Stand unzufrieden und schon froh sind, wenn sie in den Ehestand fallen wie die Fliegen in die Buttermilch, solche Frauen betrachte ich für kranke Leute, für die man beten müßte, weil sie gleich denen sind, die ihr Hab und Gut in eine Lotterie setzen, wo hunderttausend Nieten auf einen Gewinn gehen.

Kein verständiger Mann wird deshalb eine Frau gering achten, wenn sie nicht gleich beim ersten Angriff um Quartier bittet, oder wenn sie seinen Antrag nicht annimmt, ohne sich vorher seiner Person und seines Vermögens wegen erkundigt zu haben, vielmehr müßte er sie bei Unterlassung solcher Vorsicht für die schwächste Kreatur ansehen.

In dieser Sache würde ich gerne das Betragen des weiblichen Geschlechts etwas reformieren, denn wir kommen meistens zu kurz. Nichts als Mangel an Mut ist schuld daran; die Furcht, gar keinen Mann zu bekommen und eine alte Jungfer zu werden, macht die meisten unglücklich. Könnten sie diese Furcht einmal beherrschen und ihre Sache weiser führen, so würden sie dem Fallstrick viel sicherer entgehen, festen Fuß fassen und sich nicht so hingeben, wie sie es jetzt tun. Wenn sie dann auch nicht so früh verheiratet sein würden, so könnten sie doch später mit um so größerer Zuversicht in den Ehestand treten. Die einen bösen Mann bekommt, hat allemal zu früh geheiratet, die aber einen guten bekommt, macht ihre Hochzeit nie zu spät. Kurz, es gibt keine Frau in der Welt, ausgenommen Mißgestaltete und Ehrvergessene, die nicht, wenn sie vorsichtig zu Werke geht, einen guten Mann bekommen könnte; übereilt sie sich aber, so läuft sie Gefahr, unglücklich zu werden.

Ich komme jetzt zu meiner eigenen Angelegenheit, bei welcher damals die größte Vorsicht geboten war. Meine Lage erforderte es, daß sich ein guter Mann finden mußte, aber ich merkte bald, daß es nicht der richtige

Weg war, sich anzubieten und wohlfeil zu machen. Sie entdeckten sogleich, daß die Witwe kein Geld hatte, und dies gab den Ausschlag. Wohlerzogen, schön, klug, bescheiden und angenehm zu sein, das alles wurde mir zugestanden, aber es kam nichts dabei heraus, es hieß immer wieder: Die Witwe hat kein Geld.
Deswegen entschloß ich mich, eine andere Wohnung zu suchen und mein Aussehen, ja, wenn es nötig wäre, meinen Namen abermals zu verändern.
Ich überlegte dies mit meiner vertrauten Freundin, die den Kapitän geheiratet hatte und der ich so treulich beigestanden hatte. Sie war geneigt, mir hierbei zu helfen, wie ich es nur verlangen konnte. Mein Besitztum war nur klein, ich hatte ungefähr noch 460 Pfund, einen Haufen schöner Kleider, eine goldene Uhr, einige Juwelen, die aber keinen großen Wert hatten und für etwa 30 oder 40 Pfund Leinwand.
Meine treue Freundin war so dankbar gegen mich wegen der Dienste, die ich ihr ehemals geleistet hatte, daß sie mir zuweilen etwas schenkte, wenn sie Geld in die Hände bekam, und ich konnte mich damit über Wasser halten, ohne daß ich das meinige anzugreifen brauchte. Zuletzt gab sie mir den unglücklichen Gedanken ein, man müsse es den Männern gleichtun und womöglich die Betrüger wiederum betrügen.

Sie gab mir die Versicherung, daß wenn ich ihrem Rat folgen wollte, ich ganz gewiß einen reichen Mann bekommen würde, ohne daß er mir Mangel an Gütern vorzuwerfen hätte. Sie schlug mir vor, aufs Land zu gehen, wo sie mich an eine ihrer Verwandten empfahl. Dahin brachte sie ihren Mann und besuchte mich. Sie wußte es so zu wenden, daß ich von beiden sehr inständig gebeten wurde, mit nach London zu fahren, wo sie jetzt in einer anderen Straße wohnten als vorher. Hierauf machte sie ihrem Mann weis, ich hätte mindestens 1500 Pfund Mitgift und würde bald noch mehr erben.

Dies genügte ihrem Mann, ich durfte nichts sagen, sondern mußte nur still sitzen und abwarten. Es wurde bald in der ganzen Gegend ruchbar, daß die junge Witwe im Haus des Kapitäns eine reiche Partie sei, die mindestens 1500 Pfund und vielleicht noch mehr habe. Es sei ganz gewiß wahr, denn der Kapitän hätte es selbst gesagt. Wenn er gefragt wurde, versicherte er es auch ohne Bedenken, obwohl er nichts weiter wußte, als was ihm seine Frau berichtet hatte. Er glaubte auch wirklich, daß sich die Sache so verhielt. Das Gerücht von dieser guten Partie verschaffte mir bald eine Menge Freier, und ich hatte nun die Wahl. Die Sache war aber nicht einfach und mußte mit Klugheit angefangen werden. Das erste war, daß ich mir unter den Freiern denjenigen aussuchte, der mir der geeignetste erschien. Das heißt einen solchen, der sich aufs Hörensagen verließ und nicht viel nachfragte. Alles würde umsonst gewesen sein, wenn ich es nicht auf diese Weise bewerkstelligt hätte, denn in meiner Lage blieb mir nichts anderes übrig.

Ich wählte mir ohne große Mühe einen aus und beurteilte ihn nach der Art, wie er seine Bewerbung vorbrachte. Ich ließ ihn immer mit seinen Beteuerungen fortfahren, daß er mich über alles in der Welt liebe, daß es ihm genug sei, wenn ich ihn nur mit meiner Person glücklich machen wollte und dergleichen mehr. Alles dies tat er nur auf seine bloße Mutmaßung von meinem Reichtum hin, denn ich selbst sagte ihm kein Wort davon.

Dieser war mir gerade recht, aber ich mußte ihn sehr gründlich prüfen, weil davon mein ganzes Glück abhing, denn wäre er auf den Grund gegangen, so wäre es um mich geschehen gewesen. Ich mußte mich sorgfältig nach seinen Verhältnissen erkundigen, denn sonst hätte ich ihm Gelegenheit gegeben, die meinigen zu verdächtigen. Zuerst stellte ich mich, als ob ich an seiner Aufrichtigkeit zweifelte, und fragte ihn, ob er nicht mehr nach meinem Geld als nach mir selbst trachte. Ein ganzes Gewitter von Schwüren und Beteuerungen ließ mich verstummen, aber ich setzte mein Spiel fort. Eines Tages, als wir beide allein waren, zog er einen Diamantring vom

Finger und schrieb auf die Fensterscheibe:

Dich lieb ich, ja, nur dich allein.

Ich las es, nahm den Ring und schrieb darunter:

Das scheint ein Männerspruch zu sein.

Gleich ergriff er seinen Ring und schrieb:

Wo Tugend ist, steht Geld zurück.

Ich nahm den Stein abermals und schrieb:

Doch Geld ist Tugend, Gold ist Glück.

Er wurde feuerrot, als er sah, daß ich ihm so Bescheid zu geben verstand. Darauf sagte er mit Eifer, er wolle mich doch übertreffen und schrieb dazu:

Auch ohne Geld kann Liebe stehn.

Auf den letzten Reim kam nun alles an, ich setzte demnach kühn hinzu:

Nun, ich bin arm, laß Liebe sehn.

Das war für mich nur reine Wahrheit, ob er sie glaubte, weiß ich nicht. Mir kam es damals so vor, als wenn er daran zweifelte. Indes umarmte er mich mit aller Inbrunst, küßte mich sehr herzlich und hielt mich fest, bis er Tinte und Feder nahm, weil ihm das Schreiben mit dem Diamant zu lange dauerte, zog ein Blatt Papier aus der Tasche und schrieb darauf:

O holde Armut, komm, sei mein!

Im nächsten Augenblick nahm ich die Feder und setzte hinzu:

In Hoffnung, daß es Lügen sei'n?

Das ist unbarmherzig, sagte er, denn es wird mir zu nahe getreten und könnte mich zum Widerspruch reizen, wenn's nicht die Höflichkeit verbieten würde. Da ich ihn aber zu dieser Reimerei gebracht hatte, so bat er mich, sie nicht abzubrechen, und schrieb abermals:

O schöner Streit, den Liebe treibt.

Und meine Antwortzeile hieß:

Die wahre Liebe ewig bleibt.

Dies nahm er als eine Gunst auf und legte die Waffen, das heißt die Feder beiseite. Ich sagte, er nahm es als eine Gunst auf, und es war doch bei Licht besehen alles andere als das. Indes dachte er so, weil er es gern so haben wollte, nämlich, daß ich gesinnt sei, seine Bewerbungen weiter anzunehmen. Und ich hatte wohl Grund dazu, denn er war der artigste und aufgeräumteste Kopf, den ich je gefunden hatte. Ich hielt mir zwar oft vor, daß es doppelt sündhaft sei, einen solchen Menschen zu betrügen, allein die Not, die mich trieb, mein Bestes zu suchen, galt mir als Entschuldigung, und sicherlich waren seine Liebe und Güte, so sehr sie auch meinem Vorhaben im Wege stehen mochten, doch ein starker Grund, darauf ich mich um so mehr verlassen konnte, wenn dereinst alles ans Licht kommen mußte. Wenn er nun später sagen konnte, er sei betrogen worden, so konnte er doch nicht sagen, daß ich ihn betrogen hätte. Hierauf hatte ich ihn immer auf dem Hals, und als ich sah, daß keine Gefahr vorhanden war ihn zu verlieren, tat ich sehr kalt, vielleicht kälter als sonst klug und ratsam gewesen wäre. Ich dachte aber daran, wie gut mir diese Gleichgültigkeit zustatten kommen müßte, wenn es so weit wäre, daß ich ihm reinen Wein einschenken müßte. Ich trieb dies mit um so größerer Bedachtsamkeit, weil ich merkte, daß er durchaus den Schluß zog, ich sei entweder reicher als ich gesagt hatte, oder ich hätte mehr Verstand und wollte gar nicht heiraten.

Einstmals nahm ich mir die Freiheit ihm zu sagen: Es sei wahr, ich habe seine Bewerbung angenommen und gesehen, daß er mich nehmen wolle, ohne nach meinen Verhältnissen zu fragen, ich wäre also gesonnen, ihm diese Großmut mit gleichem zu vergelten und mich so wenig wie nur möglich nach seinen Verhältnissen zu erkundigen, hoffe aber, er werde mir ein paar Fragen beantworten oder nicht beantworten, wie er es für gut hielte. Eine von diesen Fragen betreffe unsere künftige Lebensweise und den Ort, an dem wir wohnen wollten, denn ich hatte gehört, daß er eine große Plantage in Virginia habe, wobei ich bemerkte, daß ich von einer Übersiedlung nicht entzückt sein würde.

Diese Einleitung gab ihm Gelegenheit, mir über seine

Verhältnisse Aufschluß zu geben und alles treuherzig zu erzählen, woraus ich entnahm, daß er in guten Verhältnissen lebte, nur daß sein Vermögen zum größten Teil in den Pflanzungen in Virginia steckte, woher er jährlich ungefähr 300 Pfund bekam. Wenn er sich aber dort niederlassen würde, könnten sie ihm viermal soviel einbringen. Gut, dachte ich, so sollst du mich hinführen, sobald du nur willst, aber ich darf es dir jetzt noch nicht sagen. Ich fragte ihn nach der Lebensführung, die er in Virginia halten wollte, und fand, daß er alles tun wollte, was ich verlangte. Deswegen änderte ich meine Rede und sagte, die gesunde Vernunft verbiete mir, mit ihm nach Virginia zu reisen und dort zu wohnen, denn wenn seine Plantagen soviel einbrächten, wie er sagte, würde es sehr kümmerlich aussehen, wenn ich ihm nicht das gleiche Kapital einbrächte.

Er antwortete, er frage nicht nach meinem Vermögen, habe mir es auch von Anfang an gesagt, daß er dies nicht tun, sondern sein Wort halten würde. Es möge nun ausfallen wie es wolle, ich könnte versichert sein, er würde mich niemals nötigen, mit ihm nach Virginia zu reisen, noch würde er ohne mich hingehen, es sei denn, daß ich das eine oder das andere ausdrücklich verlangen würde.

Das war alles so, wie ich es mir gewünscht hatte, und es hätte mir nichts Angenehmeres begegnen können. Bis hierher hatte ich die ganze Sache mit so viel Kaltblütigkeit betrieben, daß er sich oft darüber wunderte. Dieses erwähne ich um so lieber, damit die Frauen daraus ersehen, daß allein der Mangel an Mut, sich kaltblütig zu stellen, die Ursache ist, warum die Frau so wenig gilt und so schlecht behandelt wird. Wenn sie bisweilen einem eingebildeten Gecken, der sich gar zu sehr mit seinen eigenen Verdiensten brüstet, den Abschied geben würde, so würde sie nicht verspottet, sondern mehr gesucht werden. Ich hatte ja, nicht gestanden, wie hoch sich mein Kapital belief, ich konnte keine 500 Pfund zusammenbringen, während mein Bräutigam 1500 erwartete, dennoch fesselte ich ihn solange an mich und reizte ihn, bis ich merkte, er würde mich nehmen, auch wenn ich weniger hätte. Mir war nicht die geringste Schuld beizumessen, denn ich hielt mit meiner Kaltblütigkeit stand bis zum letzten Augenblick.

Endlich machten wir Hochzeit. Ich zog das große Los, was meinen Mann betraf, denn ich hätte mir keinen besseren aus dem Glückstopf greifen können. Allein seine Vermögensverhältnisse waren nicht so gut, wie ich mir vorgestellt hatte, und sein Plan, sie durch mein Vermögen aufzubessern, war ihm nun auch mißlungen.

Nach der Hochzeit kam es mir hart an, ihm das Wenige zu bringen, was ich noch hatte, und ihn sehen zu lassen,

daß es nicht mehr war. Die Notwendigkeit aber erforderte es, deshalb fing ich eines Tages, als wir uns allein befanden, ein Gespräch mit ihm darüber an.
Mein Schatz, sagte ich, wir sind nun vierzehn Tage verheiratet, ist es nun nicht bald Zeit, daß du erfährst, ob deine Frau etwas besitzt oder nicht?
Er antwortet: Mein Engel, das hat keine Eile, ich bin froh, die Frau zu besitzen, die ich liebe, ich habe dich ja, auch nie deswegen gedrängt.
Das ist wahr, sagte ich, aber es fällt mir doch ein Umstand dabei ein, daß ich nicht weiß, was ich tun soll. Ich habe erfahren, daß der Kapitän dir gesagt habe, ich besäße einen Haufen Geld, was ich aber nicht habe. Ich habe ihn aber nie so etwas zu sagen geheißen.
Nicht nur der Kapitän, sondern auch verschiedene andere Leute haben mir dies versichert, was schadet das weiter. Ist es nicht soviel, so mögen sie es verantworten. Du hast mir nie gesagt, wie groß dein Kapital sei, und so ist dir also keine Schuld daran beizumessen, wenn du auch nicht einen Heller hättest.
Das ist gerecht und großmütig gesprochen, sagte ich, aber es verdoppelt nur meinen Kummer, daß mein Besitz nur klein ist.
Je weniger du hast, sagte er, je schlimmer ist es für uns beide, doch hoffe ich, daß du dich darüber nicht beküm-

mern wirst, daß ich dir wegen mangelnden Geldes zürnen könnte. Gestehe mir nur aufrichtig, wieviel es auch sei. Vielleicht kann ich dem Kapitän vorwerfen, daß er mich betrogen, aber von dir kann ich das nicht sagen, denn du hast es mir schriftlich gegeben, daß du arm seiest, und so muß ich es auch wohl annehmen.

Nun, es ist mir lieb, sagte ich, daß ich dich vor der Hochzeit nicht betrogen habe, sollte ich dich später betrügen, so kann es doch nicht schlimmer werden als es ist. Daß ich arm bin, ist nur zu wahr, aber ich bin doch nicht so arm, daß mir gar nichts übrig geblieben wäre. Darauf zog ich einige Banknoten hervor und gab ihm ungefähr 160 Pfund. Ich hatte ihm dermaßen alle Hoffnung genommen, daß diese kleine Summe ihm doppelt willkommen war, da er gar nichts erwartet hatte. Er gestand es mir und sagte, er hätte geglaubt, meine schönen Kleider, meine goldene Uhr und ein paar Diamanten wären all mein Hab und Gut.

Zwei bis drei Tage ließ ich ihn sich an den 160 Pfund ergötzen. Dann ging ich aus, als ob ich etwas besorgen wollte, und brachte ihm noch 100 Pfund in Gold nach Hause und sagte: Da sei noch ein bisschen Mitgift für ihn. Dann nach acht Tagen gab ich ihm noch 180 Pfund an Geld und etwa 60 Pfund in Leinwand, wobei ich ihm weis machte, ich hätte die Leinwand auf die 100 Pfund

Gold für eine Schuld von 600 Pfund in Zahlung nehmen müssen.
Nun, mein Schatz, sagte ich, es tut mir leid, aber das ist jetzt mein ganzes Vermögen. Ich fügte hinzu, wenn diese Person, die meine 600 Pfund auf Zinsen genommen habe, mich nicht hinters Licht geführt hätte, so hätte ich ihm 1000 Pfund zugebracht, aber wie die Sache läge, wäre ich ehrlich gegen ihn gewesen und hätte nichts zurückbehalten, sondern würde ihm gern mehr gegeben haben, wenn es mir möglich gewesen wäre.
Er war mir sehr verbunden für die Art, wie ich es ihm gab, und so zufrieden mit der Summe, als ich nur wünschen konnte. Er nahm es mit vielem Dank an, denn er hatte gefürchtet, daß gar nichts da sein würde. So hatte ich das Kunststück fertiggebracht, eine reiche Partie ohne Geld zu sein und darauf einen Mann zu bekommen. Trotzdem ist es ein kühnes Unterfangen für eine Frau, denn sie läuft dabei die größte Gefahr, hinterher übel deswegen behandelt zu werden.
Mein Mann, damit ich ihm gerecht werde, war ein frommer, umgänglicher Mann, doch kein Narr dabei. Da er nun merkte, daß seine Einkünfte nicht ausreichen würden so zu leben, wie er es sich wohl vorgenommen hatte, wenn ihm seine Hoffnung bei mir nicht zu Wasser geworden wäre, und auch weil seine Gelder aus Virginia

nicht regelmäßig eingingen, ließ er durchblicken, daß er gern nach seiner Pflanzung gehen und dort wohnen möchte, wobei er die dortige Lebensweise gehörig herausstrich, wie wohlfeil, wie reichlich und wie lustig alles dort sei.

Ich verstand ihn sofort und gab ihm eines Tages zu verstehen, daß ich wohl sähe, daß seine Güter nicht soviel einbrächten, als wenn er selbst an Ort und Stelle wäre. Es käme mir vor, als habe er Lust dorthin zu gehen, und da ich die unschuldige Ursache gewesen, daß er sich in seinen Hoffnungen nun betrogen sähe, so wäre ich bereit, die Sache wieder gutzumachen und mit ihm nach Virginia zu gehen.

Tausend verbindliche Sachen folgten dieser Erklärung. Er sagte, daß ihn zwar die Hoffnung auf eine große Mitgift betrogen habe, daß aber die Frau, die er bekommen hätte, so recht nach seinem Sinn wäre, ich sei für ihn alles, was eine Frau überhaupt für einen Mann sein könnte; die Freude, die ihm aber mein jetziges Anerbieten bereitet hätte, könne er gar nicht in Worten ausdrücken.

Kurz, wir wurden wegen der Reise einig. Er sagte mir, sein Haus in Virginia sei recht gut und wohl versorgt. Seine Mutter und Schwester wohnten darin, und dies wäre seine ganze Verwandtschaft. Sobald er nun hinkommen würde, sollten sie sich in ein anderes Haus begeben, das der Mutter auf Lebenszeit gehörte, nach ihrem Tod aber auch an ihn fallen würde. Demnach könnte ich das ganze Haus allein bewohnen und würde niemanden als ihn bei mir haben. Es war auch alles so, wie er sagte.

In das Schiff, in dem wir hinüberfuhren, luden wir eine große Menge Hausgerät, Leinwand und andere notwendige Sachen, nebst einer guten Ladung, die zum Verkauf bestimmt war, und segelten ab.

Eine Reisebeschreibung ist hier nicht nötig, obgleich wir lange Zeit unterwegs waren und viel Gefahr ausstanden. Ich führte aber sowenig wie mein Mann ein Tagebuch darüber.

Endlich kamen wir in Virginia an, wo uns meines Mannes Mutter auf der Pflanzung mit tausend Freuden empfing. Hier lebten wir alle zusammen, und meine Schwiegermutter mußte bei uns im Haus bleiben, denn sie war eine gute Frau, die man nicht gerne gehen ließ. Mein Mann war anfangs auch recht zufrieden, ich hielt mich für die glückseligste Person auf der Welt, bis ein seltsamer und unerwarteter Ausgang alle meine Freude in einem Augenblick vernichtete und mich in einen bejammernswerten Zustand versetzte.

Meine Schwiegermutter war eine gut aufgeräumte alte Frau. Ich nenne sie alt, denn ihr Sohn war schon über dreißig. Sie war sehr lebhaft in Gesellschaft, pflegte mir auch im besonderen sehr viele Geschichten zu erzählen, sowohl von dem Land, in dem wir uns befanden als von den Einwohnern daselbst.

Unter anderem erzählte sie mir, auf welche Art der größte Teil der Bevölkerung von England aus dorthin gekommen wäre. Nämlich auf zweierlei Art. Die einen seien von Schiffern als Knechte und Mägde dahin verkauft worden, die anderen aber hätte man dahin verschickt, nachdem sie durch verschiedene Verbrechen in England ihr Leben verwirkt hätten. Dort werde aber kein Unterschied gemacht: sie würden von den Pflanzern gekauft und müßten miteinander auf dem Feld arbeiten, bis die Zeit ihrer Strafe zu Ende ist. Hernach ermuntert man sie, sich selbst anzubauen, denn es wird ihnen eine gewisse Anzahl Morgen Land gegeben, das sie dann bearbeiten und für ihre eigene Rechnung Tabak und Korn darauf pflanzen. Da ihnen die Kaufleute allerhand Geräte und andere notwendige Sachen auf Kredit geben mit der Bedingung, sie aus dem Ertrag ihrer künftigen Ernte zu bezahlen, so können sie alles, was ihnen nötig ist, auf die bevorstehende Ernte hin erhalten. Daher, mein Kind, sagte die Mutter, wird mancher hier ein großer Mann, der früher in Newgate gesessen, und wir haben verschiedene Beamte und obrigkeitliche Personen

hier in unseren Städten, die einstmals ein Brandmal in die Hand bekommen haben.
Dann kam sie auf sich selbst zu sprechen und vertraute mir in ihrer Gutmütigkeit an, daß sie auch eine solche sei, die dem Galgen verfallen gewesen. Hier ist der Beweis, mein liebes Kind, fuhr sie fort, und zeigte mir ihren schönen Arm und ihre weiße Hand, in welcher aber das Brandmal zu sehen war.
Diese Erzählung bewegte mich sehr, allein meine Schwiegermutter sprach: Mein Kind, laß dich dies nicht befremden, die vornehmsten Leute hierzulande sind so gezeichnet und schämen sich dessen nicht. Unser Bürgermeister war ein tüchtiger Beutelschneider, der Richter hat manchen schönen Laden geplündert, sie wurden alle beide gebrandmarkt, und solche könnte ich dir noch viele nennen.
Nach einiger Zeit, als sie mir wieder eine solche Geschichte erzählte, bat ich sie, mir doch im Vertrauen einiges aus ihrer eigenen Lebensgeschichte zu berichten.
Darauf erzählte sie so weitläufig und so genau, daß ich es nicht länger anzuhören vermochte. Als sie aber auf einen gewissen Umstand kam, und ihren Namen sagte, wäre ich bald in die Erde gesunken. Sie merkte es und fragte, ob mich etwas ankäme.
Ich sagte, die traurige Geschichte sei mir so zu Herzen gegangen, daß ich ohnmächtig geworden sei.

Dessentwegen, mein liebes Kind, sagte sie freundlich, hast du nicht nötig, dich so zu erregen. Die Sache ist vor so langer Zeit geschehen und sie verursacht mir nicht die geringste Beunruhigung mehr, vielmehr sehe ich auf sie mit besonderem Vergnügen zurück, weil ich dadurch in dieses Land gekommen bin.

Darauf fuhr sie fort mir zu erzählen, wie sie hier an eine gute Familie geraten sei, wo sie sich sehr gut geführt, und nachdem die Frau gestorben, den Witwer geheiratet habe, mit welchem sie zwei Kinder, meinen Mann und seine Schwester, gehabt, daß sie durch Fleiß und gute Haushaltung nach ihres Mannes Tod die Pflanzung in den gegenwärtigen Zustand gebracht, so daß sie das meiste selbst erworben habe, nicht ihr Mann, der nun schon über sechzehn Jahre tot sei.

Diesem Teil ihrer Geschichte hörte ich mit geringerer Teilnahme zu, weil mich nur verlangte, meinen Gedanken in der Einsamkeit nachzuhängen. Jeder kann wohl beurteilen, wie mir zumute sein mußte, als ich aus allen Umständen schließen mußte, daß diese Frau meine eigene leibliche Mutter war, daß ich nun zwei Kinder mit meinem leiblichen Bruder gezeugt hatte, und das dritte schon unterwegs war, und daß ich jede Nacht bei ihm schlief.

Es lag mir eine solche Last auf dem Herzen, daß ich immer wach blieb. Soll ich es entdecken? Was würde das helfen? Soll ich es verschweigen? Wie machte ich das möglich? Ich zweifelte nicht daran, daß mir das Geheimnis einmal im Schlaf entschlüpfen und meinem Mann dadurch entdeckt würde. Offenbarte ich es, so war das wenigste, was ich zu erwarten hatte, der Verlust meines Mannes, denn er war zu gewissenhaft und ehrlich, mein Mann zu bleiben, wenn er mich als seine Schwester erkannt hätte. Kurz, ich war auf den höchsten Grad der Verwirrung gekommen.

Indessen, da ich gleichwohl mehr als zuviel um die Wahrheit der Sache wußte, lebte ich in Blutschande und zwar unter dem Schein einer ehrlichen Frau. Obgleich mir die Missetat selbst nicht so zu Herzen ging, so war es doch etwas gegen die Natur und verursachte mir vor meinem Mann einen rechten Abscheu. Nichtsdestoweniger entschloß ich mich nach reiflicher Überlegung, alles auf das sorgfältigste zu verhehlen, weder meiner Mutter noch meinem Mann das geringste davon zu entdekken. In solchem Zustand lebte ich noch drei Jahre, mit welch bekümmertem Herzen vermag ich nicht zu sagen. In dieser Zeit pflegte mir meine Mutter sehr oft die alte Geschichte aus ihrem Leben zu erzählen, die mir keineswegs angenehm zu hören war. Denn ich konnte daraus entnehmen, wenn sie es auch nicht deutlich sagte, daß sie in ihrer Jugend eine Hure und Diebin gewesen war, doch glaube ich sicherlich, sie hat dafür rechtschaffen Buße getan und ihr Leben so geändert, daß man sie für eine fromme stille und gottesfürchtige Frau halten konnte, die sie auch wirklich war.

Es mag nun ihr voriges Leben gewesen sein, wie es sein wollte, genug, das meinige kam mir jetzt sehr überflüssig vor, denn ich brachte es wie gesagt in der allerärgsten Hurerei zu, und es kam auch nichts Gutes dabei heraus als Elend und Jammer. Es dauerte zwar eine Zeitlang, ehe es soweit kam, doch endlich ging alles mit uns rückwärts und was das schlimmste war, es änderte sich meines Mannes Gemüt ganz und gar, er wurde zänkisch, eifersüchtig und unfreundlich, so daß ich über dieses Betragen desto ungeduldiger wurde, je ungerechter und unvernünftiger es mir vorkam. Wir gerieten so aneinander, daß ich mich auf ein Versprechen berief, welches er mir willig gegeben hatte, als ich mich entschloß, England zu verlassen, nämlich, daß ich, wenn mir die Lebensweise in Virginia nicht zusagte, die Freiheit haben sollte, nach England zurückzukehren und ihm dies nur ein Jahr vorher anzukünden, damit er sich danach einrichten und mit mir gehen könnte.

Dieses Versprechen wollte ich nun erfüllt haben und muß gestehen, daß ich mit etwas großem Ungestüm darauf drang, doch diente mir zu meiner Entschuldigung, daß er mir selbst übel begegnete, daß ich von meinen Freunden entfernt war, mir selbst kein Recht verschaffen konnte, und daß er ohne Ursache eifersüchtig war, zumal niemand mir etwas vorwerfen konnte und er auch nicht den geringsten Anlaß dazu hatte.

Ich bat ihn derart inständig darum, daß er nicht umhin konnte, entweder sein Wort zu halten oder zu brechen, trotzdem er alles aufbot und auch seiner Mutter Vermittlung brauchte, um meinen Entschluß zu ändern. Der ganze Grund lag in mir, denn mein Herz hatte sich ganz von ihm abgewandt. Ich hatte Abscheu, mit ihm zu Bett zu gehen und fand tausend Vorwände als Krankheit, Unmut und dergleichen, damit er mich nicht berühren sollte, weil ich nichts so sehr fürchtete als wieder schwanger zu werden, und dadurch wäre meine Reise nach England, wenn auch nicht aufgehoben, so doch wieder hinausgeschoben worden.

Indes reizte ich ihn dadurch dermaßen, daß er den unvorsichtigen und betrüblichen Entschluß faßte, ich dürfte überhaupt nicht nach England gehen. Hätte er es mir auch versprochen, so wäre doch die Sache an sich unvernünftig und könne ihn nicht binden, da es seinen Geschäften unzuträglich sein würde, die Familie auseinander zu bringen, und das würde ihn ins Verderben stür-

zen. Deshalb könnte ich es mit gutem Recht nicht von ihm verlangen, zumal keine Frau in der Welt, die ihre Familie und ihres Mannes Wohlergehen schätze, auf dergleichen zu bestehen fähig wäre.
Die boshafte Welt sagt vom weiblichen Geschlecht, wenn eine Frau sich etwas in den Kopf gesetzt hat, sei es unmöglich sie davon abzubringen. Ich war nun Tag und Nacht darauf bedacht, wie ich die Mittel finden möchte, meine Reise zu bewerkstelligen, und kam zuletzt mit meinem Mann so sehr in Streit, daß ich ihm erklärte, ohne ihn nach England gehen zu wollen. Dies erzürnte ihn aufs heftigste, er schalt mich ein grausames Weib und eine Rabenmutter, da ich solche Gedanken hegen und meine beiden Kinder verlassen könnte, um sie nicht mehr wiederzusehen. Es ist wahr, wenn alles seine Richtigkeit gehabt hätte, wäre es ein Unrecht von mir gewesen, aber nun ging mein Verlangen eben dahin, weder die Kinder noch ihn mein Lebtag wiederzusehen. Was den Titel einer Rabenmutter betrifft, darüber mußte ich schon mit mir fertig werden, zumal da das ganze Verhältnis im höchsten Grade widernatürlich war.
Wir hatten viel Streit darüber, der endlich bis zu einer gefährlichen Spitze gelangte. Denn da ich ihm nicht im geringsten mehr gewogen war, so legte ich auch meine Worte nicht mehr auf die Goldwaage, sondern fuhr ihn

bisweilen dermaßen an, daß er in Harnisch gebracht wurde. Kurz ich wandte alles an, um ihn zu überreden, daß er mich nach England gehen ließe, und dies verlangte ich mit aller Heftigkeit.

Er nahm mir mein Benehmen gegen ihn sehr übel, und er hatte wohl auch Ursache dazu, zuletzt wollte ich nicht mehr bei ihm schlafen, sondern trieb unseren Streit immer weiter, bis er mir endlich sagte, er glaube, ich sei toll, und er werde mich ins Irrenhaus bringen.

Ich muß bekennen, das Wort Irrenhaus hatte mich sehr erschreckt, denn wenn ich hineingebracht worden wäre, so hätte die Wahrheit ganz gewiß unterliegen müssen, da mir dann kein Mensch mehr geglaubt hätte, ich hätte sagen können, was ich wollte.

Hierdurch kam ich zu dem Entschluß, sollte es auch Kopf und Kragen kosten, nicht länger mehr hinter dem Berg zu halten und alles ans Licht zu bringen. Wie ich es aber anfangen sollte, wußte ich nicht. Inzwischen fielen neue Händel mit meinem Mann vor, die mich bald dahin gebracht hätten, ihm alles ins Gesicht zu sagen, und obgleich ich noch nicht alles sagte, so äußerte ich doch so viel, daß es ihn bestürzt machte.

Er fing an, in aller Gelassenheit mit mir von meinem Vorhaben zu reden, daß ich so heftig darauf bestünde nach England zu gehen. Ich verteidigte meinen Entschluß, ein Wort gab das andere, wie das gewöhnlich bei den ehelichen Zänkereien der Fall ist, bis er mir sagte, ich ginge gar nicht mit ihm um, als ob er mein Mann wäre, und nicht wie die Mutter von meinen Kindern, deshalb verdiente ich auch nicht, als seine Frau behandelt zu werden. Er habe sich aller erdenklichen Mittel bedient, um mich zur Vernunft zu bringen, habe mir in aller Ruhe und Freundlichkeit seine Gründe angegeben, während ich ihm so unbescheiden begegnet wäre und ihn wie einen Hund behandelt hätte und nicht wie einen Ehemann. Er wollte zwar ungern Gewalt bei mir anwenden, aber er sei jetzt fast dazu entschlossen, solche Mittel zur Hand zu nehmen, die mich an meine Pflicht erinnern würden.

Das Blut erstarrte mir hierüber, und er hätte mir nichts Empfindlicheres sagen können. Ich antwortete, daß es mir ganz gleich sei, ob er gute oder böse Mittel anwenden würde, ich verlachte sie doch. Nach England zu gehen sei ich fest entschlossen, es möge daraus werden, was da wolle. Begegnete ich ihm aber nicht wie meinem Ehemann und meinen Kindern nicht wie eine Mutter, so möge er daraus entnehmen, daß mehr dahinter stecke, doch ich wollte ihm nur soviel verraten, daß er nicht mein rechtmäßiger Gatte noch die Kinder meine rechtmäßigen Kinder seien und daß ich Ursache hätte, sie nicht anders anzusehen als ich es täte. Ich muß bekennen, es tat mir leid, als ich ihm dies gesagt hatte, denn er wurde blaß wie eine Leiche und verstummte, wie wenn er vom Donner gerührt wäre. Ein paarmal schien es auch, als ob er in die Erde sinken wollte. Es war, als ob ihn der Schlag getroffen hätte, er zitterte und bebte, der Schweiß lief ihm übers Gesicht, und dabei war er doch eiskalt, so daß ich etwas holen mußte, um ihn am Leben zu erhalten. Als er wieder zu sich kam, wurde ihm übel, und er mußte sich erbrechen, worauf wir ihn zu Bett brachten, und am anderen Morgen stellte sich heftiges Fieber ein.

Es ging endlich vorüber, und er erholte sich, wenn auch sehr langsam. Als er wieder ein wenig zu Kräften gekommen war, sagte er mir, ich hätte ihm eine tödliche Wunde mit meiner Zunge geschlagen, und er wollte mich nur eines fragen, ehe er weitere Erklärungen verlangte.

Ich fiel ihm ins Wort und sagte ihm, daß es mir sehr leid täte, daß ihm meine Worte so zu Herzen gegangen wären, ich bäte ihn aber, von einer näheren Erklärung abzusehen, da wir dadurch das Übel nur größer machen würden.

Dies vermehrte seine Ungeduld und versetzte ihn in einen wirklich unerträglichen Zustand. Denn nun fing er an, zu argwöhnen, daß ein Geheimnis dahinter stecke, konnte aber nicht ergründen, was es wohl sein möchte. Alles, was er sich denken konnte, war, daß ich vielleicht noch einen anderen Mann am Leben hatte. Aber ich versicherte ihm das Gegenteil. Denn mein voriger Mann war für mich in der Tat schon tot und hatte mir selbst gesagt, ich sollte ihn nicht mehr für lebend halten, darum hatte ich seinetwegen nicht die geringste Unruhe.

Nun waren wir so weit gekommen, daß es nicht länger mehr verborgen bleiben konnte. Mein Mann gab mir auch selbst Gelegenheit, mein Herz zu erleichtern. Er hatte sich drei bis vier Wochen lang geplagt, ob die Worte, die ich gesprochen, nur im Eifer gefallen wären oder ob sie im Grunde eine Bedeutung hätten. Ich aber wollte nichts erklären, es sei denn, daß er mir die Erlaubnis gäbe nach England zu gehen, was er aber, wie er sagte, sein Lebtag nicht tun wollte.

Hiergegen wandte ich ein, es läge in meiner Macht, ihn zur Einwilligung zu zwingen, ja, ich könnte es sogar machen, daß er mich bitten würde fortzugehen. Das machte ihn immer begieriger, den Grund zu wissen.

Endlich erzählte er alles, was er wußte, seiner Mutter und trieb sie an, das Geheimnis aus mir herauszulocken, worauf sie denn auch ihre ganze Sorgfalt wandte, aber ich brachte sie bald zum Schweigen und sagte, es läge das ganze Geheimnis in ihr selbst, daß ich es aus Hochachtung für sie verbergen müsse und daß ich nichts weiter tun könne, als sie inständigst bitten, nicht weiter in mich zu dringen.

Dieser Einwurf machte sie stumm, so daß sie nicht wußte, was sie denken oder sagen sollte. Doch bat sie mich, daß ich doch nur mit ihrem Sohn in Frieden und Einigkeit leben möchte, wozu sie gern das ihrige beitragen wollte.

Ich sagte ihr, dies sei unmöglich, und wenn ich ihr den Grund mitteilen würde, wie sie es verlangte, so würde ihr die Unmöglichkeit dann selbst klar werden und alle Lust vergehen, zwischen uns ferner ein gutes Einvernehmen zu stiften. Zuletzt stellte ich mich, als wäre ich durch ihr stetes Zusetzen überwunden und sagte, ich könnte ihr das größte Geheimnis der Welt anvertrauen, welches sie bald als ein solches erkennen würde, wenn sie mir feierlichst versprechen wolle, es ihrem Sohn ohne meinen Willen niemals zu entdecken.

Es war schwer, sie dazu zu bewegen, da sie aber doch das Geheimnis erfahren wollte, versprach sie es mir, und nach vielen Umschweifen entdeckte ich ihr die ganze Sache. Zuerst stellte ich ihr vor, wieviel Anteil sie selbst an dem Mißverständnis habe, das zwischen ihrem Sohn und mir herrschte, indem sie mir ihre eigene Geschichte erzählt und ihren rechten Namen genannt habe, wodurch sie mich damals in große Bestürzung versetzt. Darauf erzählte ich ihr meine eigene Geschichte und sagte ihr meinen Namen, überzeugte sie auch durch andere Zeichen, daß sie nicht leugnen konnte, daß ich ihre leibliche Tochter sei, geboren zu Newgate, dieselbe, die sie damals vom Galgen errettet, und die sie in den und den Händen zurückgelassen hatte, als man sie nach Virginia verschickte.

Unmöglich ist es, das Erstaunen zu beschreiben, in das die gute Frau geriet. Sie wollte die Geschichte nicht glauben, denn sie sah wohl, welche Verwirrung daraus in ihrer Familie entstehen würde, dann fiel sie mir um den Hals, küßte mich und weinte bitterlich, so daß sie lange Zeit kein Wort sagen konnte. Endlich brach sie aus: Unglückliches Kind, welch ein Zufall hat dich hierher geführt, und dazu noch in die Arme meines Sohnes! Ach, wir sind alle verloren. Mit deinem leiblichen Bruder zwei Kinder, alle von einem Fleisch, von einem Blut! Mein Sohn und meine Tochter schlafen beieinander wie Mann und Frau! Welche Schande und Unnatürlichkeit! Was soll nun werden?

So redete sie eine lange Zeit. Ich hatte nicht den Mut den Mund zu öffnen, wußte auch nichts zu sagen, denn jedes Wort tat mir von neuem weh. Meine Mutter war weit bestürzter als ich, denn es war mir nicht mehr so neu wie ihr. Trotzdem versprach sie nochmals, ihrem Sohn nichts davon zu sagen, bis wir wieder darüber gesprochen hätten.

Es währte nicht lange, so sprachen wir wieder zusammen darüber. Sie stellte sich, als ob sie mir ihre Geschichte nicht richtig erzählt hätte, als ob mir der eine oder andere Umstand entfallen wäre, deshalb fing sie von neuem an, ließ vieles aus und änderte das meiste darin. Allein ich half ihrem Gedächtnis in manchen Dingen nach, wie wenn sie es vergessen hätte, und brachte den ganzen Zusammenhang so heraus, daß sie sich nicht herausreden konnte. Darauf ging das Reden und Weinen wieder los, und wir beklagten unser entsetzliches Schicksal. Nachdem sich dies ein wenig gelegt hatte, hielten wir Rat, was nun anzufangen sei. Doch was halfen uns alle Beratschlagungen? Keine von uns wußte aus diesem Labyrinth einen Ausweg noch eine Weise, wie wir es meinem Manne wohl beibringen könnten. Es war unmöglich vorherzusehen, wie er es auffassen oder was er dann tun würde. Sollte er sich so wenig beherrschen können, und die Sache ruchbar werden, so folgte ganz gewiß der Untergang der Familie danach. Wollte er aber dem Gesetz nach handeln, so könnte er mich mit Schande von sich fortjagen, da mir dann nichts weiter übrig blieb, als wegen meines eingebrachten Gutes einen Prozeß mit ihm zu führen, vielleicht alles an die Advokaten zu wenden und an den Bettelstab zu kommen. Er nahm sich dann wohl in ein paar Monaten eine andere Frau, und ich würde die elendigste Kreatur sein.

Meine Mutter sah dies auch ein, doch wußten wir nicht, was wir anfangen sollten. Wenn wir endlich zu einem Entschluss gekommen waren, so waren wir doch wieder ganz verschiedener Meinung. Sie wollte haben, ich sollte die ganze Sache bei mir vergraben sein lassen und weiter mit ihm als meinem Ehemann leben, bis sich eine günstigere Gelegenheit bieten würde, ihm alles zu entdekken. Inzwischen wollte sie alle Mühe anwenden, uns zu versöhnen und den Frieden wieder herzustellen, damit wir wie früher zusammen schlafen, das Geheimnis aber bei uns behalten könnten. Denn, meinte sie, kommt es heraus, so sind wir verloren.

Damit ich darauf um so leichter einginge, versprach sie mir goldene Berge: Daß sie mir nach ihrem Tod alles vermachen und meinen Mann von der Erbschaft ausschließen wolle, so daß ich, wenn es doch herauskäme, später eine reiche Frau sein und wohl auskommen könnte.

Dies wollte mir aber nicht in den Kopf, denn obwohl es von seiten meiner Mutter treu und gut gemeint war, so waren doch meine Gedanken auf etwas ganz anderes gerichtet.

Ich sagte, es sei unmöglich, daß wir alles im alten Zustande ließen. Wie könnte sie glauben, daß ich weiter bei meinem eigenen Bruder schliefe. Mein Herz hatte sich wirklich in diesem Punkt ganz von ihm abgekehrt, ja, ich hatte auf ihn als Ehemann einen tödlichen Haß: Es war ja auch ein unrechtmäßiges, blutschänderisches Zusammenleben mit ihm, daß ich fast lieber mit einem Hund als mit ihm zu tun gehabt hätte.

Ich kann nicht sagen, daß ich recht daran getan habe, mich ihm zu widersetzen, ehe ich ihm das Geheimnis offenbart hatte, aber ich erzähle die Sache so, wie sie sich verhielt, und nicht, wie sie von Rechts wegen hätte sein sollen.

Bei dieser Ungewißheit blieb es noch lange, bis ich endlich meiner Mutter eröffnete, ich würde ihm selber alles entdecken.

Eines Abends saßen wir zusammen in einer Laube, die am Eingang unseres Gartens lag. Er war so aufgeräumt, daß er mir viel Angenehmes sagte, was unsere Versöhnung betraf, und daß er hoffe, wir würden solche Zwistigkeiten nie wieder erleben.

Ich tat einen tiefen Seufzer und sagte ihm, es würde niemandem angenehmer sein als mir, mit ihm in einem guten Einvernehmen zu bleiben, es schwebe aber ein Unglück über uns, und ich wüßte nicht, wie ich es ihm beibringen sollte. Dadurch wäre aber alle meine Freude gehemmt, und mir alle Lust verdorben.

Er drängte heftig in mich, es ihm zu eröffnen, bis ich sagte, ich hätte ihm das Geheimnis bisher verschwiegen, aber es brenne mir sehr auf der Seele, so daß ich zuletzt ersticken müßte.

Hierüber entsetzte er sich und verdoppelte seine Bemühungen, um es zu erfahren. Er sagte, ich könne ihm nicht in Liebe gewogen, ja nicht treu sein, wenn ich es ihm weiter vorenthielte. Er sei entschlossen, alles zu vergessen, was vorher gewesen und es als eine bloße Verwirrung anzusehen.

Ich wünschte, erwiderte ich, ich könnte es auch vergessen, allein die Wurzel sitzt gar zu tief, es ist etwas Unmenschliches. Dabei verlangte ich nur, daß er weiter in mich drängen sollte, damit ich nachgeben und dasjenige beichten möchte, was zu verhehlen mir eine tödliche Marter bereitete.

Ich will mein Äußerstes tun, sprach er, unter der Bedingung, daß du mich nicht länger im Zweifel lässest, denn diese lange Vorbereitung jagt mir schon Schrecken ein.

Nun es sei, sagte ich. Gleichwie ich dir in Wut und Aufregung gesagt habe, ich sei nicht dein rechtmäßiges

Weib, noch unseren Kindern eine rechtmäßige Mutter, so werde ich dir jetzt in aller Sanftmut und Freundlichkeit doch betrübten Herzens mitteilen, daß ich deine leibliche Schwester bin, und daß du mein leiblicher Bruder bist, und wir alle beide Kinder unserer Mutter sind, die hier im Haus lebt und die auch von der Wahrheit dessen überzeugt ist, was nicht mehr zu leugnen ist.
Er wurde ganz blaß und seine Augen rollten. Da rief ich einen Knecht, der mußte ihm ein Glas Rum bringen als Herzstärkung, denn er wollte unter meinen Händen in Ohnmacht fallen.
Als er wieder zu sich kam, sagte ich: Du kannst dir wohl denken, daß diese Geschichte einer langen Erklärung bedarf, habe deshalb Geduld mir zuzuhören, ich will es möglichst kurz machen. Hierauf erzählte ich ihm alles, was nötig war, wie meine Mutter sich selbst unschuldigerweise verraten hätte. Und nun, schloß ich, wirst du einsehen, daß ich keine Schuld daran habe noch haben konnte, da mir vorher nichts davon bekannt war.
In dieser Sache, sprach er, bin ich nun befriedigt, aber meine Bestürzung ist sehr groß, doch weiß ich ein Mittel dagegen, auch ohne daß du nötig hast, nach England zu gehen.
Das wäre seltsam, sagte ich.
Nein, nein, sprach er, ich will es kurz machen, ich bin al-

lein derjenige, der dir im Weg ist. Bei diesen Worten sah er etwas verstört aus, ich befürchtete aber damals nichts, weil ich glaubte, was er auch selbst immer gesagt hatte, daß derjenige, der solches vorhat, nie davon redet, oder daß derjenige, der davon redet, es niemals tut. Aber es war noch nicht so weit, ich bemerkte nur, daß er in Gedanken vertieft ganz traurig umher ging, und wie es mir schien, etwas verstört im Kopf war. Ich ließ es mir angelegen sein, ihn auf gute Gedanken zu bringen und einen Plan zu entwerfen, nach welchem wir künftig uns einzurichten hätten, bisweilen nahm er es auch gut auf und zeigte Interesse, aber die Last war zu schwer für ihn, so daß er zweimal sich umbringen wollte. Einmal hatte er sich wirklich schon aufgehängt und wäre auch gewiß gestorben, wenn nicht die Mutter in dem Augenblick in die Kammer gekommen wäre und ihn mit Hilfe eines Negers abgeschnitten und wieder zu sich gebracht hätte.
Mein Mitleid mit ihm weckte wieder meine frühere Gewogenheit, und ich bestrebte mich Tag und Nacht, die Wunde zu heilen. Aber sie saß zu tief, sie schwächte seine Lebenskraft und führte zu einer langwierigen Auszehrung. In diesem Jammer wußte ich mir weder zu helfen noch zu raten. Sein Leben schien nur an einem Faden zu hängen. Nach seinem Tode hätte ich eine reiche Partie machen können, deswegen war es aller Vernunft

nach das Beste für mich, im Land zu bleiben. Allein der Sinn stand mir immer nach England, dagegen half nichts mehr.

Kurz, mein Mann, der es allem Anschein nach nicht lange mehr machen würde, gab endlich meinen wiederholten ungestümen Bitten Gehör, so daß der Weg frei wurde, auch meine Mutter trug das ihrige dazu bei, daß ich auch ein gutes Reisegeld zu meiner Überfahrt nach England bekam.

Als ich von meinem Bruder Abschied nahm, denn so werde ich ihn künftig nennen müssen, kamen wir überein, daß er bekanntmachen solle, ich sei gestorben, damit er sich rasch wieder verheiraten könnte, wenn er es wollte. Er versprach es mir fest, solange ich lebte, mir Hilfe und Beistand zu leisten. Sollte er eher sterben als ich, so wollte er seiner Mutter genug hinterlassen, mich immer wie seine Schwester zu versorgen, und diesem Versprechen kam er auch gewissenhaft nach, obgleich es wunderlich genug damit zuging.

Im August segelte ich von Virginia ab, nachdem ich acht Jahre dort zugebracht hatte. Nun stand mir ein neues Leben bevor, das nicht sehr aussichtsreich war. Ich hatte Virginia gleichsam die letzte gute Nacht gesagt; was ich mit herübergebracht hatte, war zwar wertvoll, wenn es heil angekommen wäre, und ich hätte damit wohl eine ziemlich gute Partie machen können, aber nach einem auf der Reise erlittenen Verlust belief sich mein ganzes Vermögen nur auf 200 bis 300 Pfund. Ich war gänzlich ohne Freunde, sogar ohne die geringste Bekanntschaft, denn ich fand es höchst notwendig, die alten nicht wieder zu erneuern. Meine listige Freundin, die mich damals als reiche Partie ausgegeben hatte, war tot, ihr Mann auch.

Meine Ladung nötigte mich bald darauf, nach Bristol zu gehen, und weil ich dort die Sache abwarten mußte, nahm ich eine Vergnügungsreise nach Bath vor, denn da ich noch jung an Jahren war, fand sich auch mein lustiges Gemüt wieder, und ich dachte immer, es würde mir wohl noch ein Glück begegnen, das meine Lage verbessern könne.

Die Stadt Bath ist ein eleganter Ort, wo das Leben teuer und an Fallstricken kein Mangel ist. Ich begab mich wirklich nur dahin, um zu sehen, ob nichts zu fangen sei. Doch muß ich zu meiner Rechtfertigung sagen, daß ich mir niemals vorgenommen hatte, auf dergleichen Dinge zu verfallen, wozu ich mich hernach doch verleiten ließ. Hier blieb ich die ganze Nachzeit, wie man sagt, und machte eine oder die andere Bekanntschaft, die mich in den folgenden Torheiten zu meinem Unglück eher bestärkt als davon abgehalten hat. Ich lebte vergnügt genug, besuchte gute, das heißt schöne lustige Gesellschaften, allein ich konnte es auf die Dauer nicht aushalten, denn mein Vorrat nahm schnell ab, und da ich keine festen Einnahmen hatte, war es dasselbe, wie wenn man sich zu Tode blutet. Das machte mir zwar Sorgen, aber ich ließ sie bald wieder fahren und bildete mir ein, es würde mir bald ein Glück begegnen.

Allein ich befand mich am unrechten Ort. In einem Londoner Vorort wäre es mir eher geglückt, wenn ich mich dort leidlich eingerichtet und gewartet hätte, bis etwa ein ehrlicher Schiffskapitän mir einen Antrag gemacht hätte, aber Bath, wo die Männer zwar oft eine Beischläferin, doch niemals oder selten eine Frau suchen, war der rechte Ort nicht. Deswegen hat auch jede Bekanntschaft, die eine einzelne Frau dort macht, eine üble Bewandtnis. In der ersten Zeit hielt ich mich dort wohl, und obgleich ich mit einem Edelmann, der nach Bath kam, um sich zu belustigen, Bekanntschaft geschlossen hatte, so war ich doch in keinen verdächtigen Handel verwickelt. Einigen Versuchungen hatte ich widerstanden und mir in diesem Punkt nichts vergeben; ich war noch nicht gottlos genug, um mich der reinen Lust wegen in Schande und Laster zu stürzen, und es fand sich eben niemand, der sich mit Geld, so wie ich es wünschte, um mich bemühte.

Nichtsdestoweniger kam ich so weit, daß ich mit meiner Hauswirtin Freundschaft schloß, die, obgleich sie kein verdächtiges Haus führte, doch keine von der besten Zunft war. Ich hatte mich immer so betragen, daß man mir nicht das geringste nachsagen konnte, und alle Männer, mit denen ich verkehrte, hatten einen so guten Namen, daß ihre Bekanntschaft mir keinen Nachteil brachte, es unterstand sich auch keiner, mir etwas Ungehöriges anzutragen. Darunter war eben der erwähnte Edelmann, der mich allzeit wegen meiner liebenswürdigen Art den anderen vorzog, weil er sich ungemein, wie er sagte, an meiner Gesellschaft erfreute, allein es wurde nichts weiter daraus.

Als alle Freunde abgereist waren, brachte ich in Bath manche einsame Stunde zu, denn obwohl ich meiner Geschäfte wegen nach Bristol reiste, um dort meine Waren zu verhandeln und meinen Geldbeutel wieder zu füllen, so kam ich doch immer nach Bath zurück, weil ich mit meiner Wirtin gut stand und den Winter über dort billiger leben konnte als anderswo. Ich brachte also hier den Winter ebenso traurig zu, wie mir der Herbst angenehm gewesen war, und da ich mit der Zeit immer vertrauter mit meiner Wirtin wurde, so entdeckte ich ihr etwas von dem, was mir auf dem Herzen lag, besonders, daß Schmalhans bei mir Küchenmeister wäre. Ich sagte ihr auch, daß ich eine Mutter und einen Bruder in Virginia hätte, welche in Wohlstand lebten. Ich hatte auch wirklich an meine Mutter geschrieben und ihr meine Lage und den erlittenen Verlust vorgestellt, darum ließ ich meine Freundin wissen, daß ich von dort einen Zuschuß erwartete, was ja auch der Wahrheit entsprach. Ferner sagte ich ihr, weil die Schiffe von Bristol schneller nach Virginia kämen als von London, so dächte ich, es wäre besser für mich, in der Nähe von Bristol die Antwort abzuwarten.

Meine Freundin schien Mitleid mit mir zu haben und war so gütig, das Kostgeld für mich den Winter über so billig zu berechnen, daß ich sicher war, sie konnte nichts dabei verdienen, was aber die Miete betraf, so zahlte ich den Winter über für meine Kammer gar nichts.

Als der Frühling ins Land kam, war sie mir noch ebenso gewogen und tat mir, was sie nur konnte, zu Gefallen. Ich blieb auch so lange bei ihr, bis es anders kam. Es stiegen verschiedene vornehme Leute bei ihr ab, auch jener Edelmann, der mich, wie gesagt, den vorigen Herbst so bevorzugt hatte. Er stellte sich mit zwei Dienern und noch einem anderen Herrn ein und kehrte in dem Haus ein, wo ich wohnte. Ich glaubte, meine Wirtin hätte ihn eingeladen und ihn wissen lassen, daß ich noch bei ihr wäre, aber sie leugnete es.

Unsere Bekanntschaft wurde wieder aufgefrischt, und dem Edelmann war meine Gesellschaft, ebenso wie früher, sehr angenehm. Er war ein artiger Herr und war mir auch nicht zuwider. Er hegte für mich eine unbegrenzte Hochachtung und hatte dabei eine so gute Meinung von meiner Tugend, daß er mir oft gestand, er glaube sicherlich, ich würde ihn mit Verachtung strafen, wenn er mir etwas Ungehöriges zumuten würde. Ich gab ihm zu verstehen, daß ich eine Witwe sei, die aus Virginia gekommen wäre und in Bath auf die Ankunft der nächsten Flotte wartete, bei welcher ich große Frachten hätte. Er sagte mir, daß er verheiratet, daß seine Frau aber gemütskrank sei, daher habe er sie zu ihren Verwandten in Pflege übergeben, damit sie ihm keine Nachlässigkeit vorwerfen könnten. Inzwischen käme er nach Bath, um sich hier seine betrübten Gedanken darüber ein wenig aus dem Sinn zu schlagen.
Meine Wirtin, die aus eigenem Antrieb unseren Umgang sehr förderte, lobte diesen Herrn sehr, sowohl wegen seiner Tugend und Redlichkeit, als wegen seines Reichtums. Ich hatte auch Ursache, ihn zu rühmen, denn da wir beide in einem Stockwerk wohnten und er oft zu mir, wenn ich noch im Bett lag, in meine Kammer trat, so verlangte er doch nichts als höchstens einen Kuß von mir, ja, er hatte mich auch sonst um nichts ersucht.

Ich redete mit meiner Wirtin oft von seiner übergroßen Zurückhaltung, und sie sagte darauf, es schiene ihr, sie sei ihm wohl angeboren, doch meinte sie, er sollte sich mir doch irgendwie erkenntlich zeigen, weil er meine Gesellschaft so sehr beanspruche. Ich sagte, er hätte keine Ursache zu denken, daß ich Geld oder sonst etwas von ihm annehmen würde.

Sie antwortete, das wollte sie wohl auf sich nehmen, und fing es auch so listig an, daß er mich, als wir das nächste Mal wieder zusammenkamen, fragte, ob ich auch auskäme und ob ich Geld nötig hätte.

Ich hielt mich zurück und sagte, obgleich meine Ladung Tabak schadhaft geworden sei, so wäre sie darum doch nicht ganz verloren; der Kaufmann, an den ich gewiesen wäre, hätte so wohl für mich gesorgt, daß ich keinen Mangel gelitten hätte, ich hoffte es auch mit meiner Sparsamkeit so lange aushalten zu können, bis mit der nächsten Flotte mehr ankommen würde; inzwischen hätte ich meine Ausgaben vermindert: Voriges Jahr hätte ich ein Mädchen gehalten, nun hielte ich keines, ich hätte damals eine Stube und Kammer im ersten Stock gehabt, jetzt nur eine Kammer zwei Treppen hoch und dergleichen mehr. Doch lebte ich jetzt ebenso vergnügt wie früher, als ich noch mehr hatte, seine Gesellschaft hätte mir die Zeit besser vertrieben, als es sonst geschehen wäre, wofür ich ihm besonders erkenntlich wäre. Auf solche Art nahm ich ihm diesmal alle Gelegenheit, mir etwas anzubieten.

Nicht lange darauf kriegte er mich wieder vor und sagte, er merke wohl, daß ich Bedenken trüge, ihm das Geheimnis meiner Lage zu entdecken, was ihm sehr leid täte, indem er mir versicherte, daß seine Nachfrage nicht aus Neugierde geschähe, sondern nur, damit er mir beispringen könnte, wenn es nötig wäre. Da ich aber nicht eingestehen wollte, daß ich einer Hilfe bedürfe, so bäte er mich nur um eins, nämlich ihm zu versprechen, wenn ich etwa Mangel leiden sollte, ihm es rund heraus zu offenbaren und mich ohne Zier seiner zu bedienen.

Ich unterließ nicht, ihm meine Verbindlichkeit zu bezeugen und schien von der Zeit ab nicht so verschlossen als zuvor, doch blieben wir beide genau in den Grenzen der Tugend. So frei unser Umgang auch war, so vermochte ich es doch nicht über mich zu gewinnen, ihm meinen Geldmangel zu gestehen, obgleich mir im Grunde sein Anerbieten sehr wohl gefiel.

Einige Wochen vergingen, ehe ich das geringste merken ließ, dann brach meine listige Wirtin endlich das Eis, indem sie einmal in meine Kammer trat, als er bei mir war, und mir etwas, was sie sich selbst ausgedacht hatte, vermeldete:

Ich habe euch eine böse Nachricht zu bringen, sagte sie.
Was denn?, fragte ich. Haben etwa die Franzosen unsere Virginische Flotte weggenommen? Denn davor hatte ich Furcht gehabt.
Nein, nein, sprach sie, aber der Mann, den ihr gestern nach Bristol geschickt habt, ist wiedergekommen, hat aber nichts mitgebracht.
Dieser Streich gefiel mir gar nicht, es sah aus, als ob wir ihn gar zu sehr nötigen wollten, da er doch bereit genug war; ich sah auch, daß ich nichts dabei verlieren würde, wenn ich mich noch ein wenig länger zurückhielte.
Deswegen antwortete ich ihr kurz: Ich könne mir den Grund nicht denken, warum der Mann das sage; denn ich versichere euch, fuhr ich fort, er hat mir alles gebracht, worum ich ihn hingesandt hatte, hier ist es – dabei zog ich meinen Beutel mit zwölf Guineen hervor –, das meiste davon sollt ihr bald haben.
Mein fremder Herr schien es der Wirtin übel auszulegen, denn es war etwas frech herausgekommen. Als er aber meine Antwort hörte, war er wiederum zufrieden.
Am folgenden Morgen redeten wir wieder über diese Sache, und da fand ich denn, daß alles gut war.
Er sagte lächelnd, er hoffe, ich würde meiner Zusage nachkommen und ihm frei heraus sagen, wenn es mir an Geld mangelte.

Ich antwortete darauf, daß mir die Rede meiner Wirtin gar nicht gefallen hätte, doch glaubte ich, es sei darum geschehen, damit sie die acht Guineen bekäme, die ich ihr schuldig gewesen und die ich ihr gestern abend gegeben hätte.
Es gefiel ihm sehr wohl, daß ich die Wirtin bezahlt hatte, und wir sprachen hernach von anderen Dingen.
Am folgenden Morgen, als er hörte, daß ich schon aufgestanden war, rief er mich und bat mich, in seine Kammer zu kommen; ich traf ihn noch im Bett an. Ich mußte mich auf sein Bett setzen, denn er wollte mir etwas Besonderes sagen. Nach einigen freundlichen Worten fragte er mich, ob ich ihm eine aufrichtige Antwort geben wollte auf das, was er von mir zu wissen verlangte.
Ich versprach es, nachdem ich über das Wort aufrichtig noch vorher einige Bemerkungen gemacht hatte, als ob ich jemals anders als aufrichtig an ihm gehandelt hätte.
Sein Verlangen war, ich sollte ihm meinen Beutel zeigen.
Ich tat es lachend und gab ihm den Beutel, in dem sich drei und eine halbe Guineen befanden.
Er fragte mich, ob dies alles sei, was ich hätte.
Ich sagte: nein, weit gefehlt – und lachte fortwährend.
Nun, so tut mir die Liebe und holt all euer Geld bis auf den letzten Heller her.
Ich ging hin und brachte ihm aus meiner Kammer eine

kleine Schublade, in welcher etwa sechs Guineen und etliche Schillinge waren, warf ihm alles aufs Bett und sagte, das wäre mein ganzer Reichtum, mehr hätte ich nicht. Er besah es eine Weile, zählte es aber nicht, sondern warf alles durcheinander wieder in die Schublade, langte in seine Tasche, zog einen Schlüssel heraus und ersuchte mich, ein kleines Nußbaumschränkchen, das auf dem Tisch stand, zu öffnen und ihm eine bestimmte Schublade herauszubringen. In dieser Schublade war ein Haufen Gold, meiner Mutmaßung nach wohl 200 Guineen. Er nahm meine Hand, steckte sie in die Lade und ließ mich eine Handvoll herausnehmen. Ich wehrte mich und wollte es nicht, aber er hielt mich bei der Hand fest, bis ich sie so voll Guineen hatte, als ich nur halten konnte.

Zunächst mußte ich die Guineen in meinen Schoß legen, er aber nahm meine Schublade, schüttete mein Geld heraus zu dem seinigen dazu und bedeutete mir, ich möchte es nun in meine Kammer tragen.

Ich erzähle diese Begebenheit um so umständlicher, weil man daraus entnehmen kann, wie freundschaftlich und vertraulich wir miteinander verkehrten, und mit welchem edlen Gemüt ich es zu tun hatte. Nicht lange danach fand er täglich an meinen Kleidern, an meinen Spitzen, an meinen Hüten etwas auszusetzen und nötigte mich, etwas Besseres zu kaufen, wozu ich zwar gern bereit war, es ihn aber nicht merken ließ.

Schöne Kleider liebte ich wohl über alles, sagte ich ihm, aber ich müsse mit dem Geld, das er mir geliehen, sparsam umgehen, weil ich sonst nicht imstande sein würde, es ihm zurückzuzahlen.

Darauf sagte er mir mit kurzen Worten, er hege zwar eine aufrichtige Hochachtung für mich und wisse, wie meine Lage beschaffen sei, er hätte mir das Geld demnach nicht geliehen, sondern geschenkt, wohl erwägend, daß ich es um ihn verdient hätte, da ich ihm meine Gesellschaft so ganz und gar gewidmet.

Darauf mußte ich ein Mädchen annehmen und seinen Haushalt führen, und als sein Freund fort war, speiste ich täglich mit ihm. Ich tat es auch gern, da weder die Frau im Haus noch ich dabei zu kurz kamen.

So hatten wir bereits ein Vierteljahr zugebracht, als sich die Badegäste wieder ziemlich verloren; er machte sich ebenfalls zur Abreise bereit und hätte mich gern mit nach London genommen.

Dies leuchtete mir nicht ein, da ich nicht wußte, auf welche Art ich dort leben sollte, oder wie er es mit mir halten würde. Mittlerweile wurde er sehr krank. Sein Fieber hielt so stark an, daß er fünf Wochen das Bett hüten mußte, während welcher Zeit ich ihn pflegte und ihn wartete, als ob ich seine Frau gewesen wäre. Ja, keine Frau hätte mehr für ihn tun können, ich wachte so lange und so oft bei ihm, daß er es zuletzt nicht mehr leiden wollte; deshalb ließ ich mir ein Ruhebett in seine Kammer bringen und schlief darauf zu Füßen seines Bettes. Seine Schwäche ging mir sehr zu Herzen, da ich an ihm einen großmütigen Freund verloren hätte, der mir viel Gutes erwiesen hatte. Ich saß und weinte manche Stunde bei ihm. Endlich wurde es besser mit ihm, und ich konnte auf seine Genesung hoffen, es ging aber nur sehr langsam damit vorwärts.

Würde es sich anders verhalten haben, als ich es erzähle, so würde ich es frei von der Leber heruntersagen, aber ich versichere, daß, obgleich wir uns im Bett sahen und ich ihm die bei einer Krankheit notwendigen Handreichungen leistete, nicht das leiseste Wort noch die geringste Tat vorfiel, die gegen die Sitte verstoßen hätten.

Nach einiger Zeit kam er wieder zu Kräften. Da wollte ich mein Ruhebett hinausnehmen, er begehrte aber, ich sollte es so lange in seinem Zimmer lassen, bis er imstande wäre, sich selbst zu helfen.

Er nahm jede Gelegenheit wahr, mir seine Erkenntlichkeit zu beweisen; als er aufstand, schenkte er mir 50 Guineen für meine Mühe, da ich, wie er sagte, meine Gesundheit aufs Spiel gesetzt hätte, um die seinige zu erhalten.

Er versicherte mir seine aufrichtige Gewogenheit, doch in aller Tugend und Ehrbarkeit. Ich war davon völlig überzeugt, und er ging so weit, daß er sich vermaß, wenn er gleich nackend bei mir im Bett wäre, so wollte er doch meine Keuschheit heilig halten, wie er sie auch gegen jeden Räuber meiner Ehre verteidigen würde. Ich glaubte ihm und sagte es ihm auch. Doch das war ihm nicht genug, er wollte davon bei der ersten Gelegenheit eine Probe sehen lassen.

Kurz darauf war ich genötigt, meiner Geschäfte wegen eine Reise nach Bristol zu machen; er mietete mir einen Wagen und fuhr mit mir. Hier wurde unsere Vertraulichkeit bald größer. Von Bristol brachte er mich nach Gloucester, doch das war nur eine Lustreise. Hier fanden wir in dem Gasthaus keine andere Unterkunft als ein großes Zimmer mit zwei Betten.

Der Wirt wies es uns an und sagte: Mein Herr, es steht mir nicht an zu fragen, ob die Dame Ihre Gemahlin ist. Sie können aber im Notfall ebenso in diesen zwei Betten schlafen, als ob sie getrennte Zimmer wären. Darauf zog er einen Vorhang, welcher das ganze Zimmer in der Mitte teilte, so daß man sich in den Betten nicht sehen konnte.

Prächtig, sagte mein Freund, das wird schon angehen, wir sind im übrigen so nahe verwandt, daß wir auch in einem Bett schlafen könnten. Dadurch gewann die Sache einen ehrenhaften Anschein. Als es nun Zeit war zu Bett zu gehen, begab er sich aus Bescheidenheit solange hinaus, bis ich mich niedergelegt hatte; darauf kam er wieder herein und nahm von dem anderen Bett Besitz, erzählte aber noch lange Zeit mit mir.

Zuletzt wiederholte er wieder seine Rede, daß er nakkend bei mir im Bett liegen könne, ohne mir das geringste zuzumuten.

Darauf sprang er aus seinem Bett und verfügte sich zu mir mit den Worten: Nun sollt ihr sehen, wie ich mein Wort halten kann.

Ich widerstrebte ein wenig, aber ich muß bekennen, ich würde mich nicht lange geweigert haben, wenn er auch nichts versprochen hätte. Nach einigem Widerstand lag ich still und ließ ihn zu mir ins Bett kommen, wo er mich in die Arme nahm und die ganze Nacht zubrachte, aber ohne das geringste mit mir vorzunehmen. Am Morgen stand er auf, zog sich an und ließ mich so unschuldig und unberührt, wie ich zuvor gewesen war.

Ich wunderte mich darüber, und es werden sich auch vielleicht noch andere wundern, die das Spiel der Natur kennen. Er war ein starker Mann, dem es nicht an Kraft fehlte. Auch enthielt er sich nicht aus Frömmigkeit, sondern aus reiner Liebe und Zuneigung, indem er sagte,

obwohl ich ihm die liebste Person von der Welt wäre, so könnte er eben darum, weil er mich so liebte, mir nichts zuleide tun.
Ich gestehe, daß dies sehr edelmütig von ihm gehandelt war, aber da ich doch dergleichen noch nie erlebt hatte, machte es mich etwas betroffen. Wir reisten zurück nach Bath, wo er alle Freiheit hatte, zu mir zu kommen und die vorige Probe, so oft er wollte, zu wiederholen. Obwohl wir auch sonst wie Mann und Frau miteinander umgingen, kam es doch niemals weiter, als ich erzählt habe. Ich kann nicht sagen, daß er mir damit einen so großen Gefallen tat, wie er vermeinte, denn ich war viel leichtsinniger als er.
Dennoch dauerte dieses Spiel zwei Jahre lang, währenddessen er dreimal in dieser Zeit nach London reiste und einmal vier Monate fortblieb. Aber das muß ich zu seiner Ehre sagen, er ließ mich niemals ohne Geld, ich litt keinen Mangel, sondern lebte recht gut.
Wäre es so fortgegangen, so hätten wir uns vielleicht etwas darauf einbilden können, aber der Krug geht so lange zum Brunnen, bis er bricht. So ging es auch mit uns, doch um die Wahrheit zu sagen, es war nicht seine, sondern meine eigene Schuld. Wir lagen wieder einmal zusammen im Bett warm und lustig, hatten auch alle beide wohl ein Glas Wein mehr als gewöhnlich getrun-

ken, da fielen allerhand kleine Torheiten vor, die ich nicht nennen kann, und ich sagte unter anderem – zu meiner Schande und zu meinem Schrecken steht es hier – ich hätte wohl Lust, ihn für diese einzige Nacht von seiner Verpflichtung loszusprechen.
Er nahm mich sogleich beim Wort, und ich widerstrebte ihm auch nicht weiter.
So war nun unsere Tugend über den Haufen geworfen, und ich vertauschte die Stelle einer Freundin mit dem häßlich klingenden Titel einer Hure. Am Morgen stellte sich bei uns die Reue ein. Ich weinte herzlich, und ihm ging es auch sehr nahe, aber das war auch alles, was wir dabei tun konnten, denn nachdem der Weg einmal gebahnt, und die Schranken der Tugend und des guten Gewissens durchbrochen waren, hielt uns weiter nichts zurück.
Unser Verkehr hatte etwas Scheues während der folgenden Wochen, und unser Gespräch war einsilbig. Ich konnte ihn nicht ohne Erröten anblicken und brach oft in die Worte aus: Wenn ich nun schwanger werden sollte, was soll ich dann tun?
Er tröstete mich, daß er mir treu sein wolle, solange ich ihm treu wäre. Denn da es nun soweit gekommen wäre, wie er es nie im Sinn gehabt hätte, und ich schwanger werden sollte, so wollte er nun auch für Mutter und Kind sorgen.

Dies machte uns beide fest. Ich versprach ihm, daß ich lieber aus Mangel an einer Hebamme sterben wollte als ihn als Vater des Kindes angeben, wenn es dazu kommen sollte.
Er dagegen versicherte mir, es solle mir dann an nichts fehlen.
Diese Zusagen machten uns neuen Mut, so daß wir kein Bedenken trugen, das Spiel lustig weiterzuführen, bis es zuletzt zu einer Schwangerschaft kam.
Als ich das fühlte und es ihm auch zu verstehen gegeben, hielten wir Rat, was in der Sache ferner zu tun sei. Ich war der Meinung, unsere Wirtin ins Vertrauen zu ziehen und zu hören, was sie dazu sagen würde. Er war damit einverstanden.
Meine Wirtin schien an dergleichen gewöhnt zu sein und sich nichts daraus zu machen. Sie sagte, sie hätte sich wohl gedacht, daß es endlich soweit kommen würde und hieß uns nur, guter Dinge zu sein.
Sie wußte mit allem Bescheid und versprach, eine Hebamme zu bestellen, die uns mit Ehren davon helfen würde, was sie auch wirklich tat.
Als meine Zeit kam, mußte sich mein Geliebter auf ihren Rat aus dem Staub machen oder zum wenigsten so tun, als ob er nach London ginge. Als er fort war, ging sie zum Kirchenvorsteher und meldete ihm, es logiere in

ihrem Hause eine Dame, die bald niederkommen würde, sie kenne ihren Eheherrn gar gut und könne ihm sagen, daß es der Baron Walter Cleave sei, ein braver Edelmann, dafür könne sie einstehen und so weiter. Hiermit war der Kirchenvorsteher zufrieden, und ich kam mit so großem Ansehen nieder, als ob ich wirklich die hochwohlgeborene Frau Baronin Cleave wäre. Drei bis vier der angesehensten Matronen der Stadt waren bei meiner Entbindung zugegen, wodurch indes etwas mehr daraufging. Ich gab meinem Galan zu verstehen, daß mir dies sehr leid täte, er aber hieß mich guten Mutes sein und mich nichts anfechten zu lassen.

Er hatte mir Geld genug gegeben, daß ich ein gutes Wochenbett halten konnte, und ich bekam alles, was ich verlangte, doch hielt ich das Geld zusammen, denn ich kannte die Welt und wußte, daß es oft nicht lange dauert mit solchen Dingen, deshalb sparte ich, soviel als möglich war, damit ich im Notfall nicht ganz ohne Mittel wäre. Ich ließ es ihn aber nicht merken, sondern sagte, es sei alles draufgegangen.

Hierdurch und mit dem, was er mir schon vorher geschenkt hatte, besaß ich zu Ende meines Wochenbettes eine Kasse von 200 Guineen im Rückhalt, das meinige mit eingerechnet.

Ich brachte einen schönen Knaben zur Welt. Als der Vater es erfuhr, schrieb er mir einen sehr verbindlichen Brief und sagte, er hielte es für besser, daß ich nach London käme, sobald ich wieder zu Kräften gelangt sei, er habe schon Zimmer für mich bestellt, als ob ich nur aus London käme, es sollte aber nicht lange dauern, so wollten wir wieder nach Bath gehen.

Dieser Vorschlag gefiel mir nicht übel, ich mietete eine Kutsche, nahm die Amme und das Kind sowie eine Magd mit mir und fuhr nach London.

Er kam mir bis Reading mit seinem Wagen entgegen, nahm mich zu sich in seine Kutsche, während das Kind und die Bedienten im anderen Wagen blieben, und führte mich so in meine neue Wohnung, mit der ich sehr zufrieden sein konnte, denn es waren sehr schöne Zimmer.

Ich befand mich nun auf der höchsten Stufe des Glücks, und es fehlte mir nichts, als daß ich verheiratet gewesen wäre, aber das konnte in diesem Fall nicht angehen. Deshalb nahm ich meinen Vorteil wahr, sparte, was ich nur konnte, damit ich einen Notgroschen zurücklegen konnte; zumal die Männer ihrer Geliebten sehr oft überdrüssig werden, sich eine andere suchen, Eifersucht hegen, oder sich aus irgendeinem anderen Grund von ihnen zurückziehen, woran bisweilen die Geliebten selbst schuld sind, daß es ihnen so geht, da sie nur zu oft Klugheit und Treue außer acht lassen.

Hierin war ich meiner sicher, denn ich hatte weder Trieb noch Gelegenheit zur Veränderung. Alle meine Bekannten waren in dem Haus, wo ich wohnte, und eines Geistlichen Frau nebenan. Wenn mein Geliebter abwesend war, besuchte ich keinen Menschen, und er fand mich immer zu Hause, wenn er zu mir kam. Fuhr ich aber spazieren, um frische Luft zu schöpfen, so war er immer bei mir.
Er beteuerte mir oft, daß er nie daran gedacht hätte, es soweit kommen zu lassen, seine Liebe zu mir sei so aufrichtig gewesen, doch ohne jenes Begehren, das zu tun, was er nun doch getan hätte. Ja, sogar in der letzten Nacht, als er über die Stränge geschlagen, sei es nicht seine Absicht gewesen. Ich versicherte ihm dagegen, es sei nur eine Verwirrung gewesen, bei der wir unserer Neigung nur allzusehr nachgegeben hätten.
Es ist wahr, vom ersten Moment an, als ich diesen Menschen kennenlernte, hätte ich mich ihm zu Willen gegeben, wenn er es verlangt hätte, und aus keiner anderen Ursache, als weil ich seiner Hilfe bedurfte, und keinen anderen Weg wußte, solche zu erlangen. Als wir aber in der erwähnten Nacht zusammen waren und er sich schon große Freiheiten herausgenommen hatte, fühlte ich meine Schwäche und konnte der Lust unmöglich widerstehen, ja, ich fühlte mich sogar gedrängt alles preiszugeben, noch ehe er es verlangte.

Doch war er so gütig, daß er es mir nicht vorwarf, sondern in allen Fällen an meinem Benehmen großen Gefallen fand und beteuerte, es sei ihm in meiner Gesellschaft noch ebenso wohl wie in der ersten Zeit unserer Bekanntschaft.

Er hatte zwar sozusagen keine Frau, denn sie war ja krank, aber die Gewissensbisse entreißen gar oft einen Mann den Armen seiner Geliebten, und so ging es zuletzt auch mir.

Obwohl ich heimlich diese Sorge im Herzen trug und oft bei dem höchsten Vergnügen in der Zukunft nichts als Hunger und Kummer für mich erblickte, so trieb mich doch eben diese Furcht vor der Armut an, die Lebensweise, in die mich die Not gebracht hatte, weiter fortzusetzen. Trotzdem war ich oft fest entschlossen, alles zu verlassen und ein anderes Leben anzufangen, wenn ich nur Geld genug gehabt hätte, mich zu ernähren und zu erhalten. Allein diese Gedanken zerfielen in sich zusammen, sobald ich nur meinen Geliebten wiedersah, denn der Verkehr mit ihm war mir so lieb und angenehm, daß keine Traurigkeit aufkam, wenn er sich nur sehen ließ, und wenn ich zum Überlegen und Nachdenken kam, so geschah es nur, wenn ich allein war.

Sechs Jahre verflossen so in diesem glücklichen Zustand,

in welcher Zeit ich ihm drei Kinder schenkte, von denen aber nur das erste am Leben blieb.

Eines Morgens versetzte mich ein zwar höflicher, doch trauriger Brief meines Liebhabers in große Besorgnis, durch den er mich wissen ließ, daß er sich gar nicht wohl fühle und befürchtete, es stecke wieder eine schwere Krankheit in ihm. Da aber die Freunde seiner Frau bei ihm im Haus seien, würde es sich wohl nicht schicken, mich zu ihm zu begeben. Das täte ihm sehr leid, zumal er nichts so sehr wünschte, als daß ich ihn pflegen möchte, wie ich es damals getan.

Diese Nachricht betrübte mich sehr, und ich wünschte sehr zu wissen, wie es mit ihm stünde. Es vergingen vierzehn Tage, ohne daß ich etwas von ihm hörte. Die größte Schwierigkeit bestand darin, daß ich nicht wußte, wo er wohnte; zuerst dachte ich, er sei im Haus seiner Schwiegermutter, allein als ich nach London kam, fand ich aus der Aufschrift der Briefe, die ich an ihn versandte, daß er sich mit der ganzen Familie in Bloomsbury niedergelassen hatte, daß auch seine Frau und seine Schwiegermutter in demselben Hause wohnten.

Hier erfuhr ich auch, daß er in den letzten Zügen lag, was mich fast in denselben Zustand versetzte. Um aber Gewißheit zu erlangen, verkleidete ich mich eines Tages als Dienstmagd. Mit einem Strohhut auf dem Kopf ging ich nach seinem Haus, als ob mich einer seiner früheren Nachbarn geschickt hätte, die ihn freundlichst grüßen und anfragen ließen, wie es dem Herrn ginge und wie er die vergangene Nacht zugebracht hätte. Dies verschaffte mir Gelegenheit, mit einer von den Mägden zu sprechen, mit der ich eine lange Unterhaltung hatte und dabei alle Umstände seiner Krankheit erfuhr, welche in Seitenstechen mit Husten und Fieber bestand. Die Magd sagte mir auch, wer alles im Haus und wie es mit der Frau beschaffen sei, von der sie hofften, daß sie bald wieder zu Verstand kommen würde. Was den Herrn beträfe, so hätten die Ärzte ihn schon aufgegeben, man habe heute morgen schon den Tod erwartet, und es sei auch nicht besser mit ihm geworden, so daß er die folgende Nacht wohl nicht mehr erleben würde.

Dies war eine schlimme Kunde, die mir das Ende meines Wohllebens vor Augen stellte. Es kam mir nun gut zustatten, daß ich sparsam gewirtschaftet hatte, denn nach seinem Tod hätte ich keinen Weg gesehen, durch die Welt zu kommen. Es beunruhigte mich auch nicht wenig, daß ich einen Sohn hatte, ein liebes schönes Kind von fünf Jahren, für den niemand sorgte. Mit solchen Betrachtungen und betrübten Herzens ging ich an jenem Abend nach Hause.

Man kann wohl verstehen, daß ich nicht lange säumte,

mich wieder nach ihm zu erkundigen. Da ich es aber selbst nicht wieder wagen wollte, ließ ich es durch alle möglichen Boten verrichten, die bald dieses, bald jenes Anliegen vorgeben mußten. Das dauerte etwa vierzehn Tage, bis ich erfuhr, daß wieder Hoffnung vorhanden, obschon er noch sehr krank sei. Darauf schickte ich nicht mehr hin, sondern es wurde mir in der Nachbarschaft gesagt, daß er wieder im Hause umherginge und bald darauf, daß er wieder ausgehen könne.

Ich zweifelte nun nicht, daß ich ihn baldigst sprechen würde und tröstete mich dabei mit seiner Genesung. Allein es verging erst eine, dann die zweite Woche und schließlich zu meiner größten Verwunderung gingen beinahe zwei Monate hin, ohne daß ich etwas von ihm hörte, als daß er aufs Land gezogen sei, um in der frischen Luft sich zu erholen. Darauf vergingen wieder zwei Monate, bis ich erfuhr, daß er wieder in die Stadt gekommen sei, aber sonst hörte ich nichts.

Ich hatte verschiedene Briefe an ihn geschrieben und sie auf die gewohnte Weise befördert, fand aber, daß nur zwei oder drei abgeholt worden waren, die übrigen aber nicht. Ich schrieb abermals mit größerem Nachdruck und teilte ihm mit, daß ich nun genötigt sein würde, mich selbst bei ihm einzustellen, die Hausmiete sei fällig, das Kind müßte versorgt werden und mir selbst mangelte es an al-

lem, trotzdem er mir heilig versprochen, mich stets zu versorgen. Von diesem Brief machte ich mir eine Abschrift, und da ich fand, daß der Brief vier Wochen liegen geblieben war, ohne abgeholt zu werden, ersann ich ein Mittel, um ihm in einem Kaffeehaus die Abschrift in die Hände zu spielen, in dem er viel verkehrte.
Dieser Brief erzwang eine Antwort von ihm, woraus ich sah, daß ich zwar verlassen war, aber daß er mir doch vor einiger Zeit geschrieben hatte, ich sollte wieder nach Bath gehen. Der Inhalt dieses Briefes soll gleich folgen. Ich muß hierzu noch bemerken und meinen Geschlechtsgenossinnen für solche Fälle mitteilen, daß wenn jemals eine herzliche Reue auf dergleichen Sünden folgt, sie ganz gewiß den Haß gegen die betreffende Person nach sich zieht, denn je größer die Liebe vorher gewesen, desto größer muß der Haß sein.
So war es auch bei mir. Er hatte aus meinem letzten Brief und aus den anderen, die er dann abholte, ersehen, daß ich nicht in Bath gewesen war, auch daß mir sein erster Brief nicht zu Händen gekommen war. Darauf schrieb er mir folgendes:

Madame,
Ich wundere mich, daß Ihr meinen Brief vom achten vergangenen Monats nicht erhalten habt. Ich kann bei

meiner Ehre versichern, daß er in Eurer Wohnung ab- und Eurer Magd in die Hand gegeben wurde.
Es wird nicht nötig sein, Euch meinen bisherigen Zustand zu schildern, wie ich durch des Himmels Güte dem Tod entrissen worden bin. Es kann Euch nicht befremden, daß hierbei unser Verhältnis mein Gewissen wie eine große Last bedrückt hat. Ich kann nur sagen, daß alles, was bereut werden muß, auch notwendig wieder gutgemacht werden soll.
Ich wünsche, daß Ihr Euch nach Bath begebt, und lege einen Wechsel von 50 Pfund bei, damit Ihr hier Eure Wohnung auflösen und dorthin gehen könnt. Ich hoffe, Ihr werdet es nicht übelnehmen, wenn ich Euch sage, daß ich Euch aus den oben angeführten Gründen nicht wiedersehen kann. Für das Kind werde ich sorgen, lasset es bleiben, wo es ist, oder nehmt es mit Euch, wie Ihr wollt. Ich wünsche Euch dieselbe Einsicht und Überlegung, die zu Eurem Vorteil ausschlagen möge usw. usw.

Dieser Brief schlug mir tausend Wunden, die Vorwürfe, die ich mir machte, will ich nicht wiederholen, denn ich war gegen meine Missetat nicht blind. Ja, ich dachte, daß ich mit weniger Sünde hätte bei meinem Bruder leben können, da wir doch vor unserer Heirat unsere Verwandtschaft nicht gekannt hatten. Ich war auch dessen nicht eingedenk geblieben, daß ich bis zur Stunde noch die Ehefrau eines Leinwandhändlers war, und obgleich er mich aus Not verlassen hatte, daß ich doch keine Macht hatte, mich von den Banden des Ehestands zu lösen, oder mir eine rechtmäßige Freiheit zu erteilen, damit ich wieder eine Heirat eingehen konnte. Ich war also demnach während dieser ganzen Zeit eine Ehebrecherin und Hure gewesen, darum war ich auch gleichsam von allen guten Geistern verlassen und von einer Gottlosigkeit in die andere gefallen.

Mit diesen Betrachtungen beschäftigte ich mich fast einen Monat lang und ging nicht nach Bath, da ich keine Lust hatte, wieder mit der dortigen Wirtin anzubinden, damit sie mich nicht wieder zu einer unanständigen Lebensführung verleitete, und weil ich auch nicht wollte, daß sie etwas von meiner Abtakelung erfahren sollte.

Ich schrieb also meinem ehemaligen Liebhaber einen kurzen Brief, daß ich mich in allem nach seinem Befehl gerichtet hätte, außer betreffs der Reise nach Bath, daß die Wunde, die mir sein Abschied geschlagen, unheilbar sei, daß ich aber einsähe, wie recht er habe, und nichts tun würde, ihn an seiner Buße und Besserung zu hindern.

Dabei schilderte ich ihm mit bewegten Worten meinen jämmerlichen Zustand. Ich sagte, daß dieselbe Ursache, der ich seine Freundschaft zu verdanken gehabt hätte, nämlich meine Notlage, ihn auch wohl nun zum Mitleid zu mir bewegen müßte, um mir solchen Beistand zu leisten, daß mich die Furcht vor der Armut nicht wieder in Versuchung führe. Falls er auch nur die geringste Sorge hegte, daß ich ihm künftig lästig fallen könnte, so bäte ich ihn, es mir zu ermöglichen, daß ich wieder nach Virginia zu meiner Mutter zurückkehren könne, woher ich ja, wie er wisse, gekommen sei, dann hätte er weiter nichts von mir zu befürchten. Ich schloß endlich, wenn er mir noch 50 Pfund senden und dadurch meine Abreise befördern würde, so wollte ich mich damit für immer zufrieden geben und ihn nicht weiter beunruhigen, es wäre denn, daß ich es des Kindes wegen täte, das ich ihm gleichfalls abnehmen wolle, falls ich meine Mutter noch am Leben und in guten Verhältnissen antreffen würde.

Dies war aber alles Betrug, denn ich hatte so wenig Lust, nach Virginia zu reisen, als ein Dieb gehängt werden möchte, ich wollte ihm diese letzten 50 Pfund noch abzwacken, wenn es möglich wäre, da ich wohl wußte, daß ich ferner keinen Heller mehr von ihm zu erwarten hatte.

Das Versprechen, daß ich auf alle ferneren Ansprüche verzichten und ihn nicht wieder behelligen wollte, hatte seine gute Wirkung. Er sandte mir den gewünschten

Wechsel über 50 Pfund durch eine Person, die mir auch zugleich eine Quittung zum Unterschreiben überreichte, worin ich ohne Bedenken einwilligte und meinen Namen darunter setzte. Auf solche Weise nahm diese Sache zu meinem großen Leidwesen ein Ende.

Ich kann hier nicht umhin, über die Freiheiten solcher Leute, wie wir waren, eine kleine Betrachtung einzuflechten und die üblen Folgen daraus abzuleiten. Man redet sich ein, es sei lauter Unschuld und reine Freundschaft und dergleichen, aber das liebe Fleisch und Blut hat allemal solchen Anteil an der sogenannten unschuldigen Liebe und Freundschaft, daß es ein Wunder wäre, wenn die Neigung nicht endlich über die allerfestesten Entschlüsse siegen sollte. Ich will das übrige dem Nachdenken des Lesers überlassen, der vielleicht bessere Betrachtungen darüber anstellen kann als ich, zumal meine Ermahnungen wohl nur wenig Nachdruck haben werden, weil ich sie selber so bald außer acht gelassen habe.

Ich war nun wieder sozusagen eine alleinstehende Person und an nichts gebunden, weder als Frau noch als Geliebte, wenn ich meiner Ehe mit dem Leinwandhändler nicht gedachte, von dem ich nun fünfzehn Jahre lang nichts gehört hatte. Man wird es mir also wohl nicht verdenken, wenn ich mich nicht mehr an ihn gebunden hielt. Er hatte mir ja auch bei seinem Scheiden gesagt, wenn ich nicht öfters Briefe von ihm erhalten würde, so sollte ich nur annehmen, er sei tot, und ich dürfte mich wieder verheiraten, mit wem ich wollte.

Nun setzte ich mich hin und hielt Rechnung mit meinem Geldbeutel. Nach häufigen Briefen und ungestümem Verlangen hatte ich endlich eine zweite Ladung von Gütern aus Virginia erhalten, um den Verlust auszugleichen, den ich bei meiner Ankunft gehabt hatte. Ich sollte gleichfalls eine Schlußquittung ausstellen, doch dies kam mir hart an. Ich drehte die Sache deshalb so, daß ich die Güter in die Hände bekam, ehe ich die Quittung ausstellte, obgleich ich es versprochen hatte. Hernach wußte ich immer neue Ausflüchte zu machen und die Unterschreibung zu umgehen, bis ich zuletzt vorgab, ich müßte erst noch einmal an meinen Bruder schreiben, ehe es geschehen könne, und damit schlief die Sache ganz ein.

Wenn ich nun diesen Zuschuß und alle Habseligkeiten zusammenrechnete, belief sich mein Vermögen auf 450 Pfund oder etwas darüber. Ich hatte zwar außerdem noch 100 Pfund gespart, aber damit erging es mir übel. Ein Goldschmied, dem ich es gegen Zinsen geliehen hatte, machte Bankrott, und ich kam um 70 Pfund bei ihm zu kurz, da er sich auf 30 Prozent mit seinen Gläubigern verglich. Zunächst hatte ich noch ein wenig Silbergeschirr, das aber keinen großen Wert besaß, hingegen war ich mit Kleidung und Leinwand reichlich versehen.

Mit diesem Kapital sollte ich nun ein neues Leben anfangen, allein ich war nicht mehr die Frau, die ich war, als ich noch bei dem Kapitän wohnte. Erstens war ich zwanzig Jahre älter geworden und hatte außerdem an Schönheit nicht zugenommen, wie man wohl leicht aus der langen Zeit und meinem Hin- und Herreisen schließen mag. Obgleich ich nichts unterließ, um mich aufzuputzen – doch brauchte ich keine Schminke, die ich nicht leiden konnte – so fiel doch der Unterschied zwischen 25 und 42 Jahren einem jeden leicht in die Augen. Ich machte allerhand Pläne wegen meiner zukünftigen Lebensart, kam aber zu keinem Entschluß. Vor allem führte ich meine Sache so, daß mich die Welt für etwas Größeres hielt, als ich wirklich war. Ich ließ ausstreuen, daß ich eine reiche Partie sei und mein Vermögen gänzlich zu meiner Verfügung hätte. Das letztere verhielt sich auch so. Es war mein Unglück, daß ich keine Bekannten hatte und folglich auch niemanden, dem ich mich hätte anvertrauen, und der mir hätte raten können. Die Erfahrung hatte mich gelehrt, daß es ein schlechter Zustand ist, ohne Freunde zu leben, und daß einem Frauenzimmer außer dem Mangel am täglichen Brot nichts

Ärgeres begegnen kann. Ich rede von den Frauen, denn die Männer wissen sich selbst zu raten und zu helfen! Wenn die Frau niemanden hat, mit dem sie ihre Verhältnisse überlegen und beraten kann, so ist es um sie geschehen. Je mehr Geld sie besitzt, desto mehr Gefahr läuft sie betrogen zu werden, und so ging es mir mit den 100 Pfund, die ich dem Goldschmied geliehen hatte, dessen Kredit allem Anschein nach schon vorher sehr gering gewesen war. Weil ich aber keinen Menschen hatte, den ich um Rat fragen konnte, wußte ich von nichts und verlor mein Geld.

Wenn eine Frau so verlassen ist, gleicht sie einem Beutel mit Geld oder einem Edelstein, der auf der Landstraße verloren geht und von dem ersten besten, der vorübergeht, gefunden wird. Findet ihn ein redlicher tugendhafter Mann, so läßt er es ausrufen oder in die Zeitung setzen, damit sich der Eigentümer melde, aber gewöhnlich ist dies nicht der Fall, und er gerät in solche Hände, die sich ihn ohne Bedenken aneignen.

So war es jetzt mit mir, ich war ohne Hilfe, ohne Beistand, ohne Führer. Ich wußte, was ich haben wollte und was mir dienlich war, konnte es aber durch die richtigen Mittel nicht erlangen. Mein Wunsch war, in einem ruhigen Zustand zu leben, und wenn ich nur einen stillen bequemen Mann angetroffen hätte, würde ich ihm treu wie

Gold gewesen sein. Not und Mangel waren die beiden Türen, durch die sich die Laster einschlichen, nicht meine Neigung zum Bösen. Ja, gerade nach dem Verlust einer ruhigen, gesicherten Lebensführung wußte ich sie um so höher zu schätzen und hätte sicherlich nichts angestellt, was diese Ruhe und Glückseligkeit hätte stören können. Ich habe auch während meiner Ehe niemals meinen Männern die geringste Ursache gegeben, sich über meine Betragen zu beklagen.

Allein es fand sich nichts für mich. Ich wartete, lebte so einfach und häuslich wie nur möglich, aber alles umsonst. Mein Kapital nahm ab, und die herannahende Armut schreckte mich. Etwas Geld hatte ich, aber ich wußte nicht, wo ich es anlegen sollte. Zudem hätten mich die Zinsen nicht ernährt, vor allem nicht, wenn ich in London blieb.

Endlich kam ein neues Ereignis. In dem Haus, in dem ich wohnte, befand sich eine Frau aus dem Norden von England, die immer von dem billigen Leben redete, das man bei ihr zu Lande führen könnte, wie reichlich und wohlfeil alles dort wäre, was für gute Gesellschaft man dort hätte und so weiter. Ich sagte zuletzt, ich hätte beinahe Lust, mich dort niederzulassen, denn obwohl ich als Witwe genug zu leben hätte, so stünde mir doch hier in London, das ein kostspieliger Ort wäre, kein Weg offen, mein Vermögen zu vermehren, zumal ich unter 100 Pfund jährlich nicht auszukommen vermöchte, es sei denn, daß ich mir keine Gesellschaft, keine Magd und sonst nichts leisten und mich gleichsam lebendig begraben würde.

Diese Person glaubte gewiß, mein Vermögen beliefe sich auf wenigstens 3000 bis 4000 Pfund und sei in meinen Händen, sie bezeigte sich deshalb ungemein freundlich, als sie mich willens fand, nach ihrer Heimat zu reisen. Ihre Schwester, sagte sie, wohne nicht weit von Liverpool, und ihr Bruder stünde dort in großem Ansehen, besitze auch Güter in Irland. Nach einem Monate wollte sie dorthin gehen und wenn ich ihr Gesellschaft leisten wollte, so würde ich auf einen Monat, oder solange es mir gefiele, willkommen sein, ich könnte dann selbst sehen, ob mir das Land gefiele. Bekäme ich dann Lust, dort zu bleiben, so würde sie Sorge tragen, daß ich bei guten Leuten unterkäme und nach meinem Vergnügen leben könnte.

Da meine Lage so schlecht war, daß sie nicht viel schlimmer mehr werden konnte, so bekümmerte ich mich nicht groß darum, wie es mir dort ergehen würde, wenn nur meiner Person kein Leid widerführe. Deswegen, obwohl ich mich stark nötigen und mich aller Freundschaft versichern ließ, willigte ich ein und machte mich zur Reise bereit, ohne zu wissen, wohin es ging, und welches Ende es nehmen würde.

Da fragte sich's nun, was ich mit meinem Geld machen und wo ich es solange sicher unterbringen sollte. Denn das was ich übrig hatte, war bares Geld, ein wenig Silbergeschirr, Kleider und Linnen. Hausgerät hatte ich so gut wie gar nicht, denn ich war zu oft umgezogen. Wem sollte ich meine kleinen Habseligkeiten anvertrauen? Ich dachte an eine Bank, allein ich hatte keinen Freund, der mir geholfen hätte.

Es fiel mir nun ein, selber auf die Bank zu gehen, wo ich oft gewesen war und Zinsen auf gewisse Verschreibungen abgeholt hatte. Der Kassierer, an den ich gewiesen war, hatte sich mir allemal sehr höflich bewiesen und hatte einmal sehr redlich an mir gehandelt, als ich mich beim Zählen des Geldes geirrt hatte. Ich war schon im Fortgehen, als er mich wieder zurückrief und mir das Fehlende auszahlte, was er doch leicht in seine Tasche hätte stecken können.

Ich ging nun zu ihm und fragte ihn, ob er sich die Mühe nehmen wollte, einer armen alleinstehenden Witwe, die nicht aus noch ein wisse, mit seinem Rat beizustehen. Er sagte, falls ich seine Meinung in einer Sache verlangte, die seine Geschäfte angingen, so wollte er mir gern damit dienen. Er hätte aber einen Bekannten, der auch ein solcher Angestellter sei wie er, wenn auch nicht in demselben Haus, er wolle mich aber an ihn empfehlen, und auf dessen Verstand und Treue könnte ich mich gänzlich verlassen. Denn, fuhr er fort, ich will mich für ihn verbürgen und alles, was er tut, auf mich nehmen, er findet ein Vergnügen daran, ehrlichen Leuten in solchen Fällen zu dienen und macht ein Werk der Nächstenliebe daraus.

Diese Rede machte mich ein wenig stutzig, und ich sagte nach einer kleinen Pause, ich hätte mich lieber ihm als einem anderen anvertraut, könnte dies aber nicht sein, so wollte ich wohl seinen Vorschlag annehmen.

Ich versichere euch, Madame, sagte er, ihr werdet mit meinem Freund ebenso zufrieden sein wie mit mir, denn er ist geeigneter euch zu helfen als ich. Er fügte noch hinzu, sein Freund würde nichts für seinen Rat und Beistand verlangen, was mir sehr lieb zu hören war.

An demselben Abend kamen wir alle zusammen, und ich sah den Mann, der mir vorgeschlagen worden war, beim ersten Blick schon für grundehrlich an. Es stand ihm im Gesicht geschrieben, und alle Leute, wie ich nachher erfuhr, stellten ihm ein solches Zeugnis aus, so daß ich kein Mißtrauen gegen ihn hegte.

Nach dieser Zusammenkunft, bei welcher ich ihm mein Anliegen wiederholte, bestellte er mich für den nächsten Tag, indem er sagte, ich möchte unterdessen über ihn

Nachfrage halten, was mir doch nicht möglich war, da ich nirgends bekannt war.

Ich stellte mich der Verabredung nach wieder in der Bank ein und erklärte ihm meinem Lage etwas freier, daß ich eine Witwe sei, die aus Amerika zurückgekehrt und gänzlich ohne Freunde wäre, daß ich ein wenig Geld und zwar nur sehr wenig hätte, aber nicht wüßte, wo ich es lassen sollte, damit ich nicht darum gebracht würde, daß ich auch keinen Menschen in der Welt hätte, dem ich es anvertrauen könnte. Ich sagte weiter, daß ich mich nach Nordengland begeben wollte, um dort billiger zu leben, damit ich mein Kapital nicht anzugreifen brauchte, daß ich es zwar gern in eine Bank legen, aber keine Papiere mit mir führen möchte, und daß ich endlich nicht wisse, wie ich es anfangen oder an wen ich mich deshalb wenden sollte.

Er gab mir zur Antwort, ich möchte das Geld in die Bank legen, wo man es eintragen würde, und ich an jedem Ort an den Bankkassierer Anweisungen geben könnte, und so davon, soviel mir beliebte, jederzeit entnehmen könnte. Allein auf solche Art wäre es nur ein laufendes Konto und die Bank könnte mir darauf keine Zinsen zahlen. Zwar könnte ich auch mit dem Geld Aktien kaufen und diese bis zu einem vorteilhaften Verkauf aufheben, aber dann müßte ich persönlich zugegen sein, wenn ich sie brauchen oder auf jemanden übertragen wollte, es würde auch Mühe kosten, die halbjährigen Zinsen zu erhalten, wenn ich nicht zugegen wäre oder keinen Freund hätte, auf dessen Namen die Aktien lauten könnten. Er sah mich offen an, lächelte ein wenig und fragte, warum ich mir nicht einen Verwalter zulegen wollte, der mich und mein Geld zugleich zu sich nähme, dann würde ich die Last auf einmal los sein.

Ja, sagte ich, und vielleicht das Geld auch, denn ich finde diesen Weg ebenso gefährlich als alle anderen. In meinem Herzen aber dachte ich, wenn er nur selbst um mich würbe, so wollte ich es mir wohl reiflich überlegen, ehe ich Nein sagte.

Er setzte diese Reden noch eine Weile mit mir fort, ein paarmal dachte ich, es sei ihm Ernst damit, aber bald hörte ich zu meinem Leidwesen, daß er schon eine Frau hatte. Er schüttelte dabei den Kopf und sagte, er habe eine Frau und habe auch keine. Da dachte ich, es ginge ihm etwa so wie meinem letzten Liebhaber, und seine Frau sei entweder mondsüchtig, oder es fehle ihr sonst etwas.

Diesmal kamen wir aber nicht weiter, denn er gab mir zu verstehen, daß er sehr viele Geschäfte zu erledigen habe. Wollte ich ihm aber die Ehre antun und bei ihm vorsprechen, wenn seine Arbeit vorbei wäre, so könnten wir

weiter überlegen, wie wir meine Sachen in Sicherheit bringen könnten.
Ich fragte ihn, wo er wohne. Er schrieb es mir auf und sagte scherzend, ob ich mich wohl zu ihm hingetrauen würde. Ich antwortete: Warum nicht, der Herr hat eine Frau, und ich bedarf keines Mannes, außerdem vertraue ich demselben ja mein Geld an, also alles, was ich in der Welt hätte. Wenn ich ihm das Geld anvertraue, so traue ich mich auch selbst zu ihm hin.
Er sagte etwas sehr Artiges und Höfliches im Scherz, was mir auch sehr gefallen haben würde, wenn es sein Ernst gewesen wäre. Ich versprach ihm also, mich um sieben Uhr abends in seinem Haus einzustellen.
Als ich bei ihm war, machte er verschiedene Pläne, mein Geld so in der Bank anzulegen, daß ich Zinsen dafür bekäme, doch bald zeigte sich die eine oder andere Schwierigkeit, die eine Unsicherheit mit sich brachte. Ich fand ihn bei allen Überlegungen so ehrlich und unparteiisch, daß ich vermeinte, ich könnte in keine besseren Hände geraten. Ich sagte ihm auch, daß ich bisher seinesgleichen nicht angetroffen hätte und ihm deshalb gern mein kleines Vermögen anvertrauen wollte, damit er nach seinem Ermessen damit schalten könne, falls er geneigt wäre, der Rentmeister einer armen Witwe zu sein, die ihm aber keine Besoldung geben könne.

Er lächelte, machte mir eine tiefe Verbeugung und sagte, er nähme es mit Dank entgegen, daß ich eine so gute Meinung von ihm hegte, er wolle mich nicht betrügen, sondern alles, was in seiner Macht stünde, in meinem Interesse tun, auch ohne Besoldung. Doch könnte er sich nicht entschließen, etwas auf sich zu nehmen, das ihn in den Verdacht des Eigennutzes setzen und worüber er, wenn mir etwas Menschliches zustieße, mit meinen Erben in Händel geraten könnte.

Ich sagte ihm, wenn das sein ganzer Einwurf wäre, so wollte ich ihn gleich entkräften und ihm erklären, daß keine Schwierigkeit dabei wäre. Denn was erstens den Verdacht des Eigennutzes beträfe, so wäre jetzt die Zeit, ihn zu hegen und nicht später. Da ich es aber jetzt nicht täte, sondern ihm alles anvertraute, so fiele dieser Punkt fort. Dann sagte ich ihm, daß ich keine Erben noch Verwandten in England, auch keine anderen Erben hätte, es sei denn, daß ich meinen Witwenstand aufgeben würde, was aber noch in weiter Ferne läge, alsdann würden mein Vertrauen und seine Mühe zugleich aufhören. Würde ich aber im ledigen Stand sterben, so sollte es ihm zufallen und sein eigen sein, was er durch seine Treue, auf die ich fest baute, auch wohl verdient hätte.

Er errötete bei diesen Worten und fragte mich, wie ich dazu käme, daß ich ihm soviel Gutes gönnte. Um mei-

netwillen möchte er wünschen, daß er unverheiratet wäre, fuhr er mit großer Liebenswürdigkeit fort.
Ich sagte lachend, weil es nicht der Fall sei, könne mein Anerbieten auch keinen Anschlag auf ihn bedeuten, das Wünschen aber sei unerlaubt, da dadurch seine Frau beleidigt würde.
Er sagte, ich täte ihm hierin Unrecht, denn er sei einer von denen, die eine Frau haben, als hätten sie keine, und es wäre keine Sünde, seine Frau an den Galgen zu wünschen.
Ich wüßte, sagte ich, zwar nichts von seinen Verhältnissen, aber daß er seine Frau an den Galgen wünsche, könnte ich nicht billigen.
Sie ist, erwiderte er, eine Frau und doch keine Frau. Was ich bin und was sie ist, läßt sich nicht so leicht sagen. Damit ich es deutlich sage: Ich bin ein Hahnrei, und meine Frau ist eine Hure. Ich bin auch gesonnen, sagte er weiter, mich von ihr scheiden zu lassen, denn ihr müßt wissen, daß ich es nicht dulde und mich aufs höchste dadurch beleidigt fühle. Doch kann ich mir selber nicht helfen, eine Hure wird wohl eine Hure bleiben.
Ich ließ dieses Gespräch fallen und fing wieder von meinen Geschäften zu reden an, merkte aber, daß er nicht zuhörte, deshalb ließ ich ihn in Ruhe damit, worauf er mir seine ganze Geschichte erzählte: daß er einmal von England

fortgereist wäre und bei seiner Rückkehr gefunden hätte, daß seine Frau mit einem Offizier verkehrt und zwei Kinder gehabt hatte, daß er sie, da sie um Verzeihung gebeten, wieder aufgenommen und auch sehr gut behandelt habe, dennoch sei sie abermals mit einem Kaufmannsgehilfen davon gelaufen, habe alles mitgenommen, was sie nur hätte mitnehmen können und lebe noch bis zu dieser Stunde von ihm getrennt. Demzufolge, schloß er, ist sie nicht aus Not eine Hure geworden, wie es gewöhnlich zu sein pflegt, sondern aus Mutwillen und der bloßen Lust halber.

Ich beklagte den guten Mann, wünschte, daß er diese Frau bald los werden möchte und wollte wieder von meiner Sache reden, fand aber kein Gehör.

Er sah mich beständig an und sprach: Ihr seid zu mir gekommen, um euch meines Rates zu bedienen, ich meine es auch so ehrlich mit euch, als ob ihr meine Schwester wäret, aber ich muß das Blatt einmal wenden und Rat von euch einholen. Saget mir, was soll ein armer beleidigter Mann mit einer Hure anfangen? Was soll ich tun, um mir Recht zu verschaffen?

Mein werter Herr, sprach ich, sie ist von euch fortgelaufen, so seid ihr sie ja auf gute Manier los. Was wollt ihr mehr?

Sie ist zwar weg, aber ich bin damit nicht von ihr geschieden, sagte er.

Das ist wohl wahr, sagte ich, sie kann auf euren Namen Schulden machen, aber es gibt auch rechtlich ein Mittel dagegen: Ihr müßt es öffentlich bekannt machen.
Darum handelt es sich nicht, sagte er, ich möchte nur von ihr los sein, damit ich wieder heiraten kann.
Dann, sagte ich, müßt ihr euch gerichtlich von ihr scheiden lassen, und dann kommt ihr frei.
Das ist eine langwierige und kostspielige Sache, sagte er.
Vielleicht, sagte ich, könnt ihr eine Frau finden, die euch zusagt und euren Worten glaubt, und ich denke, eure Frau wird euch die Freiheit gestatten, die sie sich selbst genommen hat.
Ich wünschte, sprach er, daß ihr mir eine ehrliche Person vorschlagen könntet, die mich nehmen wollte, ich wollte es gern mit ihr wagen. Was meint ihr, Madame, fuhr er fort, wollt ihr mich haben?
Das ist keine artige Frage, sprach ich, doch damit ihr nicht denkt, ich verlange sie noch einmal zu hören, so antworte ich euch offen mit Nein, ich bin anders geartet, und ich habe nicht gedacht, daß ihr euch über meinen trübseligen Zustand lustig machen würdet.
Meine Lage, fiel er ein, ist so trübselig wie eure nicht sein kann, und guter Rat ist mir ebenso teuer wie euch. Denn wenn mir nicht auf die eine oder die andere Art geholfen wird, so muß ich von Sinnen kommen, und ich

schwöre euch, daß ich nicht weiß, welchen Weg ich nehmen soll.
Mein Herr, antwortete ich, euch ist leichter als mir zu raten. Da eure Sache ganz klar ist, so könnt ihr dem Gesetz nach gänzlich geschieden werden, und dann werden sich ehrliche Frauen genug finden, um die ihr mit Anstand werben könnt; unter den Frauenzimmern ist niemals teure Zeit, so daß es euch an keiner fehlen sollte.
Es ist mein Ernst, ich will eurem Rat folgen, sprach er, darf ich euch aber vorher noch eine Frage vorlegen?
Fragt nach allem, was ihr wollt, sagte ich, nur nicht dasselbe wie vorhin.
Eben diese Frage wollte ich wieder an euch richten.
Auf jene Frage habt ihr bereits eine Antwort erhalten, wie könnt ihr nur so schlecht von mir denken, kann wohl eine Frau in der Welt annehmen, daß es euch ernst ist? Muß sie nicht vielmehr denken, ihr suchet sie nur zum Narren zu halten?
Ich halte euch keineswegs zum Narren, sprach er, es ist mein Ernst, bedenkt es wohl.
Aber mein Herr, sagte ich etwas ehrbar, ich bin wegen meiner Geldangelegenheiten zu euch gekommen, seid so gut und lasset mich hören, worin euer Rat besteht.
Ich will es mir überlegen, bis ihr wiederkommt, war seine Antwort.

verstehen, daß ich bereit wäre, ihn anzuhören unter der Bedingung, daß er nichts vorbrächte, als was uns beiderseits zur Unehre gereichen könnte. Diese Bedingung ging er ein, und sein Antrag bestand darin, daß ich mich mit ihm verheiraten möchte, obschon er von seiner gottlosen Frau noch nicht geschieden sei, hingegen wollte er mir nicht zumuten, bei ihm zu wohnen oder mit ihm ins Bett zu gehen, bis die Scheidung vor sich gegangen wäre. Mein Herz antwortete hierauf mit Ja, allein es war nötig, etwas Verstellung zu üben, ich verwarf deshalb den Antrag als etwas Ungehöriges, wurde etwas böse und sagte, dergleichen Dinge könnten nichts anderes bewirken, als uns lange Zeit hinzuziehen, denn wenn er die Scheidung nicht erreichte, so würde doch unsere Heirat unauflöslich und doch so beschaffen sein, daß sie nie vollzogen werden könnte. Er sollte deshalb bedenken, in welches Elend wir beide geraten könnten, wenn die Scheidung nicht ausgesprochen würde. Kurz, ich brachte meine Gründe so vor, daß ich ihn überzeugte, daß sein Antrag nichts Vernünftiges an sich hätte. Darauf ergriff er ein anderes Mittel: Ich sollte einen Kontrakt unterschreiben, daß ich ihn heiraten würde, wenn er von seiner Frau geschieden sein würde, sollte aber das nicht der Fall sein, so wäre ich frei und an nichts gebunden.

Ich sagte, dies sei schon etwas vernünftiger als sein erster

Antrag, aber da dies das erstemal sei, daß er so ernst rede, wollte ich nicht gleich auf die erste Frage Ja sagen und die Sache erst bei mir genau überlegen. Ich spielte mit diesem Liebhaber wie die Katze mit der Maus. Er hing fest genug, darum tändelte ich ein wenig mit ihm und verlangte Aufschub. Ich sagte, er kenne mich ja kaum und wisse nichts von mir, er möge sich nur erst erkundigen. Ich ließ ihn auch mit mir bis an meine Haustür gehen, nötigte ihn aber nicht herein unter dem Vorwand, daß dies nicht anständig sein würde.

Kurz, ich wollte keinen Kontrakt machen. Die eigentliche Ursache war, daß mir die Person, mit der ich nach Lancashire reisen wollte, beständig zusetzte und mir goldene Berge versprach, so daß ich erst hingehen und es dort versuchen wollte. Vielleicht, dachte ich, ist mir dort ein größeres Glück vorbehalten, dann kann ich meinen ehrlichen Bürger ohne Bedenken sitzen lassen, denn ich war nicht so stark in ihn verliebt, als daß ich ihn nicht hätte gegen einen reicheren vertauschen mögen.

Aus dem Kontrakt wurde also nichts. Ich sagte ihm, daß ich nach Nordengland zu reisen gedächte und ihn wissen lassen würde, wie er an mich schreiben könnte, damit ich meiner Gelder wegen Nachricht bekäme. Ich wollte ihm ein genügendes Unterpfand meiner Hochachtung für ihn zurücklassen, indem ich ihm fast mein ganzes Ver-

mögen in die Hände lieferte. Ich trüge auch kein Bedenken, ihm soweit mein Wort zu geben, daß ich, sobald die Scheidung ausgesprochen sei und er mich davon benachrichtigte, nach London zurückkehren und alsdann ernstlich mit ihm über unser Vorhaben reden wollte.
Ich muß gestehen, daß es eine niederträchtige Absicht war, mit welcher ich die Reise antrat, doch hatte man mit mir eine noch weit schlimmere vor, wie die Folge zeigen wird. Ich zog mit meiner Freundin geradewegs nach Lancashire. Die ganze Reise über erwies sie mir tausend Liebkosungen und dem Anschein nach viele aufrichtige Freundschaftsbeweise. Sie hielt mich auch überall frei, die Miete für die Kutsche ausgenommen. Ihr Bruder kam uns mit einem schönen Wagen entgegen, empfing uns und führte uns nach Liverpool mit soviel Höflichkeit, wie nur zu wünschen war.
Endlich kamen wir auf eines Edelmanns Gut an, wo eine große Familie, ein großer Tierpark und ungemein viel Gesellschaft war. Hier brachten wir ungefähr sechs Wochen zu, worauf mich meine Freundin wieder zurück auf ein Dorf brachte, beinahe sechs Meilen von Liverpool, wo mich ihr Bruder mit seinem eigenen Wagen besuchte und zwei Diener in Livree bei sich hatte. Das erste was er tat, war, daß er mir von Liebe vorredete. Wie die Sache lag, hätte wohl niemand denken können, daß ich be-

trogen werden sollte, viel weniger befürchtete ich selbst dergleichen, zumal ich noch einen großen Trumpf in Händen hatte, den auszuspielen ich mir fest vorgenommen hatte, es sei denn, daß ich mich verbessern könnte. Dieser Bruder war nun eine Partie, von der sich hören ließ, denn seine Landgüter wurden zum mindesten auf 1000 Pfund jährliche Einkünfte geschätzt, die Schwester aber sagte, sie wären wohl 1500 Pfund wert und lägen größtenteils in Irland.

Mich hielt man für eine reiche Witwe, es hatte mich aber niemand gefragt, wie groß mein Vermögen sei. Allein meine falsche Freundin hatte schon lange aus meinen 500 Pfund 5000 gemacht, zu der Zeit aber, wo wir auf dem Land waren, redete sie bereits von 15000. Mein Irländer, denn dafür hielt ich ihn, wollte fast vor Freuden aus der Haut fahren, als er von soviel Geld hörte. Er warb um mich, beschenkte mich und machte Schulden bis über die Ohren in der Hoffnung, mich besitzen zu können. Alles was recht ist, er sah sehr vornehm aus, war hoch und gut gewachsen und meisterte seine Rede vortrefflich. Er redete so natürlich von seinem Tierpark, seinen Ställen, Pferden, Jägern, Holzbeständen, Pächtern und Knechten, als ob er in seinem Wohnhaus säße und mir alles mit dem Finger zeigte.

Niemals fragte er mich wegen meines Vermögens und

Reichtums, sondern versprach mir, wenn er nach Dublin käme, wollte er mir einen Witwensitz anweisen, der wenigstens 600 Pfund jährlich einbrächte, und er sei bereit, den Kontrakt darüber schon jetzt abzuschließen. Solche Sprache war ich ganz ungewohnt, und ich ließ meine früheren Gedanken fahren. Ich hatte einen weiblichen Teufel bei mir, der lag mir immer in den Ohren. Bald kam sie und fragte, wie ich meine Kutsche bemalt und beschlagen haben wollte. Dann wieder, wie mein Page gekleidet sein sollte. So wurden mir die Augen geblendet, und ich hatte die Kraft verloren, Nein zu sagen. Damit ich's kurz mache, ich willigte in die Heirat. Damit wir aber um so weniger gestört werden möchten, reisten wir weiter ins Land hinein und ließen uns von einem katholischen Pfarrer zusammengeben, der uns, wie man mir versicherte, ebenso festbinden konnte wie einer von der Englischen Kirche.

Ich muß gestehen, es ging mir ein wenig zu Herzen, daß ich meinen ehrlichen Bürger in London bei dieser Gelegenheit so schändlich verlassen hatte, der mich aufrichtig liebte und alle Anstrengungen machte, von seiner Hure, die so grausam an ihm gehandelt hatte, loszukommen, um mit mir seiner Hoffnung nach unendlich glücklich zu werden, während ich mit einem anderen in den Armen lag auf eine ebenso schändliche Art, wie es jene getan.

Allein der trügerische Schimmer eines hohen Standes und vornehmer Herrlichkeit, welchen mir die Kreatur, die nun meine Verführerin geworden war, täglich vor Augen hielt, nahm mich so gefangen, daß ich keine Zeit fand, an London zu denken oder an dasjenige, was ich dort zurückgelassen hatte, am wenigsten aber an die Dankbarkeit, die ich einer Person schuldete, die sich um mich verdient gemacht hatte.

Die Sache war geschehen, ich ruhte in den Armen meines neuen Gatten, der immer auf dieselbe Weise fortlebte wie zuvor, in lauter Pracht und Herrlichkeit, so daß er nicht unter 1000 Pfund jährlich brauchte.

Nachdem wir etwa einen Monat verheiratet waren, fing er an zu reden, daß er sich aufs Schiff begeben wollte, um nach Irland zu reisen. Doch hatte er keine Eile damit, und wir blieben noch drei Wochen länger, nach deren Ablauf er eine Kutsche von Chester kommen ließ und sie nach dem sogenannten schwarzen Felsen, Liverpool gegenüber, bestellte. Dahin ließen wir uns in einem schönen Boot übersetzen, während die Diener mit Pferden und dem übrigen Gepäck in einem Fährschiff blieben. Er entschuldigte sich, daß er keine Bekannten in Chester hätte, deshalb wolle er vorausgehen und in eines Bürgers Hause hübsche Zimmer für mich aussuchen. Ich fragte ihn, ob wir lange in Chester bleiben würden,

es wäre doch nicht nötig, daß er meinetwegen besondere Zimmer auf so kurze Zeit nähme, denn da Chester eine ziemlich große Stadt sei, so würde man ohne Zweifel gute Gasthäuser und alle Bequemlichkeit in ihnen antreffen. Darauf kehrten wir in einem Gasthof nicht weit vom Dom ein, deren Name mir entfallen ist.
Hier fragte mich mein Gemahl, ob ich nichts in London zu besorgen hätte, ehe wir nach Irland übersiedelten.
Ich antwortete, ich wüßte nichts, was nicht durch Briefe aus Dublin ebensogut besorgt werden könnte. Madame, sagte er mit großem Respekt, ich vermute, daß der größte Teil eures Vermögens, welches, wie mir meine Schwester sagte, in der Bank von England liegt, sicher genug verwahrt ist, wenn es aber erforderlich wäre, es auf einen anderen zu übertragen oder den Besitzer solchen Kapitals zu verändern, so wäre es wohl nötig, vorher nach London zu reisen, um die Sache in Ordnung zu bringen, ehe wir nach Irland gingen.
Ich stellte mich, als ob ich dies nicht verstünde und fragte ihn, was er mit solchen Reden meine. Ich hätte nichts in der Bank von England, soviel ich mich erinnern könnte und hoffte, er wolle nicht sagen, daß ich mit ihm jemals von dergleichen gesprochen hätte.
Ihr habt mit mir nichts gesprochen, sprach er, aber meine Schwester hat mir gesagt, daß es sich so verhalte.

Ich erinnerte auch nur daran, mein Schatz, fuhr er fort, wenn es nötig wäre, deswegen etwas zu unternehmen, damit wir nicht gezwungen sein möchten, die Reise doppelt zu machen, denn ich wollte euch nicht oft auf See wissen.

Dies befremdete mich noch mehr, und ich fing an darüber zu denken, was wohl dahinter stecken möge. Es fiel mir auch gleich auf, daß meine Freundin, die ihn Bruder nannte, mich ihm ganz anders, als ich wirklich war, geschildert haben mußte. Ich nahm mir deswegen vor, den Grund zu erfahren, ehe ich aus England abreiste und in fremde Hände geriete.

Ich rief eines Morgens seine Schwester zu mir in mein Zimmer und sagte ihr, was ihr Bruder und ich miteinander geredet hätten und beschwor sie, mir zu gestehen, was sie ihm in den Kopf gesetzt und auf welchem Grund sie diese Heirat vermittelt hätte.

Sie bekannte, daß sie ihm versichert hätte, ich sei sehr reich und daß man ihr das in London gesagt habe.

Wenn man es euch auch in London gesagt hat, habt ihr es jemals von mir selbst gehört?

Nein, sprach sie, ich hätte ihr niemals gesagt, doch oft erwähnt, das was ich hätte, sei in meinem eigenen Besitz.

Das ist es auch, war meine Antwort, aber nie habe ich vorgegeben, daß ich großen Reichtum besäße, ja, nicht einmal, daß ich 100 Pfund hätte. Wie hätte sich auch mein großer Reichtum mit meinem Vorhaben zusammenreimen lassen, mit ihr nach dem Norden zu reisen, um hier billiger zu leben?

Da ich diese Worte etwas heftig äußerte, kam mein Ehemann in die Kammer. Ich bat ihn, sich neben mich zu setzen, weil ich ihm in Gegenwart seiner Schwester etwas Wichtiges sagen müsse.

Er sah ein wenig bestürzt aus, als er mich mit solcher Ruhe reden hörte, setzte sich jedoch und machte vorher die Tür zu. Dann wandte ich mich an ihn und sagte: Ich fürchte, mein Schatz – denn mit ihm redete ich freundlich – du bist schrecklich hereingefallen mit meiner Heirat, so daß es nicht wieder gut gemacht werden kann, aber da es nicht meine Schuld ist, möchte ich es auch nicht büßen, sondern derjenigen belassen, die es angesponnen hat, denn ich bin in allen Punkten unschuldig.

Wie kann ich falsch gelaufen sein, mein Schatz, indem ich dich geheiratet habe, sagte er, im Gegenteil, ich hoffe, Ehre und Nutzen daraus zu haben.

Bald werde ich dir das Rätsel lösen, sagte ich, und sei versichert, du wirst nur zu deutlich erkennen, daß man dich hinters Licht geführt hat, doch will ich dich, mein Schatz, vollkommen davon überzeugen, daß ich meine Hand nicht dabei im Spiel gehabt.

Dies erschreckte ihn, und ich glaube, er roch Lunte. Nichtsdestoweniger blickte er mich an und sagte, ich solle fortfahren; er saß still dabei und hörte zu.

Dann sprach ich: Gestern abend habe ich dich gefragt, ob ich mich jemals eines großen Vermögens gerühmt oder gesagt hätte, daß ich ein ansehnliches Kapital in der Bank von England liegen hätte oder sonst irgendwo. Darauf hast du mir gestanden, ich hätte nie dergleichen gesagt. Nun frage ich dich hier in Gegenwart deiner Schwester, ob ich dir jemals Ursache gegeben, mich für reich zu halten oder ob ich je ein Wort darüber hätte fallen lassen.

Er gestand wiederum, das sei nicht geschehen, fügte aber hinzu, ich hätte mich immer wie eine reiche Frau aufgeführt, er verließe sich auch noch jetzt darauf, daß ich reich und er also nicht betrogen sei.

Ich frage nicht, war meine Antwort, ob du betrogen bist, obschon ich fürchte, daß wir es alle beide sind, sondern ich will nur beweisen, daß ich keine Schuld daran trage. Ich habe deine Schwester gefragt, ob ich ihr je von meinem Reichtum oder von großen Gütern gesprochen hätte, und sie hat dies verneinen müssen.

Nun, Madame, sagte ich zu ihr, seid so gerecht und klagt mich an, falls ihr es könnt, ob ich euch jemals vorgeredet habe, ich besäße große Güter?

Sie wußte hierauf nichts zu erwidern, sondern sagte nur, man habe ihr in London genug von meinem Vermögen vorgeschwatzt und ihr versichert, das Kapital läge auf der Bank von England.
Du aber, mein Liebster, sagte ich zu meinem Mann, tu mir die Liebe und sage, wer uns beiden dir und mir so übel geraten und dir weis gemacht hat, ich sei eine reiche Partie? Wer hat dich dazu gebracht, mir einen Antrag zu machen?
Er konnte kein Wort reden, sondern zeigte auf die Schwester. Nach einer kleinen Weile ergrimmte er so heftig, wie ich es in meinem Leben nicht wieder gesehen habe. Er verfluchte sie, schalt sie eine Hure und alles, worauf er sich nur besinnen konnte, er sagte, sie habe ihn unglücklich gemacht und vorgegeben, ich hätte 15 000 Pfund bares Geld, wovon sie selbst 500 Pfund bekommen sollte für ihre Vermittlung.
Er wandte sich hierauf zu mir und sagte, die Person sei gar nicht seine Schwester, sondern schon vor zwei Jahren seine Hure gewesen, sie hätte schon von ihm 100 Pfund für diese Partie bekommen, und es sei aus mit ihm, wenn sich die Sache so verhalte, wie ich sagte. Er schwor in seinem Grimm, er würde sie erstechen, worüber sie und ich aufs höchste erschraken. Sie heulte und weinte und sagte, die Leute im Haus, wo ich gewohnt, hätten ihr das alles

weis gemacht, aber dies erbitterte meinen Mann noch mehr, daß sie die Sache so weit getrieben und ihn zum armen Kerl machen wollte bloß aufs Hörensagen hin.
Darauf redete er abermals ganz ehrbar mit mir und sagte, er fürchte, daß wir uns beide ins Verderben gestürzt hätten, denn, fuhr er fort, damit ich aufrichtig gegen dich bin, mein Schatz, so sollst du wissen, daß ich keine Güter besitze. Um das wenige, was ich hatte, hat mich dieses Teufelsweib gebracht, weil ich es auf ihre Veranlassung in einen großen Staat anlegen mußte. Während er so zu mir sprach, benutzte jene die Gelegenheit, aus dem Zimmer zu entwischen und ließ sich auch nicht wieder sehen.
Ich war nun ebenso bestürzt wie er und wußte nichts zu sagen. Es kam mir so vor, als hätte ich am meisten darunter zu leiden, als er mir aber sein Unglück vorstellte, daß er nun nichts in der Welt besäße, geriet ich ganz außer mir.
Dies ist, sprach ich, eine höllische Verblendung gewesen, denn wir sind miteinander auf Grund eines doppelten Betruges verheiratet. Du bist um die Hoffnung auf eine reiche Mitgift betrogen, ich dagegen, wenn ich reich gewesen wäre, würde wohl schön mit dir gefahren sein, denn du sagst ja selbst, daß du nichts besitzest.
Du wärest wohl betrogen worden, sagte er, denn ich be-

sitze nichts, aber 15 000 Pfund hätten uns beide in diesem Land gar wohl unterhalten können, und es war mein Entschluß, dir jeden Heller davon zu überlassen. Ich würde dich um keinen Schilling betrogen haben und hätte es mein Leben lang mit Liebe und Güte vergolten. Das war ehrlich geredet, und ich glaube, er meinte es auch so, war auch sonst geeignet, mich glücklich zu machen, denn er betrug sich so gut, wie nur ein Mann es tun konnte, gegen mich. Da er aber nichts hatte und dazu noch dieser Geschichte wegen tief in Schulden geraten war, verlor ich allen Mut, denn es sah schrecklich für uns aus, und ich wußte endlich nicht mehr, was ich sagen oder denken sollte.

Ich gestand ihm, es sei schade, daß soviel Liebe und Güte, die ich bei ihm verspürte, auf solchem Elend aufgebaut wäre, daß ich mich nur auf Unglück gefaßt machen könnte, zumal das wenige, was ich hätte, uns nur eine Woche lang erhalten könne. Hierauf zog ich meinen Bankzettel über 20 Pfund und 11 Guineen Gold hervor, indem ich sagte, dies sei alles, was ich von meinen geringen Einkünften erspart hätte, daß ich nach der Aussage der Betrügerin gehofft hätte, mich damit hier zu Lande drei bis vier Jahre zu ernähren, daß ich aller Mittel entblößt sei, wenn ich es hergeben müßte, und er wisse wohl, wie jämmerlich es um eine Frau bestellt sei, die

kein Geld in der Tasche habe. Dennoch, fügte ich hinzu, stünde es zu seiner Verfügung, wenn er es verlangte.
Er sagte mir mit großem Herzeleid, wobei ihm die Tränen in den Augen standen, daß er mir nicht noch das wenige nehmen wolle, das ich hätte, um mich noch elender zu machen. Er habe noch 50 Guineen, das sei sein ganzes Hab und Gut, wobei er einen Beutel hervorzog und ihn auf den Tisch warf, und er hieß mich, ihn an mich zu nehmen, wenn er auch Hungers sterben sollte.
Ich erwiderte hierauf ebenso betrübt, daß es mir unerträglich sei, ihn so reden zu hören, wüßte er aber ein Mittel, wie wir leben könnten, so wollte ich alles tun, Freud und Leid mit ihm teilen und mich so behelfen, wie es nur möglich wäre.
Er bat mich, nicht so zu sprechen, denn es würde ihn von Sinnen bringen. Er sagte, er sei von vornehmer Herkunft, obgleich er kein Geld habe, nur ein Weg stünde ihm noch offen, und der würde auch nicht helfen, wenn ich ihm nicht eine bestimmte Frage beantworten würde, wobei er es jedoch für bedenklich hielte, mich dazu zu drängen.
Ich sagte, er solle eine richtige Antwort bekommen, ob sie nach seinem Wunsch ausfallen würde, müßte ich dahingestellt sein lassen.
Wohlan, mein Schatz, sagte er, laß mich offen wissen, ob

das wenige, was du besitzest, imstande wäre, uns eine Zeitlang standesgemäß zu unterhalten?
Mein Glück war es, daß ich mich niemandem eröffnet, sondern meine Lage, ja, sogar meinen richtigen Namen bisher verschwiegen hatte. Da ich nun sah, daß von ihm nichts zu holen war, so gutherzig und redlich er auch erschien, daß vielmehr das meinige, wenn er es bekommen hätte, gar bald verzehrt worden wäre, so nahm ich mir vor, alles zu verhehlen bis auf den Bankzettel und die 11 Guineen, die ich gern preisgegeben hätte, wenn das Geschehene dadurch zu ändern gewesen wäre. Ich hatte zwar noch einen Bankzettel von 30 Pfund bei mir, aber das war alles, was ich mit mir genommen hatte, nicht um davon auf dem Land zu leben, sondern um im Notfall ein Stück Geld in der Hand zu haben. Diesen Zettel aber hielt ich zurück, wodurch ich mit dem übrigen desto unabhängiger wurde, obschon ich seinen jämmerlichen Zustand herzlich bedauerte.
Damit ich aber wieder auf seine Frage komme, so sagte ich ihm, es täte mir leid, ihm gestehen zu müssen, daß das wenige, was ich hätte, zu unserem Unterhalt nicht weit reichen werde. Ich hätte mich in Südengland nicht erhalten können, und dies sei die Ursache gewesen, daß ich mich der Frau anvertraut hätte, die ihn ihren Bruder genannt und mir versichert hätte, ich könnte in der Stadt

Manchester, die ich noch nicht kannte, für etwa sechs Pfund das Jahr einen guten Tisch haben; da nun mein jährliches Einkommen kaum 15 Pfund ausmache, sei ich über diesen Vorschlag sehr froh gewesen und hätte mich zur Reise entschlossen in der Absicht, es dort so lange zu versuchen, bis sich etwas Besseres finden würde.
Er schüttelte den Kopf und schwieg still. Es war ein sehr trauriger Abend, doch speisten wir mitcinander, schliefen auch die Nacht zusammen. Als er gegessen hatte, bekam er auch ein wenig mehr Mut und verlangte eine Flasche Wein.
Ist unsere Lage gleich schlimm, mein Schatz, sprach er, so hat es doch keinen Zweck, daß wir uns deswegen grämen. Laß uns so vergnügt sein, wie wir nur können. Ich will mich bemühen, auf die eine oder andere Art unseren Unterhalt zu erlangen. Daß du dich allein ernähren kannst, ist immerhin besser als gar nichts, ich aber muß in die Welt hinaus. Ein Mann muß männliche Gedanken haben, und wer den Mut sinken läßt, dem öffnet Unglück die Tür. Darauf schenkte er ein, trank mir zu, hielt mich bei der Hand, bis er ausgetrunken hatte und sagte, daß er sich meinetwegen am meisten bekümmere.
In der Tat war er ein braver, vortrefflicher Edelmann, und deswegen verdroß mich das Mißgeschick am meisten. Es ist gleichwohl ein Trost, mit einem rechtschaffenen

Mann unglücklich zu sein und nicht von einem Lumpenhund verführt zu werden. Er war in diesem Fall am übelsten dran, zumal er sehr viel Geld auf das bloße Versprechen seiner ehemaligen Geliebten hin durchgebracht hatte. Dabei muß man die schändliche Absicht dieser Person in Betracht ziehen, die, um 100 Pfund für sich zu bekommen, ihn drei- bis vierhundert verschwenden ließ, was seine ganze Habseligkeit, ja, mehr war als er besaß. Das Vorhaben, eine reiche Witwe zu verführen, wenn alles seine Richtigkeit gehabt hätte, war schändlich genug, geringe Sachen durch Lügen groß zu machen, war schlimm genug gehandelt und ein handgreiflicher Betrug, aber hier war doch der Unterschied, daß der Mann nicht unter die liederlichen Gesellen gerechnet werden konnte, die sich ein Gewerbe daraus machen, reiche Weiber in ihr Netz zu ziehen, wie es wohl viele schon gemacht haben, die sechs bis sieben reiche Partien nacheinander angebändelt, das Beste herausgepreßt haben, dann davon gelaufen sind und die armen Frauen elendiglich haben sitzen lassen. Meiner war aus gutem Haus, und obgleich er arm und unglücklich war, mochte er wohl bessere Tage gesehen haben. Wenn ich nun wirklich ein großes Vermögen gehabt hätte, würde es mich zwar über alle Maßen verdrossen haben, daß ich so betrogen gewesen, doch hätte dieser Mann wohl an und für sich eine reiche Frau verdient, und ihre Mittel würden gar nicht schlecht angewendet gewesen sein, denn er war wirklich eine liebenswerte Persönlichkeit, von gutem Herzen, großem Verstand und ungemeiner Großmütigkeit.

Wir hatten uns in dieser Nacht so viel zu sagen, daß keiner von uns schlafen konnte. Er bereute es, daß er mich getäuscht hatte, als ob es ein Kapitalverbrechen gewesen wäre, das er mit dem Tod sühnen müßte. Er bot mir immer wieder sein Geld an und sagte, er wolle in den Krieg ziehen und mehr verdienen.

Ich fragte ihn, warum er mich nach Irland bringen wollte, wo er mich doch nicht ernähren konnte.

Er nahm mich in die Arme und sagte: Mein Schatz, ich war nie willens nach Irland zu gehen, noch weniger dich dorthin zu führen, die Ursache, warum ich hierhergekommen, war nur, um mich den Augen der Leute zu entziehen, die von meiner reichen Heirat gehört hatten und von mir Geld fordern konnten, ehe ich selbst etwas bekommen hätte.

Aber, fragte ich, wohin würden wir dann unseren Weg genommen haben?

Mein Schatz, sprach er, ich will dir den ganzen Anschlag entdecken. Ich hatte die Absicht, dich hier wegen deines Vermögens zu fragen, wie ich denn auch getan habe, und wenn du mir, wie ich vermutete, günstige Angaben darüber gemacht hättest, so würde ich eine Ausrede wegen der irländischen Reise erfunden und den Weg mit dir nach London genommen haben. Hierauf, fuhr er fort, hätte ich dir meinen wahren Zustand entdeckt und gestanden, daß ich mich dieser Künste bedient hätte, um deine Zustimmung zur Ehe zu erlangen und hätte dich dabei um Verzeihung gebeten und mich aufs äußerste bemüht, das Unrecht durch Vergnügungen wieder gut zu machen.

Wahrlich, du würdest mich bald auf deine Seite gebracht haben, sagte ich, und es tut mir leid, daß ich nicht imstande bin dir zu zeigen, wie leicht ich mit dir versöhnt gewesen wäre und alle diese Streiche um deiner großen Gutherzigkeit willen vergessen hätte, allein was ist nun zu tun? Wir sind beide verloren, denn was hilft unsere Versöhnung, wenn wir nichts zu leben haben?

Wir machten viele Vorschläge, aber es wollte nichts angehen, da wir doch nichts hatten, um einen Anfang zu machen. Zuletzt bat er mich, nicht mehr davon zu sprechen, wenn ich ihm das Herz nicht brechen wollte. Dann redeten wir noch eine Weile von anderen Dingen, bis er mir die eheliche gute Nacht wünschte und einschlief.

Am anderen Morgen stand er früher auf als ich, und da mich das Wachen in der vorigen Nacht sehr schläfrig gemacht hatte, lag ich bis Mittag im Bett. Während dieser Zeit nahm er seine Pferde, seine Diener, sein Gepäck und ging davon, indem er mir diesen kurzen doch rührenden Brief hinterließ:

Mein Engel!

Ich bin ein nichtswürdiger Hund und habe Dir übel mitgespielt, bin aber wider meinen Willen und gegen meine sonstige Gewohnheit von dieser widerlichen Metze dazu verführt worden. Vergib mir, mein Schatz, ich bitte Dich mit der größten Aufrichtigkeit um Verzeihung. Ich bin der elendigste Kerl von der Welt, weil ich Dich so hintergangen habe. Ich bin so glücklich gewesen, Dich zu besitzen und bin unglückseligerweise gezwungen, Dich zu verlassen. Vergib mir, mein Engel, vergib mir, ich bitte Dich noch einmal. Es ist mir nicht möglich, daß ich Augenzeuge Deines Verderbens sein und nichts dabei tun soll. Unsere Heirat gilt nichts, denn ich werde niemals imstande sein, Dich wiederzusehen. Und deshalb spreche ich Dich frei. Kannst Du Dich anderswo vorteilhaft verheiraten, so unterlaß es meinetwegen nicht. Ich schwöre Dir hoch und heilig, daß ich Deine Ruhe niemals stören will, wenn ich es erfahren sollte, was wohl schwerlich geschehen wird. Andererseits, wenn Du keine neue Ehe eingehen solltest, und ich nur etwas

Glück in der Welt habe, so will ich es Dir, wo Du auch sein würdest, ganz und gar opfern.
Etwas von meinem letzten Geld habe ich in Deine Tasche gesteckt. Nimm für Dich und Deine Magd einen Platz in der Kutsche nach London. Ich hoffe, daß Du mit dem übrigen Deine Rechnung bezahlen kannst, damit Du das Deinige nicht anzugreifen brauchst. Nochmals bitte ich Dich tausendmal um Vergebung und werde es so oft tun, als ich Deiner gedenke. Gute Nacht! Ich bin von ganzem Herzen der Deinige.
James.

Nichts in meinem ganzen Leben ist mir so zu Herzen gegangen wie dieser Abschied. Ich verwünschte ihn tausendmal in meinen Gedanken, daß er mich so sitzen ließ. Denn ich hätte mit ihm die ganze Welt durchwandern wollen, wenn ich auch um mein Brot hätte betteln müssen. Ich durchsuchte meine Taschen und fand zehn Guineen, seine goldene Uhr und zwei kleine Ringe, von denen der eine mit kleinen Steinen besetzt und ungefähr sechs Pfund wert, der andere aber nur von Gold war.
Ich setzte mich hin und betrachtete diese Sachen wohl zwei Stunden lang, bis die Magd mir sagte, daß die Mahlzeit angerichtet wäre. Ich aß nur wenig und fing nach dem Essen bitterlich an, zu weinen. Ich rief ihn mit

Namen: O Jimmy, komm wieder, ich will dir alles geben, was ich habe. Ich will mit dir betteln, ja, mit dir Hungers sterben! Mit diesen Worten lief ich im Zimmer wie unsinnig herum, rief nach ihm, damit er zurückkäme, und fing dann wieder zu weinen an. So nahm der Nachmittag ein Ende, bis die Uhr sieben schlug und es anfing zu dämmern. Da kam er zu meinem unaussprechlichen Schrecken in die Herberge zurück und ging geradewegs auf mein Zimmer zu.

Ich war sehr erschrocken und er auch. Ich wußte nicht die Ursache und auch nicht, ob ich darüber froh oder betrübt sein sollte. Allein meine Liebe siegte, und es war mir unmöglich, meine Freude zu verbergen, die so groß war, daß ich in Tränen ausbrach. Kaum war er eingetreten, da lief er mit ausgestreckten Armen auf mich zu, hielt mich fest und erstickte mich fast mit seinen Küssen, sprach aber kein einziges Wort.

Zuletzt fing ich an: Mein Schatz, wie hast du so von mir gehen können?

Er antwortete nichts, denn es war ihm unmöglich zu reden.

Nachdem sich das erste Entzücken ein wenig gelegt hatte, sagte er mir, daß er schon zehn Meilen weit gewesen wäre, aber er hätte zurückkommen müssen, mir noch einmal gute Nacht zu sagen.

Ich erzählte, wie ich die Zeit verbracht hätte und wie ich ihm laut zugerufen habe, er solle doch wieder zurückkommen.
Er sagte mir, daß er es im Wald ganz deutlich gehört hätte, obwohl er zwölf Meilen entfernt war.
Als ich darüber lächelte, sagte er: Ich sollte nicht denken, daß er scherze, denn als ich deine laute Stimme vernommen hatte, war ich sicher, daß du nach mir gerufen hattest, ja, bisweilen kam es mir vor, als ob du hinter mir her wärest. Du riefst laut: Jimmy, Jimmy, komm doch wieder!
Obwohl ich ihm noch kein Wort davon gesagt hatte, lachte ich ihn doch aus, daß er mich so weit hätte hören wollen.
Lache nicht, mein Engel, sprach er, ich habe deine Stimme so deutlich vernommen, wie ich es eben jetzt tue.
Hierüber wurde mir bange, ich gestand auch, daß ich ihn wirklich mit diesen Worten gerufen hätte, die er mir gesagt.
Nachdem wir uns eine Zeitlang über diesen Vorfall aufgehalten hatten, sagte ich zu ihm: Du sollst nun nicht wieder von mir fortgehen, lieber will ich mit dir die ganze Welt durchwandern.
Er antwortete, es sei ihm zwar sehr schwer, von mir zu scheiden, aber weil es sein müsse, so hoffe er, ich würde

mich auch darein finden, ihm würde es wohl den Rest geben, das sähe er schon kommen. Inzwischen hätte er bedacht, daß ich allein den weiten Weg nach London reisen müßte, und da ihm nun das woher und wohin ganz gleich wäre, so habe er sich vorgenommen, mich bis in die Nähe von London zu begleiten, sollte er aber dann plötzlich seinen Abschied nehmen, so sollte ich es ihm nicht übel deuten – dies mußte ich ihm auch versprechen.

Er erzählte mir nun, auf welche Art er seine drei Diener losgeworden sei, damit sie ihr Glück anderswo versuchen sollten, daß er seine Pferde verkauft hätte, alles dies in dieser kurzen Zeit in einer Stadt, die am Weg lag. Er versicherte mir, die Tränen seien ihm in die Augen getreten, als er bedacht hätte, wieviel glücklicher doch diese Knechte seien als ihr Herr, denn sie konnten beim nächsten Edelmann einen Dienst finden, er dagegen wüßte nicht, wo aus noch ein.

Ich sagte ihm, sein Abschied hätte mich in einen solchen Zustand versetzt, wie er niemals schlimmer sein könnte. Nun aber, da er wiedergekommen wäre, würde ich nicht mehr von ihm gehen, wenn er mich nur mit sich nehmen wollte, es sei gleich, wohin. Indes wäre ich damit einverstanden, daß wir zuerst nach London gingen.

Wir reisten miteinander bis Dunstable, das etwa dreißig Meilen vor London liegt, dort sagte er mir, sein Schicksal und sein Unglück zwängen ihn, mich zu verlassen. Er habe besondere Ursache, London zu meiden, es wäre nicht wichtig für mich, sie zu erfahren, aber er müsse scheiden. Die Landkutsche, in der ich fuhr, pflegte sonst nicht in dem Ort zu halten, aber da ich es auf eine Viertelstunde verlangte, so wartete der Kutscher vor der Herberge, in die wir eintraten.

Dort bat ich um die einzige Gunst, weil er doch nicht weiter gehen wollte, daß er mir wenigstens vergönnen möchte, vierzehn Tage an diesem Ort mit ihm zu bleiben, während welcher Zeit wir vielleicht etwas finden würden, wodurch eine ewige Trennung verhindert werden könnte. Ich hätte ihm noch etwas Wichtiges zu eröffnen, was vielleicht zu unserem Vorteil sein könnte.

Dieser Vorschlag war vernünftig, so daß er ihn nicht abweisen konnte. Er rief daher die Wirtin und sagte, seine Frau sei krank geworden, so daß sie unmöglich weiter mit der Landkutsche fahren könne, es fiele ihr gar zu beschwerlich. Er fragte sie, ob sie ihm nicht für ein paar Tage in ihrem Haus ein paar Zimmer verschaffen könne, damit ich dort von meiner Mattigkeit ausruhen könnte. Die Wirtin, eine höfliche Frau, besuchte mich sogleich und sagte, sie hätte zwei oder drei schöne Zimmer in einem Flügel des Hauses, wo es ganz ruhig sei, wenn ich sie sehen wollte, würden sie mir gewiß gefallen, ich

könnte auch eine von ihren Mägden haben, die weiter nichts tun sollte als mir aufwarten.
Dies war so günstig, daß ich mit beiden Händen zugriff, ich besah mir die Zimmer und fand sie nach meinem Geschmack, denn sie waren sehr gut eingerichtet und sehr luftig. Wir bezahlten die Kutsche, nahmen unsere Sachen heraus und wurden einig, hier eine Zeitlang zuzubringen.
Ich versicherte meinem Mann, daß ich so lange bei ihm an diesem Ort bleiben wollte, bis all mein Geld verzehrt sei, ohne daß es ihn einen Schilling kosten sollte.
Wir hatten einen kleinen Wortwechsel darüber, allein, ich gab ihm zu verstehen, es sei allem Anschein nach das letztemal, daß ich seine Gesellschaft haben würde, deswegen möchte er nur mir dieses einzige Mal meinen Willen lassen. In allen anderen Sachen sollte er den seinen haben, und damit gab er sich zufrieden.
Eines Abends, als wir auf den Feldern spazieren gingen, machte ich ihm folgenden Vorschlag. Ich sagte ihm, daß ich in Virginia gewohnt und dort auch noch eine Mutter hätte, die, wie ich hoffte, noch am Leben sein würde, wiewohl mein Mann schon einige Jahre verstorben wäre. Ich sagte ihm, daß, wenn es nur mit meiner Ladung Tabak, die ich bedeutend größer darstellte, nicht so schlecht gegangen wäre, daß ich wohl reich genug gewesen sein

würde, um unser jetziges betrübliches Scheiden zu verhindern. Hierauf erzählte ich ihm, wie sich die Leute im dortigen Land niederließen, wie ihnen Land eingeräumt würde, das auch sonst spottbillig wäre. Ferner gab ich ihm über das Anpflanzen Bescheid, wie mit Hilfe einer Ladung von 200 bis 300 Pfund englischer Waren ein fleißiger Mann gleich den Grund zu einer Familie legen und in wenig Jahren reich werden könnte.

Ich beschrieb ihm ferner, welche Gewächse man dort pflanzen, wie das Land gedüngt und bearbeitet werden müsse und wie reichliche Früchte es trage – ich behauptete, daß wir in wenigen Jahren, wenn wir es so anfingen, gewiß ebenso reich sein würden, wie wir jetzt arm wären. Mein Gespräch setzte ihn in Verwunderung, und wir redeten fast die ganze Woche von nichts anderem, wobei ich ihm deutlich bewies, daß es aller menschlichen Voraussicht nach schier unmöglich sei, daß es uns dort nicht glücken sollte, falls wir nur danach leben würden.

Zunächst sagte ich ihm, was ich für Mittel anwenden wollte, um die 300 Pfund aufzubringen, indem ich ihm vorstellte, wie dies ein guter Weg sei, aus unserem Unglück herauszukommen und uns wieder emporzuarbeiten. Ich setzte hinzu, wir könnten nach sieben Jahren unsere Pflanzung guten Händen anvertrauen und wieder nach England zurückkehren, die Einkünfte hier empfangen, hier wohnen und ein lustiges Leben führen. Ich nannte ihm auch als Beispiel einige Leute, die es ebenso gemacht hätten und die nun in London ein großes Haus führten.

Kurz, ich trieb es so weit, daß er fast mit mir einig wurde, allein, es fand sich bald dieses, bald jenes, das ihn zurückhielt. Zuletzt wandte er das Blatt um und fing an, ebenso von Irland zu erzählen.

Er sagte, wenn jemand sich in das Landleben schicken und sich als Pächter niederlassen wollte, so könnte er in Irland Höfe zu 50 Pfund das Jahr haben, so gut, wie man sie in England nicht unter 200 Pfund bekommen könnte. Der Ertrag sei groß, der Boden so fruchtbar dort, daß, wer nicht gerade zu viel verlangte, ebensogut davon leben könnte wie ein Edelmann in England, der 3000 Pfund Einkommen hätte. Er habe den Plan gefaßt, hinüberzugehen, um einen Versuch zu machen, mich aber indessen in London zu lassen. Fände er nun, daß sich die Sache gut anließe, so wollte er schon kommen und mich holen.

Es war mir nun herzlich bange, daß er mich bei meinem Wort nehmen und verlangen würde, ich sollte alle meine Habe zu Geld machen, um es ihm zu geben, damit er nach Irland reisen könne, um dort sein Glück zu versuchen. Aber er war zu großmütig, um mir das zuzumuten oder es anzunehmen, wenn ich es ihm angeboten hätte. Er kam mir hierin sogar zuvor, indem er sagte, er wolle es erst allein versuchen, und wenn er sähe, daß er Glück haben würde, könnte ich das meinige bei meiner Übersiedlung dazu geben, damit wir endlich leben könnten, wie es uns zukäme. Doch wollte er von meinen Mitteln keinen Pfennig nehmen, ehe er nicht allein den Versuch gemacht hätte, dabei versicherte er mir, daß, wenn es ihm in Irland fehlschlagen sollte, er wieder zu mir kommen und auf meinen Vorschlag bezüglich Virginia eingehen würde.

Zu weiterem konnte ich ihn nicht bringen, obgleich ich fast den ganzen Monat lang daran arbeitete, in welcher Zeit ich mich beständig seiner Gesellschaft erfreute, die mir die angenehmste war, die ich je im Leben gehabt hatte.

Bei dieser Gelegenheit entdeckte er mir einen Teil seines Lebenslaufs, der sehr seltsam und voll reicher Abwechslung war, so daß es eine herrliche Geschichte geben würde, wenn sie gedruckt werden würde. Doch hiervon später mehr.

Zuletzt kam es zum Scheiden, von meiner Seite mit dem größten Zwang der Welt. Er schien auch ungern daran zu denken, doch trieb ihn die Not, und seine Gründe, warum er nicht nach London gehen wollte, waren sehr stichhaltig, wie ich später erfuhr.

Ich gab ihm Bescheid, wie er an mich schreiben sollte, doch hielt ich immer mit meinem Hauptgeheimnis hinter dem Berg, das heißt, ich sagte ihm weder meinen rechten Namen noch wer ich wäre noch wo ich anzutreffen sei. Er hingegen gab mir auch eine Adresse, unter welcher er meine Briefe bestimmt erhalten würde.

Am nächsten Tag nach unserem Abschied kam ich in London an, begab mich aber nicht sogleich nach meiner alten Wohnung, sondern nahm aus gewissen Gründen ein Zimmer in der Johannisstraße. Hier war ich nun gänzlich allein und hatte Zeit genug, ernstlich zu bedenken, wie ich die letzten sieben Monate herumgeschwärmt hatte, denn solange war es gewesen. An die schönen Stunden, die ich mit meinem letzten Mann verlebt hatte, erinnerte ich mich mit unendlicher Lust, allein diese Freude wurde mir ziemlich vergällt, als ich merkte, daß ich schwanger war.

Dies kam mir sehr ungelegen, weil ich nicht wußte, wo ich mein Wochenbett halten sollte, zumal es eine fremde Frau, die niemand kennt, heutigentags schwer hat, in solchen Fällen gute Behandlung zu finden, wenn sie eben niemanden hat, der für sie einsteht – und daran fehlte es mir.

Ich hatte mit meinem Freund von der Bank einen geregelten Briefwechsel geführt, oder vielmehr er hatte es getan, denn ich bekam einmal jede Woche einen Brief von ihm, und obgleich mein Geld nicht so schnell verbraucht war, daß ich ihm um neues schreiben mußte, gab ich ihm doch Antwort, damit er wissen sollte, ich sei noch am Leben. So hatte ich auch bei meinem Wegzug aus Lancashire hinterlassen, man sollte mir alle Briefschaften nachsenden. Unter anderem empfing ich in meiner jetzigen Einsamkeit von ihm einen sehr höflichen Brief, in dem er mir versicherte, daß sein Prozeß wegen der Ehescheidung gut vonstatten ginge, obwohl er auf mehr Schwierigkeiten gestoßen sei, als er zuerst gedacht.

Die Nachricht von den Schwierigkeiten gefiel mir gar nicht, denn obwohl ich noch nicht imstande war, ihn zu heiraten, wie wohl etliche getan hätten, die von einem anderen Mann schwanger sind, so wollte ich ihn doch nur ungern verlieren und beschloß, ihn zu nehmen, sobald ich mein Wochenbett gehalten hätte. Ich sah wohl ein, daß ich von meinem vorigen Manne nichts mehr zu hören bekommen würde, und weil er mich immer angetrieben, mein Glück in einer anderen Ehe zu suchen, ohne daß er es mir übelnehmen oder auch die geringste Schwierigkeit machen wollte, so trug ich kein Bedenken, seinem Willen zu folgen, wenn mein anderer Freund mich noch wollte. Dies letztere versicherten mir seine Briefe, die aus den freundlichsten und verbindlichsten Worten bestanden.

Meine Schwangerschaft nahm unterdessen zu, die Leute im Hause merkten es und gaben mir auch zu verstehen, daß ich mich nach einer anderen Unterkunft umsehen sollte. Da war ich nun wieder in Not, war sehr betrübt und wußte nicht, wohin ich nunmehr sollte. Ich hatte zwar Geld, aber keine Freunde und sollte nun ein Kind dazu am Hals haben.

Hierüber wurde ich krank, und dadurch wurde meine Traurigkeit nur noch größer. Es lief endlich nur auf ein kaltes Fieber hinaus, was mir aber keine Furcht machte, denn ich hätte viel für ein unzeitiges Kindbett gegeben, aber es ist mir nie in den Sinn gekommen, etwas zu diesem Zweck einzunehmen, ich hatte vor dem Gedanken daran einen großen Abscheu.

Als ich nun mit meiner Wirtin darüber redete, riet sie mir, eine Hebamme holen zu lassen. Zuerst wollte ich es nicht, ließ es aber zuletzt geschehen, daß sie nach einer solchen sandte, zumal mir keine bekannt war.

Es schien, daß meine Wirtin in dergleichen Dingen nicht unerfahren war, obwohl ich zu Anfang das Gegenteil angenommen hatte, denn sie ließ eine Hebamme von der rechten Art kommen, die mir am besten dienen konnte.

Sie war in ihrem Beruf als Hebamme sehr geschickt, außerdem hatte sie aber noch einen anderen, in dem es ihr keine Frau nachtat. Meine Wirtin hatte ihr gesagt, sie glaube, ich sei ganz melancholisch, und das habe mir Schaden getan.

Ich verstand sie wirklich nicht, aber sie erklärte es mir umständlich, was mir fehle. Madame, sprach sie, es scheint, als ob ihr nicht begreift, was eure Wirtin will, und wenn ihr es versteht, so ist es eben nicht nötig, daß man es sagt. Ich darf nichts weiter sagen als dieses, wenn ihr mir von eurem Zustand soviel als möglich entdecken wolltet, denn weiter will ich von nichts wissen, so dürfte ich euch vielleicht beistehen und alle schwermütigen Gedanken von euch vertreiben können.

Jedes Wort, das diese Frau mir sagte, war mir eine Herzstärkung und gab mir Kräfte. Mein Blut lief gleich besser, und ich wurde ein ganz anderer Mensch. Ich bekam wieder Lust zum Essen und genas gleich darauf. Sie redete auf diese Weise noch weiter mit mir, und als sie mich nötigte, mich ihr anzuvertrauen, das Geheimnis sollte bei ihr vergraben sein, hielt sie ein wenig inne, um die Wirkung ihrer Rede abzuwarten.

Ich hatte eine solche Frau gar zu nötig, so daß ich auf ihr Anerbieten gerne einging. Ich sagte ihr demnach etwas über meine Lage, daß ich wirklich verheiratet sei und einen Ehemann hätte, daß er aber so weit von hier sei, daß er nicht kommen könne.

Sie sagte, das ginge sie nichts an, alle Frauen, die in ihre Hände kämen, würden von ihr nicht anders als verheiratete Frauen angesehen. Eine jede schwangere Frau habe einen Vater zu ihrem Kind, ob das nun ihr Ehemann sei oder nicht, danach frage sie nicht. Denn, sagte sie, einen Mann zu haben, der nicht erscheinen kann, ist ebensogut als keinen zu haben, deshalb ist es mir gleich, ob ihr eine Frau oder eine Freiliebste seid.

Ich fand bald, daß ich hier als Hure angesehen wurde, ich mochte nun eine sein oder nicht. Ich ließ es demnach dabei und sagte, es sei wahr, aber wenn ich ihr meine Lage entdecken sollte, so müßte ich es so tun, wie sie beschaffen sei. Ich erzählte ihr darauf die Sache kurz und schloß mit den Worten: Meine gute Frau, ich habe euch meine Umstände kundgetan, nicht deswegen, als ob sie im gegenwärtigen Fall etwas zur Sache täten, sondern nur um zu beweisen, daß es mir gleichgültig sein könnte, ob mein Kindbett geheim oder offen gehalten wird; die ganze Schwierigkeit bestehe nur darin, daß ich an diesem Ort nicht die geringste Bekanntschaft hätte.

Ich verstehe euch, sagte sie, ihr habt niemanden, der sich euer annähme oder für euch bürgte, im Falle der Kirchenvorstand Nachfrage halten sollte, auch mögt ihr vielleicht nicht wissen, wo ihr mit dem Kind hin sollt,

wenn es zur Welt gekommen ist. Das letztere, sagte ich, wäre nicht so sehr meine Sorge wie das erstere.
Madame, sprach sie, wollt ihr euch in meine Hände geben? Obgleich ich euretwegen keine Nachfrage halten will, so steht es euch doch frei, euch meinethalben zu erkundigen. Mein Name ist B . . ., mein Haus ist in der . . . straße, wo die Wiege aushängt, mein Beruf ist das Kinderholen, und es kommen viele Frauen zu mir, ihr Wochenbett in meinem Haus zu halten. Ich habe der Kirche Bürgschaft geleistet, damit sie keine Ungelegenheit habe von dem, was unter meinem Dach das Licht der Welt erblickt. Nur eine Frage ist noch zu beantworten, und dann hat die Sache ihre Richtigkeit.
Ich wußte gleich, was das für eine Frage sein würde, und sagte: Obwohl ich keine Freunde hier am Ort habe, so fehlt es mir doch nicht an Geld, doch habe ich nur das nötigste und nichts im Überfluß. Dies setzte ich hinzu, damit sie sich nicht auf einen großen Gewinn gefaßt machte.
Sie antwortete, das sei eben die Sache, denn ohne Geld könne man in dergleichen Fällen nichts ausrichten. Doch sollt ihr sehen, daß ich euch weder übervorteilen noch sonst im geringsten zu nahe treten will, zumal ihr alles vorher wissen sollt, damit ihr euch danach richten und so kostbar oder so sparsam leben könnt, wie ihr wollt.

Ich sagte ihr, sie würde wohl begreifen, daß ich mir nur dies von ihr ausbitten wollte, alles so einzurichten, daß nichts Überflüssiges auf meine Rechnung käme, denn obwohl ich mit meinem Geld auskommen könnte, so hätte ich doch dessen nicht zuviel.
Am nächsten Tag brachte sie mir eine Aufstellung:

Für drei Monate Kammermiete in ihrem Haus, auch für Essen und Trinken, die Woche zu 10 Schillingen:	6 £	
Für die Amme auf einen Monat und für Kindbettleinen:	1 £	10 s
Dem Prediger, das Kind zu taufen, für die Gevattern und den Küster:	1 £	10 s
Für den Taufschmaus zu fünf Personen:	1 £	
Für ihre Mühe als Hebamme und zur Befriedigung des Kirchspielvogtes:	3 £	3 s
Für die Magd, die mir aufwartet:		10 s
Macht zusammen:	13 £	13 s

Ich betrachtete die Rechnung, lachte und sprach: Dies ist alles sehr billig aufgestellt, und ich glaube, ihr wißt den Leuten wohl zu begegnen.
Sie meinte, ich sollte darüber urteilen, wenn ich meine Erfahrung hätte und sollte ich an der Güte der Verpfle-

gung zweifeln, so wäre sie zufrieden, wenn ich jemanden bestellte, der acht darauf gäbe.
Darauf legte sie mir jeden Punkt ihrer Rechnung noch besonders aus. Fürs erste, sagte sie, müßt ihr bedenken, daß ich euch drei Monate Unterhalt gebe für 10 Schillinge die Woche, und ich bürge dafür, daß ihr euch über meinen Tisch nicht beklagen sollt. Ich glaube nicht, fuhr sie fort, daß ihr in dem Haus, wo ihr jetzt seid, billiger lebt.
Ferner, sagte sie, wenn das Kind nicht am Leben bleibt, wie das öfter geschieht, so würden wir die Kosten für den Geistlichen sparen. Und wenn ich keine Freunde bei der Taufe hätte, gehen auch die Unkosten des Taufessens ab. Alsdann würde das ganze Wochenbett nicht über fünf Pfund drei Schillinge kosten.
Ich merkte, daß sie ihr Handwerk von Grund aus verstand und übergab mich ihren Händen. Darauf sprachen wir von anderen Dingen. Sie untersuchte meine Bewirtung an dem Ort, wo ich jetzt war und meinte, daß es mir an Aufwartung und verschiedenen Dingen fehle, und daß ich es bei ihr ganz anders haben würde.
Ich sagte, weil die Frau im Haus so finster ausgesehen habe, seitdem sie meine Schwangerschaft bemerkt habe, hätte ich mich fast gescheut mit ihr zu reden, da ich befürchtet hätte, sie möchte mir einen Schimpf antun.
Ei, sagte sie, die gute Frau sollte sich nicht so anstellen,

denn sie hat es ja selbst versucht, Frauen in solchem Zustande aufzunehmen und zu bewirten, vermochte aber dem Kirchenvorstand kein Genüge zu tun. Indes, da ihr doch ausziehen werdet, wollen wir uns nicht mit ihr abgeben, doch will ich dafür sorgen, daß ihr besser bedient werdet.

Die ehrliche Hebamme betrieb verschiedene Geschäfte, unter denen eines war, ein Kind, wenn es gleich nicht in ihrem Haus geboren wurde – denn sie besorgte auch außerhalb heimliche Entbindungen – an Leute zu geben, die es für ein Stück Geld zu sich nahmen, damit es niemandem beschwerlich fiele. Und wie sie sagte, wurden diese Kinder sehr gut versorgt. Ich kann nicht begreifen, wo sie mit all den Kindern blieb in Anbetracht der großen Menge, von der sie sprach.

Oftmals stellte ich hierüber eine Unterhaltung mit ihr an, aber sie gab immer nur den Bescheid, daß durch dieses Gewerbe manchem unschuldigen Lamm das Leben erhalten würde, das sonst vielleicht erwürgt worden wäre und daß manches Frauenzimmer der Verzweiflung entginge, das sonst wäre zur Kindesmörderin geworden.

Das einzige, was mich bei dieser Frau vor den Kopf gestoßen hatte, war, daß sie einmal, als wir über meinen Zustand sprachen, einige Worte äußerte, die den Anschein hatten, als ob sie mich der Bürde früher entledigen wollte oder deutlicher, als wolle sie mir das Kind abtreiben, falls mir die Zeit zu lange währte und ich es gern los sein wollte. Allein, ich ließ sie bald merken, daß solche Gedanken meinen Abscheu fänden. Sie wußte ihre Worte so zu drehen und auszulegen, daß ich ihr nicht zu nahe treten und nicht sagen konnte, ob sie es mir wirklich vorgeschlagen oder es nur als eine Bosheit der anderen angeführt hatte, sie hatte wohl meine Gedanken gemerkt, daß ich solche Dinge mißbilligte, noch ehe ich mich darüber äußern konnte.

Damit ich es kurz mache, will ich nur sagen, daß ich mich bald darauf zu meiner neuen Hofmeisterin, denn so wurde sie in ihrem Haus genannt, begab. Dort begegnete man mir so höflich, versorgte mich so gut und handelte so anständig an mir, daß ich mich wunderte und anfangs nicht wußte, welchen Nutzen meine Wirtin wohl dabei haben könnte. Später aber zeigte es sich, daß sie zwar von den Tischgeldern keinen Gewinn machte, denn sie konnte unmöglich viel davon übrig haben, sondern ihr Vorteil mußte aus anderen Quellen ihrer Haushaltung hervorgehen, und da kann ich versichern, daß sie etwas Ordentliches einstrich. Denn es ist kaum zu glauben, wieviel sie zu tun hatte, sowohl im Haus wie außerhalb, und alles nur auf eine heimliche Art, das heißt offen gesagt: mit lauter Huren und Hurenkindern.

Solange ich bei ihr war, zählte ich nicht weniger als zwölf Wöchnerinnen im Haus, und wenn ich mich recht erinnere, hatte sie noch etwa 32 unter ihren Händen außerhalb des Hauses, von welchen eine bei meiner vorigen Hauswirtin in der Johannesstraße wohnte, so unschuldig diese sich auch mir gegenüber angestellt hatte.

Dennoch muß ich gestehen, daß ich niemals etwas Übles in dem Haus gesehen habe, solange ich dort wohnte, ja, ich glaube sicherlich, daß man niemals das geringste Unanständige dort trieb.

Kein Mann durfte die Treppen heraufkommen, es wäre denn, um eine Sechswöchnerin zu besuchen, und auch dann war die Alte immer zugegen, die sich eine Ehre daraus machte, daß kein Mann eine Frau, auch seine eigene nicht, während solcher Zeit berührte. Sie wollte auch nie erlauben, daß ein Mann im Haus schliefe, er mochte vorgeben, was er wollte, auch wenn es Eheleute waren. Sie pflegte zu sagen, es ginge sie nichts an, wieviel Kinder in ihrem Haus geboren würden, aber daß dort welche gezeugt würden, wollte sie nicht verantworten.

Vielleicht trieb sie diese Bedenken weiter als nötig war, doch brachte es ihr den Vorteil, daß sie mit ihrem Gewerbe in gutem Ruf blieb und den Leumund hatte, daß sie zwar die liederlichen Weiber verpflegte, aber sie zu keinem liederlichen Leben verführte.

Noch ehe ich niedergekommen war, empfing ich einen Brief von dem Verwalter meines Geldes, in welchem er mir viele gute Worte gab und mich auf das inständigste um meine Rückkehr nach London bat. Der Brief war schon vierzehn Tage alt, als ich ihn erhielt, da er erst über Lancashire an mich gelangt war. Der Inhalt war, daß er einen Beschluß gegen seine Frau erwirkt hätte und mir nun sein Wort halten wollte, wenn ich noch desselben Sinnes wäre. Er fügte auch noch eine Menge liebevoller Erklärungen hinzu, die er sich wohl gespart hätte, wenn er meinen Zustand gekannt hätte und die ich gar nicht verdiente.
Ich datierte diesen Brief von Liverpool, sandte ihn aber durch einen Boten, der sagen mußte, er sei eine Einlage, die ein guter Freund bekommen habe. Ich wünschte ihm Glück zu seiner Freiheit, machte aber einige Schwierigkeiten wegen der Gültigkeit seiner nächsten Ehe und bat ihn, vorher diesen Punkt wohl zu überlegen, ehe er einen Entschluß fasse, weil ein Mann von seinem Verstand sich in dergleichen wichtigen Dingen nicht übereilen dürfe. Der Schluß war, daß ich ihm in allen seinen Unternehmungen guten Fortgang wünschte, ohne ihm das geringste von meinen Gedanken zu sagen oder auf seine Einladung zu antworten, nur gab ich ihm von ungefähr zu verstehen, daß ich wohl gegen Weihnachten nach

London kommen würde. Mein Brief aber war im April geschrieben.

Mitte Mai gebar ich einen schönen Knaben und befand mich so wohl, wie man unter dergleichen Umständen nur sein kann. Meine Hofmeisterin verrichtete ihr Amt als Hebamme mit aller Kunst und Geschicklichkeit, besser als ich es jemals erfahren hatte. Ihre Sorge für mich, sowohl bei der Geburt wie auch im Wochenbett, war so, daß eine Mutter nicht hätte mehr tun können. Es lasse sich aber niemand hierdurch verleiten, denn die gute Frau ist zu ihren Vätern versammelt und hat keine Schülerinnen hinterlassen, die es ihr gleich tun könnten.

Es waren ungefähr zwanzig Tage nach meiner Niederkunft verflossen, da bekam ich ein abermaliges Schreiben von meinem Freund an der Bank mit der unerwarteten Nachricht, daß er ein Endurteil der Scheidung gegen seine Frau erhalten habe. Besagte geschiedene Frau, der es seit einiger Zeit leid geworden sei, daß sie ihm so übel mitgespielt, sobald sie vernommen, daß er seinen Zweck erreicht, hätte sich, zu seinem großen Leidwesen, noch an demselben Abend ums Leben gebracht.

Er gab sein Mitleid hierüber zu erkennen, rechtfertigte sich aber von allem Argwohn, als ob er schuld daran wäre, zumal er nichts getan habe, als sich sein Recht verschafft in einer Sache, darin ihm Gewalt und Unrecht widerfahren sei. Doch gestand er, daß ihm dieser Vorfall sehr zu Herzen ginge, und er hätte keinen anderen Trost in der Welt als die Hoffnung, daß ich bald kommen und ihm durch meine Gegenwart Mut zusprechen würde. Darauf setzte er mir sehr zu, ich sollte ihm doch wenigstens die Hoffnung gönnen, daß er mich bald in der Stadt sehen würde, dann könnten wir weiter von der Sache reden.

Diese Nachricht machte mich sehr bestürzt. Ich dachte über meine Lage ernstlich nach, was es für ein großes Unglück sei, ein Kind am Hals zu haben und nicht zu wissen, wohin damit. Zuletzt eröffnete ich mein Anliegen von ungefähr meiner Hofmeisterin, indem ich mich einige Tage recht betrübt stellte, während sie beständig darauf drang, zu erfahren, was mir fehle.

Ich konnte ihr unmöglich sagen, daß ich einen Heiratsantrag erhalten hätte, weil ich schon so oft hatte verlauten lassen, ich hätte einen Mann, ich wußte deshalb wirklich nicht, was ich ihr sagen sollte. Ich gestand ihr zwar, daß ich etwas auf dem Herzen hätte, aber daß ich es keinem Menschen sagen könnte.

Sie plagte mich täglich, aber ich war zu nichts zu bringen. Mein Widerstand vermehrte ihre Ungeduld, sie hielt mir vor, man habe ihr die größten Geheimnisse dieser Art anvertraut, es sei ihre Gewohnheit, alles zu verhehlen, denn wenn sie das nicht täte, würde es ihr Untergang sein. Was ich ihr entdecken würde, sei so gut, als wenn ich es zu den leeren Wänden sagte, sie sei verschwiegen wie das Grab. Es müsse gewiß etwas recht Seltsames sein, wenn sie mir nicht sollte helfen können. Kurz ihre Überredungskunst war so stark und ihre Beredsamkeit so bestrickend, daß man ihr nichts verbergen konnte.

Ich erzählte ihr darauf, was mir angeboten worden, zeigte ihr meines Freundes Brief, worin er mich nach London einlud und in welchem viele aufrichtige Liebesbeweise enthalten waren, löschte aber den Namen aus und sagte nichts von dem Unglück seiner Frau, nur daß sie tot war.

Sie lachte mich aus, daß ich Bedenken trüge, mich wieder zu verheiraten, und sagte mir, die vorige Ehe sei null und nichtig, weil es ein Betrug von beiden Seiten gewesen sei, und da wir uns auch mit beiderseitiger Einwilligung getrennt hätten, so sei alle Verbindung dadurch ganz und gar aufgehoben. Sie bewies mir solches an so vielen Beispielen, die sie an der Hand hatte, daß mir keine Widerrede mehr übrig blieb, zudem war es auch mein eigener Wunsch.

Nun kam der schwerste Punkt wegen des Kindes. Das müsse fortgebracht werden, sagte sie, und zwar so, damit kein Mensch wisse, wo es hingekommen. Ich wußte wohl, daß aus der Heirat nichts werden könnte, wenn das Kind nicht verborgen würde, denn aus seinem Alter hätte mein Freund schließen können, daß es nach unserer letzten Abmachung gezeugt und geboren war, und das hätte die ganze Sache wohl verdorben.

Allein, es ging mir so nahe, das Kind im Stich lassen zu müssen, weil es vielleicht umgebracht werden oder verhungern könnte. Es besteht kein Zweifel, die Natur hat dem mütterlichen Herzen eine solche starke Neigung zu den eigenen Kindern eingepflanzt, weil man sich sonst auf die große Sorge, auf die Beschwerlichkeiten nicht verstehen würde, die mit dem Aufziehen der Kinder verbunden sind.

Wird diese Pflicht versäumt, so ist es ebenso gut, als wenn man die Kinder umbringt. Nun wird sie aber im höchsten Grade verletzt, wenn man die Kinder solchen Leuten gibt, welche die den Müttern von der Natur eingegebene Neigung und unverdrossene Güte nicht besitzen noch besitzen können. Bei einigen ist es sogar so, daß beabsichtigt wird, die Kinder möchten auf gute Manier die Augen schließen, was nichts anderes als vorsätzlicher Mord ist.

Alles dieses stellte ich mir in Gedanken vor. Da ich nun frei und offenherzig mit meiner Hofmeisterin, die ich jetzt meine Mutter nannte, verkehrte, sagte ich ihr auch diese Gedanken. Hierbei wurde sie ernst und fragte mich, ob sie nicht so zärtlich und sorgfältig mit mir umgegangen wäre, wie wenn ich ihr eigenes Kind wäre. Das mußte ich freilich zugeben.

Wenn ihr nun von mir fort seid, sprach sie, was geht ihr mich dann noch an und was würde ich danach fragen, ob ihr auch am Galgen hinget. Meint ihr, daß es keine Frauen gibt, die sich fremder Kinder mit derselben Sorgfalt annehmen, als ob es ihre eigenen wären? Schon deshalb, weil sie damit ihr Brot haben. Bekümmert euch nur darum nicht. Wie sind wir, fuhr sie weiter fort, großgezogen worden? Seid ihr sicher, daß eure Mutter euch selbst gesäugt hat? Dennoch seht ihr fett und schön aus, sagte die Alte und streichelte mir mit der Hand übers Gesicht. Laßt euch das nicht anfechten, ich halte mir keine Mörder, sondern habe die besten Ammen zur Hand, die zu finden sind und bei denen weniger Kinder ins Gras beißen, als wohl geschehen würde, wenn sie an ihrer Mutter Brüsten hingen.

Es tat mir weh, als sie mich fragte, ob mich meine Mutter selbst groß gezogen hätte, denn ich wußte zu gut das Gegenteil, zitterte darum und schauderte bei diesen Worten. Ich will hoffen, dachte ich bei mir, daß ich es hier nicht mit einer Hexe zu tun habe, die mit Geistern

Ihr habt mir ja das Wiederkommen verboten, sagte ich.
Wie?, fragte er und sah etwas bestürzt aus, versprecht mir nur wiederzukommen, so will ich kein Wort von meinen Angelegenheiten reden, bis ich geschieden bin, aber ihr sollt mein Ziel sein, sonst will ich nicht geschieden werden.
Er hätte mir nichts Angenehmeres sagen können, doch wußte ich, der rechte Weg, ihn festzuhalten, bestand darin, daß ich die Sache etwas kühl behandelte, zumal es allem Anschein nach noch lange dauern würde und ich erst Ursache hatte daran zu glauben, wenn er sein Versprechen würde bewerkstelligt haben.
Ich stellte mich am nächsten Abend wieder bei ihm ein und sah zu meinem Vergnügen, daß er ein Abendessen für mich hatte anrichten lassen, fand auch, daß er ein wohleingerichtetes Haus hatte, worüber ich mich sehr freute, denn ich sah bereits alles als mein eigen an.
Wir kamen nun wieder auf die vorige Sache zu sprechen. Er legte es mir sehr nahe und stellte mir seine Gewogenheit vor, an welcher ich auch gar nicht zweifelte. Er gestand, daß ich ihm vom ersten Augenblick an gefallen habe, ehe ich noch mit ihm wegen meiner Geschäfte gesprochen. Ich dachte: Am Anfang wäre mir nichts gelegen, wenn nur das Ende gut würde.
Darauf sagte er mir, wie freundlich es ihn berührt hätte,

daß ich ihm mein ganzes Vermögen habe anvertrauen wollen. Ich dachte bei mir, das sei eben meine Absicht gewesen, doch hätte ich mir ihn unverheiratet gewünscht.

Nachdem wir gegessen hatten, merkte ich, daß er mich sehr nötigte, einige Gläser Wein zu trinken, ich lehnte aber ab, nachdem ich eins oder zwei angenommen hatte. Darauf redete er von einem Antrag, den er mir machen wollte, mit der Bitte, wenn ich ihn nicht annehmen würde, ihm doch deswegen nicht böse zu sein.

Ich sagte, ich meinte, er könne mir in seinem Haus nichts Unanständiges zumuten, sollte es aber dennoch sein, so möge er lieber damit zurückhalten, damit ich nicht gezwungen wäre, meine Empfindlichkeit darüber merken zu lassen, was sich mit der Hochachtung und dem Vertrauen nicht vereinigen ließe, die ich für ihn hegte. Ich ersuchte ihn deshalb, mir lieber zu erlauben, daß ich mich entfernte, zog meine Handschuhe an und tat so, als ob ich wirklich fortgehen wollte, hatte es aber ebensowenig im Sinn wie er, mich gehen zu lassen.

Er versicherte mir, daß es ihm nie eingefallen wäre, mir etwas Unanständiges anzutragen und bat mich heftig zum Bleiben, er wolle lieber stillschweigen, wenn ich so üble Gedanken von ihm hegte.

Das gefiel mir indes gar nicht. Deshalb gab ich ihm zu

umgeht, welche ihr sagen, was ich gewesen, ehe ich mich selbst bekannte. Ich sah sie also ganz erschrocken an; als ich aber bedachte, daß dies etwas Unmögliches war, verging meine Angst nach und nach, so daß ich wieder ruhig wurde.

Sie merkte meine Verwirrung, wußte aber nicht, woraus sie entsprang. Danach fuhr sie fort, meiner Schwachheit zu spotten, weil ich dächte, alle Kinder würden ums Leben gebracht, welche nicht von ihrer eigenen Mutter großgezogen würden, redete mir dabei vor, daß alle Kinder, die sie verpflegte, ebenso gut aufgehoben wären, als ob sie in Abrahams Schoß lägen.

Es mag wohl sein, sagte ich, doch habe ich starke Gründe für meinen Argwohn. Fürs erste gebt ihr den Leuten eine Summe Geldes, die den Eltern das Kind abnehmen mit der Bedingung, daß sie auf Lebenszeit dafür sorgen. Wir wissen nun aber, liebe Mutter, daß dies alles arme Leute sind, deren ganzer Gewinn darin bestellt, daß sie sich der Last je eher je lieber entledigen, wie kann ich dann zweifeln, daß sie keine überflüssige Sorge an das Kind verschwenden, aus dessen Tod sie den besten Vorteil haben.

Das ist lauter Einbildung, sagte die Alte, ich sage euch, der guten Leute ganze Wohlfahrt und das Vertrauen, das man zu ihnen hat, beruht einzig und allein auf des Kindes Leben, deswegen gehen sie so behutsam damit um, wie nur eine natürliche Mutter es tun kann.

Ach, liebe Mutter, sagte ich, wenn ich nur versichert wäre, daß mein kleiner Knabe wohl in acht genommen würde und ihm kein Leid geschähe, so würde ich glücklich sein, aber ich kann mich unmöglich in diesem Stück zufrieden geben, es wäre denn, daß ich es mit meinen eigenen Augen sehen könnte, und das kann unter den gegenwärtigen Umständen nicht ohne die größte Gefahr geschehen.

Das ist klug geredet, sprach die Hofmeisterin, ihr wollt das Kind zugleich sehen und es auch nicht sehen, ihr wollt zugleich verborgen und entdeckt sein. Das sind unmögliche Dinge, mein liebes Kind, ihr müßt es machen, wie es andere gewissenhafte Frauen vor euch gemacht haben, das heißt, ihr müßt die Dinge nehmen, wie sie sind und nicht, wie sie nach eurem Sinn sein sollten.

Ich merkte wohl, daß sie mit gewissenhaften Frauen gewissenhafte Huren meinte, sie wollte mich aber damit nicht kränken, denn ich war auch in diesem Fall keine Hure, sondern rechtmäßig verheiratet, die Gültigkeit meiner früheren Ehen noch ungerechnet.

Gut, sagte sie endlich, ihr müßt aber einige jährliche Unkosten nicht scheuen, denn es wird sich etwas höher belaufen als der gewöhnliche Preis ist.

Von Herzen gern, sagte ich, wenn es nur geheim bleibt.
Das soll es bleiben, sagte sie, denn die Amme wird sich niemals unterstehen, nach euch zu fragen, und ihr sollt das Jahr ein- oder zweimal mit mir hingehen und das Kind besuchen, damit ihr selbst sehet, ob es gut gehalten wird und in guten Händen ist. Indes soll niemand erfahren, wer ihr seid.
Ich will der Amme verbieten, mit jemandem davon zu sprechen, sagte die Alte, noch das geringste merken lassen, bei Verlust der Bezahlung und des Kindes.
Hiermit war ich zufrieden und in der folgenden Woche kam eine Bäuerin aus Hertford zu uns, die das Kind für zehn Pfund gänzlich zu sich nehmen wollte, so daß sich niemand mehr darum zu kümmern hätte. Wenn ich aber jährlich fünf Pfund dazu legen würde, so wäre sie verpflichtet, das Kind, so oft es verlangt würde, nach der Hofmeisterin Haus zu bringen, oder wir könnten zu ihr kommen und es besuchen, damit wir sehen würden, ob es gut gehalten würde. Es war eine gesunde starke Frau, gut mit Kleidern und Leinenzeug versehen. Ich überantwortete ihr mein Kind mit bedrängtem Herzen und vielen Tränen. Ich war in Hertford gewesen, hatte ihre Wohnung und ihre Verhältnisse untersucht, welche mir ganz gut gefielen. Ich versprach ihr schöne Dinge, wenn sie gut mit dem Kind sein würde, und da erfuhr sie denn

gleich, daß ich die Mutter war. Es schien mir aber ihre Wohnung so abgelegen, und sie selbst bezeigte so wenig Lust, nach weiteren Umständen zu fragen, daß ich es für sicher genug hielt und ihr das Kind samt den zehn Pfund überließ, welche ich meiner Hofmeisterin gab, die sie der armen Frau in meiner Gegenwart zustellte, mit der Bedingung, daß sie mir das Kind nicht wiederbringen und nichts mehr von mir für seinen Unterhalt fordern dürfe. Nur versprach ich ihr, wenn sie es gut pflegen würde, wollte ich ihr allemal etwas mitbringen, so oft ich hinkäme, um es zu besuchen. Demnach war ich auch an die fünf Pfund jährlich nicht gebunden, machte mich aber bei der Hofmeisterin deswegen anheischig. So war mir eine große Sorge vom Hals, nicht so wie ich es wohl gewünscht hätte, aber doch so gut, wie es sich damals machen ließ.

Hierauf schrieb ich an meinen Freund an der Bank etwas höflicher als früher und gab ihm im Juli Nachricht, daß ich etwa im August nach London kommen würde.

Seine Antwort war sehr treuherzig, er bat mich, ihm doch zeitig genug von meinem Aufbruch Kundschaft zu geben, da er mir zwei Tagereisen weit entgegenkommen wolle.

Ich dachte bisweilen daran, mich mit einer Landkutsche nach Chester zu begeben, damit er nur sehen möge, daß ich wirklich daher käme. Zuletzt kam noch ein anderer Grund dazu, nämlich daß ich durch meine Reise aufs Land meiner alten Hofmeisterin einen schönen blauen Dunst vormachen und ihr den Einblick in meine Verhältnisse benehmen konnte, denn sie wußte nicht im geringsten, ob sich mein neuer Liebhaber in London oder Lancashire aufhielt, ja, sie glaubte das letztere, als ich ihr mein Vorhaben entdeckte. Nachdem ich nun alles zur Abreise eingerichtet hatte, sagte ich es ihr und schickte eine Magd, die mir von Anfang an aufgewartet hatte, um einen Platz für mich in der Landkutsche zu belegen. Die Alte wollte haben, die Magd sollte mich begleiten und dann mit der Kutsche wieder zurückkommen, ich aber überredete sie, daß sich das nicht schicken würde. Als ich von ihr Abschied nahm, wollte sie wegen unseres Briefwechsels keine Verabredung treffen, sondern sagte, daß sie sicher sei, ich würde aus Liebe zu meinem Kind schon aus freien Stücken an sie schreiben und sie besuchen, wenn ich wieder in die Stadt käme.

Ich versprach ihr das auch und zog guten Mutes meiner Wege, denn wer war froher als ich, auf so gute Manier aus einem solchen Haus gekommen zu sein, obwohl man mich dort sehr gut behandelt hatte.

Ich hatte meinen Platz in der Kutsche nur bis zu einem Ort in Cheshire, der Stone hieß, genommen, wo ich nicht nur nichts zu tun, sondern auch nicht einen Bekannten hatte. Ich wußte aber, daß man mit Geld überall zu Hause ist und wartete daher in einer guten Herberge zwei bis drei Tage, bis eine andere Kutsche kam, in welcher ich Platz fand, um wiederum nach London zu gehen, ließ aber vorher, ehe ich einstieg, einen Brief an meinen Freund abgehen mit dem Bericht, daß ich an dem und dem Tage zu Stony-Stratford eintreffen würde, wo die Kutsche still liegen mußte.

Es fügte sich, daß die Kutsche, in der ich mich befand, eine Gelegenheitsfuhre war, die einige nach Irland reisende Herren für sich allein nach Chester gemietet hatten, woher sie jetzt zurückkam und sich deshalb nicht genau an Zeit und Ort hielt. Da wir nun den Sonntag über still lagen, hatte dadurch mein Freund in London Zeit, sich auf den Weg zu machen.

Die Zeit war aber doch so kurz, daß er mir nicht ganz bis Stony-Stratford entgegenkommen konnte, sondern mir am folgenden Morgen an einem Ort, Brickhill genannt, begegnete, als wir eben nahe bei der Stadt waren.

Ich muß gestehen, es freute mich sehr, ihn zu sehen, denn ich hatte die Nacht vorher seines Ausbleibens wegen schon wunderliche Gedanken gehabt. Er gefiel mir doppelt wegen des Aufsehens, das er machte: in einer schönen Herrenkutsche mit vier Pferden und einem Diener.

Er nahm mich sofort aus dem Mietswagen, der zu Brikkill vor einem Wirtshaus hielt. Dort kehrte er auch mit mir ein, ließ ausspannen und zur Mahlzeit Anstalten machen. Ich fragte ihn, was das bedeuten sollte, denn mein Sinn stünde nach London.
Er sagte, ich hätte wohl nötig, hier ein wenig auszuruhen, dies sei ein gutes Haus, obwohl die Stadt klein sei, deshalb bäte er mich, mit ihm dort über Nacht zu bleiben und mich um nichts weiter zu kümmern.
Ich drang nun nicht sehr darauf nach London zu gehen, denn da er meinetwegen so weit herausgekommen war und solche Unkosten gehabt hatte, war es ja billig, daß ich ihm wiederum einen kleinen Gefallen erwies. Also blieb ich.
Nach der Mahlzeit gingen wir ein wenig im Städtchen umher, besahen die Kirche und was sonst sehenswert war, wie es die Fremden zu tun pflegen. Unser Wirt führte uns in die Kirche, und ich bemerkte, daß mein Freund nach dem Prediger fragte, was mich gleich auf den Gedanken brachte, er wolle sich hier mit mir trauen lassen, wozu man mich nicht lange bitten brauchte, denn um die Wahrheit zu sagen, meine damaligen Verhältnisse waren nicht derart, daß ich hätte Nein sagen können, ich hatte nunmehr auch keine Ursache, mich deswegen in Gefahr zu begeben. Währenddessen mir diese

Gedanken durch den Kopf herumgingen, zog der Wirt meinen Freund auf die Seite und sagte, doch nicht so leise, als daß ich nicht die Worte hörte: Mein Herr, wenn ihr eines – – – – das übrige verstand ich nicht mehr, aber es schien mir, als ob es etwa so gelautet hätte: Wenn ihr eines Geistlichen benötigen solltet, so habe ich nicht weit von hier einen Freund, der euch dienen und, wenn es euch lieber ist, auch schweigen kann.

Mein Liebhaber antwortete so laut, daß ich es hören konnte: Gut, gut, ich glaube, es wird einer nötig sein.

Sobald wir nun in die Herberge gekommen waren, bat er mich mit bewegten Worten, da er nun doch die Ehre gehabt hätte, mich anzutreffen, daß ich endlich seine Glückseligkeit beschleunigen und die Sache mit ihm zum rechten Ende bringen möchte.

Was meint ihr, fragte ich errötend, in einem Wirtshaus? auf der Reise? Gott behüte mich, wie könnt ihr so sprechen?

Ich kann gar wohl so sprechen, ich bin eigentlich hierhergekommen, um so zu sprechen, und ich will es euch auch beweisen. Dabei zog er einen Haufen Schriftstücke hervor.

Ihr macht mich bange, sprach ich, was sind das für Schriftstücke?

Seid nicht bange, mein Schatz, sagte er und küßte mich –

dies war das erstemal, daß er sich diese Freiheit nahm – seid nicht bange, ihr sollt alles sehen! Darauf legte er mir die Papiere vor. Das erste war ein Urteilsspruch wegen der Ehescheidung mit seiner Frau und ein völliger Beweis ihres Ehebruchs. Dann zeigte er mir die Zeugnisse des Predigers und des Kirchenvorstehers aus dem Kirchspiel, in das er gehörte, welche die Todesart sowohl wie ihr Begräbnis bewiesen. Ferner war die Abschrift einer Vollmacht dabei, welche den Ausspruch enthielt, daß die Verstorbene nicht bei Verstand gewesen sei, nachdem über den Selbstmord Gericht gehalten worden war. Dieses alles sollte mir Genüge leisten, obwohl ich, beiläufig erwähnt, kein so zartes Gewissen hatte und ihn auch ohne alle diese Umstände gern genommen hätte.
Dennoch sah ich die Papiere, so gut ich konnte, durch und sagte, es sei alles hell und klar, aber er hätte die Sachen doch nicht mit hierher zu nehmen brauchen, denn dazu wäre ja noch Zeit genug gewesen.
Es mag wohl Zeit genug für euch sein, antwortete er, aber für mich ist keine Zeit mehr zu verlieren.
Es waren noch andere zusammengerollte Papiere darunter, und ich fragte, was diese zu bedeuten hätten.
Diese Frage wollte ich eben von euch hören, sagte er. Darauf zog er ein kleines Etui hervor und nahm daraus einen sehr schönen Diamantring, steckte ihn mir so-

gleich an den Finger, worauf ich ihm meinen Dank bezeugte. Dann nahm er einen anderen Ring heraus, steckte ihn in seine Tasche und sagte, der müsse noch zu etwas dienen.

Aber laßt mich ihn wenigstens ansehen, sagte ich, ich errate schon, was es ist, ich glaube, ihr seid nicht klug.

Ich würde wohl nicht klug gehandelt haben, meinte er, wenn ich es unterlassen hätte. Danach nahm er das aufgerollte Papier und fing an, es mir vorzulesen, wobei es sich als eine Vollmacht auswies, nach welcher wir uns an jedem Ort des Landes trauen lassen könnten.

Wart ihr denn eurer Sache schon so gewiß, daß ich mich auf das erste Wort hin mit euch einlassen würde? Oder seid ihr entschlossen, keine abschlägige Antwort anzunehmen?

Nein, ich kann und will keine abschlägige Antwort annehmen, – dabei fiel er mir um den Hals und küßte mich so, daß ich ihn nicht wieder loswerden konnte.

Als wir unter solchen Umständen in dem Zimmer auf und nieder gingen, nahm er mich plötzlich in die Arme und warf sich mit mir auf das Bett, das in dem Zimmer stand, hielt mich dort fest, doch ohne das geringste Unanständige an mir zu tun.

Hier beschwor er mich bei Himmel und Erde, ich möchte ihm doch zu Willen sein, er liebe mich ja so inbrünstig und wolle mich nicht eher loslassen, als bis ich ihm die Einwilligung gegeben. Er trieb es so lange, daß ich endlich sagte: Ich sähe wohl, daß er sich fest vorgenommen, keine abschlägige Antwort zu bekommen, so solle es denn auch nicht geschehen, aber er möge mich nun aufstehen lassen, wobei ich ihn küßte.

Meine Einwilligung und die Art, wie ich sie gab, erfreuten ihn so, daß ich dachte, er würde sogleich die Brautnacht feiern und nicht erst warten, bis die Form erfüllt wäre, allein ich tat ihm hierin Unrecht, denn er nahm mich bei der Hand, half mir auf, küßte mich einige Male und bedankte sich, daß ich ihm seine Bitte gewährt hatte, ja, es ging ihm seine Freude so ans Herz, daß ihm die Freudentränen in den Augen standen.

Ich wandte mich ab, denn mir war auch das Weinen darüber angekommen und bat ihn, er möge mir erlauben, daß ich für kurze Zeit in mein Zimmer ginge. Hatte ich jemals einen Funken Reue über mein 24jähriges gottloses Leben empfunden, so geschah es jetzt. Welch ein Glück ist es doch, daß wir Menschen einander nicht ins Herz sehen können! Wie gut würde ich daran gewesen sein, wenn ich von Anfang an einen so ehrlichen und liebevollen Mann gehabt hätte.

Darauf stellte ich mir vor, welch ein abscheuliches Geschöpf ich sei, und wie ich diesen ehrlichen Mann hinters Licht führte. Er denkt wohl nicht in seinem Herzen, daß er von einer Hure geschieden worden ist, um eine andere zu bekommen, daß er sich mit einer Person trauen lassen will, die bei zwei Brüdern geschlafen hat, mit ihrem eigenen Bruder drei Kinder gezeugt hat, die in Newgate geboren ist, deren Mutter eine Hure war und nun eine landesverwiesene Diebin ist, mit einer Frau, die schon bei sechs Männern geschlafen, und seitdem sie ihn kannte, wieder ein Kind abgelegt hat. Was würde der arme Mann nur anfangen, wenn er es wüßte, dachte ich. Als aber diese Gedanken verflogen waren, kam ich zu dem Entschluß, wenn ich einmal seine Frau werden sollte, und Gott mir gnädig sein würde, daß ich ihm dann auch ein getreues Weib sein und ihm seine große Liebe mit derselben Gegenliebe lohnen würde. Das Gute, das er an mir finden würde, sollte das Böse ersetzen, das er nicht sehen konnte.

Er wurde zuletzt ungeduldig, daß ich so lange in meinem Zimmer allein blieb, deswegen ging er hinunter und sprach mit dem Wirt wegen eines Geistlichen.

Der Wirt, ein diensteifriger Mann, hatte schon den Geistlichen holen lassen. Als nun mein Bräutigam mit ihm darüber sprechen sollte, teilte er ihm mit, daß sein Freund schon im Haus wäre. Ohne viele Worte führte er die beiden zusammen, und mein Bräutigam fragte den

Geistlichen, ob er wohl zwei fremde Personen, die willens seien, eine Ehe zu schließen, hier trauen würde.
Der Geistliche antwortete, der Hauswirt hätte ihm schon etwas davon gesagt, aber er hoffe, es sei keine verbotene Heimlichkeit, der Herr Bräutigam käme ihm wie ein verständiger ernsthafter Mann vor, und die Braut würde wohl auch kein Kind mehr sein, daß die Einwilligung der Angehörigen nötig sein würde.
Damit ihr außer allem Zweifel seid, sagte mein Bräutigam, leset diese Vollmacht.
Das ist ausreichend, sprach der Geistliche, darauf kam er zu mir herauf.
Man mochte ihm erzählt haben, daß wir uns hier zufällig begegnet wären, daß ich mit der Land- und mein Bräutigam mit seiner eigenen Kutsche gekommen wäre, daß wir uns den Abend vorher in Stony-Stratford treffen wollten, der Bräutigam sich aber verspätet hatte.
Nun, kein Ding ist so schlimm, sagte der Geistliche, daß es nicht zu etwas gut wäre. Wenn es euch geglückt wäre, mein Herr, an dem bestimmten Ort zur Zeit einzutreffen, so hätte ich nicht die Ehre gehabt, euch hier zu trauen. Herr Wirt, habt ihr ein Gebetbuch?
Ich fuhr auf, wie wenn ich erschrocken wäre. Mein Herr, sagte ich, was meint ihr damit? Wollt ihr die Trauung in einem Wirtshaus vornehmen und in der Nacht?

Frau Braut, sprach der Geistliche, verlangt ihr, daß es in der Kirche geschehe, so soll es sein, doch versichere ich euch, eure Ehe ist ebenso gültig, wenn sie hier geschlossen wird, die Kirchenvorschrift bindet an keinen Ort, was aber die Zeit betrifft, so kommt es darauf noch weniger an, zumal unsere Könige und Prinzen sich in ihren Gemächern um acht oder zehn Uhr abends trauen lassen.

Ich weigerte mich lange, anderswo als in der Kirche getraut zu werden, aber nur zum Schein, endlich gab ich denn nach. Da wurden der Wirt, die Wirtin und ihre Tochter herbeigerufen. Der Wirt war Brautvater, Küster, alles miteinander, und so wurden wir getraut.

Diesen Abend brachten wir in voller Freude zu, wobei jedoch alles im Hause so still war, daß keine Magd etwas davon merkte, zumal unsere Wirtin und ihre Tochter uns selbst bedienten und nicht zugeben wollten, daß jemand anderes zu uns heraufkäme. Die Ursache, weshalb der Wirt die Trauung so geheim hielt, war hauptsächlich diese, daß es dem Stadtpfarrer nicht zu Ohren kommen sollte, allein die Sache wurde doch ruchbar, und am anderen Morgen ganz früh läuteten die Glocken, und uns wurde unter unserem Fenster ein Ständchen gebracht. Unser Wirt verbreitete aber in der ganzen Stadt, wir seien schon verheiratet gewesen, ehe wir dorthin kamen und hätten als seine früheren Gäste Lust bekommen, ein Abendessen in seinem Haus zu halten.

Am nächsten Tage konnten wir nicht aus den Federn finden. Die Glocken hatten uns im Morgenschlaf gestört, die Nacht über hatten wir wenig ans Schlafen gedacht, und als es Tag wurde, waren wir so schläfrig, daß wir erst um Mittag aufstanden.

Ein seltsamer Zufall aber störte für einen Augenblick mein Glück. Das Zimmer, in welchem wir waren, sah auf die Straße hinaus. Weil es so schönes warmes Wetter war, öffnete ich ein Fenster. Da sah ich drei Reiter vorbeireiten und in einer Herberge einkehren, die der unsrigen gerade gegenüber lag.

Ich konnte keinen Augenblick daran zweifeln, daß der zweite von ihnen mein Mann aus Lancashire war. Ich bekam eine Todesangst, wie ich sie noch nie ausgestanden hatte. Es war mir, als wenn ich in die Erde sinken sollte, das Blut erstarrte mir in den Adern, und ich zitterte, wie wenn mich ein kaltes Fieber überfallen hätte. Zweifeln konnte ich nicht daran, denn ich erkannte seine Kleidung, sein Pferd und sein Gesicht.

Das erste, was mich dabei tröstete, war, daß mein neuer Mann gerade nicht zugegen war, so daß er mein Entsetzen nicht sah. Die drei Reiter waren nicht lange in der Herberge, als sie auch schon an das Fenster kamen, das meinige hatte ich natürlich zugemacht. Doch sah ich ihn durch die Scheiben, hörte ihn nach einem Knecht rufen und erhielt dadurch die grausame Bestätigung, daß ich mich nicht geirrt hatte.

Zunächst hätte ich gern gewußt, was er hier täte, doch das war unmöglich zu erfahren. In meinen Gedanken stellte sich mir bald dieses, bald jenes Furchtbare vor. Bisweilen glaubte ich, er hätte mich ausgekundschaftet und käme nun, um mir meine Untreue und meinen Undank vorzuhalten, es schien mir sogar einige Male, als käme er schon die Treppen herauf, um mich zur Rechenschaft zu ziehen. Unzählige Gedanken gingen mir durch den Kopf. Zwei Stunden lang steckte ich in solcher Furcht und wandte kein Auge von der Tür noch von dem Fenster des Hauses, in dem sie waren. Zuletzt hörte ich viel Geräusch und sah zu meinem Vergnügen, daß sie alle drei davonritten und den Weg nach Westen einschlugen. Hätten sie die Richtung nach London genommen, so würde ich immer die Angst gehabt haben, er könnte mir begegnen und mich erkennen, so aber beruhigte ich mich einigermaßen.

Wir nahmen uns vor, am anderen Tag abzureisen, allein abends entstand ein großer Lärm in allen Gassen, und fremde Leute ritten umher, wie wenn sie von Sinnen wären. Auf unser Befragen brachte ich heraus, daß sie hinter drei Straßenräubern hersetzten, die zwei Kutschen und einige Reisende bei Dunstable beraubt hatten, und von denen man erfahren hatte, daß sie in Brickhill in der Herberge, die uns gegenüberlag, gesehen worden waren. Die Herberge wurde sogleich besetzt und durchsucht, aber es fanden sich genug Leute, die bezeugen konnten, daß die drei Reiter schon vor drei Stunden aufgebrochen waren. Das Volk lief zusammen, und wir erfuhren bald, was vorging. Nun hatte ich noch eine Sorge auf der Seele, von der ich mich auf folgende Weise befreite:

Ich sagte den Leuten im Hause, das wären sicher keine Straßenräuber, sondern ehrliche Kavaliere gewesen, einer wäre mir bekannt, ein rechtschaffener Edelmann, der stattliche Güter in Lancashire besäße.

Der Ortsvorsteher, der mit dem Pöbel gekommen war, erhielt bald Nachricht von dem, was ich ausgesagt hatte und kam zu mir herüber, um es aus meinem eigenen Mund zu hören. Ich erzählte ihm, daß ich an dem Fenster die drei Reiter gesehen hätte und später noch einmal durchs Fenster in ihrer Stube, wo sie gespeist hatten, daß ich sie hätte fortreiten sehen und ihm versichern könne, der eine von ihnen sei mir wohlbekannt, er habe sehr schöne Güter und lebe in großem Ansehen in Lancashire, woher ich soeben käme.

Die freie Art, mit der ich das alles vorbrachte, machte

den Pöbel stutzig und befriedigte den Ortsvorsteher so, daß er sofort zum Abzug blasen und ausrufen ließ, es seien nicht die, welche sie suchten, sondern drei redliche Kavaliere, über die er Nachricht bekommen habe. Darauf ging die Menge auseinander. Was nun Wahres daran war, wußte ich nicht, soviel stand fest, daß die Kutschen beraubt und daraus 560 Pfund an Geld genommen waren, ohne das, was noch die Spitzenhändler, welche dieselbe Straße zogen, dabei verloren. Von den drei Kavalieren aber werden wir später hören.

Indes hatte uns dieser Lärm noch einen Tag länger aufgehalten, trotzdem mein Mann behauptete, es sei niemals sicherer zu reisen, als wenn ein großer Raub geschehen sei, denn danach verschwänden die Diebe gewöhnlich weit fort, nachdem sie das ganze Land in Aufregung versetzt hätten. Ich aber war unruhig und fürchtete, daß mein voriger Mann noch irgendwo unterwegs sein und mich sehen könnte.

Vier angenehmere Tage als diese hatte ich noch nicht erlebt bisher, ich war eine Braut, und mein neuer Mann gab sich alle erdenkliche Mühe, mir zu Gefallen zu leben.

Diese Hochzeit auf dem Land war das glücklichste, was mir hätte begegnen können, denn wenn ich ungetraut nach London gekommen wäre, hätte ich meinen Mann um Quartier bitten oder auch ihm entdecken müssen,

daß ich in der ganzen Stadt nicht einen einzigen bekannten Menschen hatte, bei dem eine arme Braut mit ihrem Bräutigam einkehren konnte. Nun aber trug ich nicht das geringste Bedenken, mit ihm geradewegs nach seinem Haus zu fahren, wo ich sogleich Besitz von allen seinen Gütern nahm und ein glückliches Leben vor mir sah, wenn ich es gut auszunutzen verstand. Ich hatte auch Muße genug, um allerhand nützliche Betrachtungen darüber anzustellen, wie nämlich ein solches ruhiges Leben von meinem vorigen Herumschwärmen gänzlich verschieden war, und wie viel glücklicher ein tugendhaftes, sittsames Leben macht als ein sogenanntes lustiges.
Ich lebte mit diesem Mann in dem schönsten Frieden, denn er hatte ein ruhiges Wesen, war klug, sittsam, tugendhaft, bescheiden, aufrichtig, in seinem Beruf fleißig und gewissenhaft. Seine Tätigkeit war nicht weitläufig, mit seinen Einkünften konnte man sehr gut auskommen, zwar nicht Staat machen und eine Rolle spielen, wie die Welt es nennt.
Ich hielt mir keinen Verkehr, ging nicht auf Besuch, hielt mein Haus in Ordnung, ging meinem Mann um den Bart und tat es sehr freudig.
Fünf Jahre hatte dies angenehme Leben ohne Zwischenfall gedauert, als plötzlich ein Streich wie von unsichtbarer Hand meine ganze Glückseligkeit vernichtete.

Mein Mann hatte jemandem eine große Summe Geld anvertraut. Der Schuldner machte Bankrott, und mein Mann empfand es schmerzlich. Nun war zwar der Verlust nicht so groß, daß er, wenn er nur Mut gefaßt und dem Unglück tapfer ins Auge gesehen hätte, bei seinem Kredit den Schaden leicht hätte gut machen können. Ich hielt ihm dies auch immer vor, denn wer unter der Last des Unglücks zusammenbricht, verdoppelt es nur, und wer sich einbildet, ein Unfall werde ihm das Leben kosten, dem geschieht es auch gewöhnlich.

Es war umsonst, ihn aufzurichten und ihm Trost zu bringen, dieser Schlag hatte ihn ins Herz getroffen, er wurde traurig und mutlos, bekam die Schlafsucht und starb.

Nur zwei Kinder hatte ich mit ihm gehabt. Es kam aber die Zeit heran, da ich aufhören mußte die Welt zu vermehren. Ich war 48 Jahre alt und glaube wohl, daß ich keine Kinder mehr bekommen hätte, auch wenn er am Leben geblieben wäre.

Nun befand ich mich in einem sehr trostlosen Zustand, und in mancher Hinsicht stand es ärger mit mir denn je. Meine Blütezeit war zu Ende, und ich konnte nicht mehr hoffen, als Freiliebste auszugehen, da die Schönheit und Anmut meines Gesichts seit einiger Zeit dahin waren, und nur noch Überbleibsel an die frühere erinnerten. Zum anderen hatte ich gar keinen Lebensmut mehr, auch keine Freunde noch Hilfe in der Welt, und dann hatte uns der erlittene Verlust sehr heruntergebracht, obwohl keine Schulden da waren, so daß ich voraussehen konnte, daß mein Vermögen nicht weit reichen, sondern auch meine täglichen Unterhaltskosten beständig abnehmen und in kurzer Zeit nichts mehr übrig sein würde. Dieses bevorstehende Elend stellte ich mir so lebhaft in Gedanken vor, daß es mir schon da zu sein schien, ehe es soweit kam, ich bildete mir ein, jedes Groschenstück, das ich für mein Brot bezahlte, sei das letzte, das ich besäße, und ich müßte morgen fasten und endlich Hungers sterben.

Ich saß und weinte, härmte mich ab Tag und Nacht, rang die Hände und raste bisweilen, wie wenn ich wahnsinnig wäre. Ich habe mich wirklich oft gewundert, daß mich dieser Zustand nicht um meinen Verstand gebracht hat. Zwei Jahre hielt ich es aus, zehrte alles auf, was ich hatte, und bejammerte mein Unglück, daran ich mich gleichsam zu Tode bluten mußte ohne die geringste Hoffnung auf Hilfe. Darauf folgte bald die Verzweiflung, denn die Armut sah schon aus allen Löchern heraus.

Niemand möge dieses ohne Nachdenken lesen. Jeder erwäge, was er in einem solch armseligen Zustand tun würde, ohne Freunde und ohne Brot, und er wird gewißlich an des weisen Mannes Worte denken: Wenn ich arm wäre, würde ich stehlen! Die Zeit des Unglücks ist eine Zeit der schlimmsten Versuchungen, wo uns alle Kraft zum Widerstand genommen ist. Die Armut drückt, und die Seele verzweifelt vor Kummer.

Eines Abends, als es mit mir ganz auf die Neige ging, war es nicht anders, als wenn ich von einem Geist getrieben würde. Ich kleidete mich an – denn ich hatte noch ziemlich gute Sachen – und ging aus. Ich hatte gar kein Vorhaben im Sinn, als ich aus dem Haus ging, allein da mich der Teufel führte und mir einen Köder zubereitet hatte, so brachte er mich bestimmt an den richtigen Ort, denn ich wußte nicht, wohin ich ging, noch was ich tat.

Bei diesem Hin- und Hergehen kam ich an eines Apothekers Laden, wo ich auf einem niedrigen Stuhl dicht am Kontor ein Bündlein, in weißes Tuch eingewickelt, bemerkte, auf der anderen Seite stand eine Magd, die mir den Rücken zukehrte und in den Laden hineinsah, wo des Apothekers Gehilfe mit einem Licht in der Hand die Leiter hinaufstieg und mir auch den Rücken zuwandte, um etwas von dem obersten Fach herunter zu holen. Sie waren beide sehr geschäftig, und es war sonst niemand im Laden. Ich trat ein, kehrte der Magd den Rücken zu, als ob ich nur einem vorüberfahrenden Karren aus dem Weg ginge, ergriff das Bündlein von hinten her und ging damit fort, ohne daß es die Magd oder der Bursche oder sonst jemand bemerkte. Als ich herauskam, war ich so klug nicht zu rennen, ja, nicht einmal schneller als sonst zu gehen. Ich fühlte den Boden kaum, je weiter ich aus der Gefahr kam, desto geschwinder ging ich, bis ich endlich ganz außer Atem kam und aus Müdigkeit auf einer kleinen Bank vor einer Tür ausruhen mußte. Ich saß eine kleine Weile still und machte mich hernach wieder auf die Beine, das Blut kochte in meinen Adern, und mein Herz klopfte vor großer Angst und plötzlicher Furcht. Nachdem ich nun ordentlich müde geworden war, weil ich einen großen Umweg gemacht hatte, nahm ich endlich den nächsten Weg nach Hause.

Als ich das Bündel öffnete, fand ich darin Leinenzeug zum Wochenbett, sehr schön und fast neu, mit sehr feinen Spitzen besetzt, außerdem eine kleine silberne Schale, ein silbernes Becherchen, sechs Löffel, ein gutes Frauenhemd, drei seidene Taschentücher und in Papier eingewickelt 18 Schillinge und 6 Pfennige an Geld.

Ich setzte mich nieder und weinte sehr und sagte mir: Bei der nächsten Gelegenheit werden sie dich beim Kragen nehmen, nach Newgate führen und zum Tod verurteilen. So arm ich auch war, so hätte ich doch ganz gewiß die gestohlenen Sachen wieder hingetragen, wenn ich nicht zu große Furcht gehabt hätte. Vielleicht, sagte ich mir, hat eine arme Witwe, wie ich selbst eine bin, dieses Bündlein irgendwo versetzen oder verkaufen wollen, um sich und ihren Kindern Geld zu verschaffen, nun leiden sie vielleicht Hunger und grämen sich zu Tode, daß ihnen die Mittel gestohlen sind.

Aber meine eigene Not ging endlich allem anderen vor, und das Hungertuch, an dem ich zu nagen hatte, rückte mir täglich näher, so daß sich nachgerade mein Herz verhärtete.

Einige Male fiel ich auf die Knie nieder und bat Gott, so gut ich es konnte, um Erlösung, ich muß aber gestehen, es war kein Vertrauen und keine Hoffnung bei meinem Gebet. Ich wußte nichts anzufangen, nach außen hin hatte ich große Furcht und im Inneren war lauter Finsternis. Der böse Ratgeber, den ich im Herzen hatte, trieb mich immer wieder an, meiner Not durch die allerschlimmsten Mittel abzuhelfen.

Ein anderes Mal ging ich am hellen Tag aus, wanderte umher, ohne zu wissen wohin. Als ich durch die Aldersgatestraße ging, begegnete mir ein artiges kleines Mädchen, das in einer Gesellschaft gewesen sein mochte und nun allein nach Hause ging. Ich redete sie an, und sie gab mir höflich Bescheid. Ich nahm sie bei der Hand und führte sie so lange umher, bis sie sagte, daß dies nicht der richtige Weg für sie sei.

O doch, mein liebes Kind, antwortete ich, ich will dir den Weg zeigen! Das Mädchen hatte aber eine Schnur goldener Perlen um den Hals, nach diesen stand mir der Sinn. In einem finsteren Gang bückte ich mich, als wollte ich dem Kind die Schuhe festmachen, die aufgegangen wären, nahm ihr dabei aber die Halskette so sachte ab, daß sie es nicht merkte, sondern immer weiter mit mir ging. Ich kehrte danach mit dem Kind um und hieß es wieder zurückgehen, weil dies wirklich nicht der rechte Weg nach ihrem Haus wäre. Das Kind gehorchte mir auch und ging seiner Weg.

Die eben erzählte Tat hinterließ bei mir kein Reuegefühl, da ich dem Kind kein Leid zugefügt hatte, ich war sogar der Meinung, ich hätte den Eltern damit einen guten Verweis erteilt wegen ihrer Nachlässigkeit, damit sie zukünftig das arme Kind nicht so allein laufen lassen, sondern besser auf die Kleine acht geben sollten.

Diese goldene Perlenschnur war 12 bis 14 Pfund wert. Ich glaube, sie gehörte der Mutter, denn sie war dem Kind zu weit. Da jene aber den Hochmut hatte, daß ihre Tochter auf dem Tanzboden prunken sollte, so hatte sie ihr vielleicht deswegen die Kette umgetan. Ohne Zweifel hatte das Kind auch wohl eine Magd bei sich gehabt, die aber, wie es gewöhnlich geschieht, vielleicht einem Kerl nachgelaufen war und das Jüngferchen im Stich gelassen hatte, so daß es mir in die Hände fiel.

Eines Abends fiel eine Sache für mich besonders glücklich aus. Ich ging in der Dämmerung durch die Lombardstraße, wo der Hof zu den drei Königen ist. Da lief ein Kerl wie der Blitz an mir vorbei und warf ein Päckchen, das er in der Hand hatte, hinter mir weg, als ich an dem Eckhaus auf die Seite getreten war. Als er es hinwarf, rief er: Glück zu, Jungfer, laßt es dort einige Zeit liegen! Dann lief er davon. Ihm folgten zwei andere und gleich darauf ein junger Bursche, der ohne Hut war, und schrie: Haltet den Dieb!

Das Volk verfolgte die beiden letzten so lange, bis sie das Geraubte fallen ließen, und der eine wurde noch dazu eingefangen, während der andere entwischte.

Ich stand die ganze Zeit über unbeweglich, bis der Schwarm wieder zurückkam und den einen Kerl samt der Beute daherschleppte, worüber sie alle froh waren und an mir vorbei gingen, denn ich sah aus wie eine, die nur aus dem Weg gegangen war, um ihnen Platz zu machen.

Einige Male fragte ich, was es gäbe. Aber niemand antwortete mir, und ich forschte auch nicht weiter nach. Als aber der Tumult vorbei war, nahm ich die Gelegenheit wahr, drehte mich um und hob das Päckchen, das hinter mir lag, auf. Danach ging ich fort. Hierbei war ich lange nicht so unruhig als bei meinen früheren Diebstählen, denn ich hatte die Sachen ja nicht gestohlen, obwohl sie mir als gestohlenes Gut in die Hände fielen. Ich kam mit meiner Ladung gut nach Hause, fand ein Stück schönen schwarzen Glanztaft und ein Stück Samt in dem Bündel. Das letztere war kein ganzes Stück, enthielt aber beinahe 50 Ellen. Es schien, als ob die Buben in einem Seidenladen tätig gewesen waren und ihn geplündert hatten. Ich sage geplündert, weil das Verlorene schon von solchem Wert war, und das Wiedergefundene wohl in sechs bis acht Stücken bestand. Wie sie eine solche Menge hatten erbeuten können, war mir unbegreiflich. Da ich aber nur den Dieb beraubt hatte, so hatte ich kein Bedenken, sondern war vielmehr froh, daß ich es bekommen hatte.

Ich spazierte fleißig auf den Dörfern herum, um zu sehen, ob es dort nichts für mich zu tun gäbe.

Als ich eines Tages an einem Haus unweit Stepney vorüberging, sah ich auf der Fensterbank zwei Ringe liegen, einen Diamantring und einen einfachen goldenen, die zweifellos eine Frau dorthin gelegt hatte, die mehr Geld als Vorsicht besaß und sich vielleicht nur die Hände wusch.

Ich ging verschiedene Male an dem Fenster vorbei, um zu sehen, ob wohl jemand in der Stube wäre. Obgleich

ich niemanden sah, war ich doch nicht sicher. Es fiel mir ein, ich könnte mit dem Finger an das Fenster klopfen, alsdann würde gewiß jemand erscheinen, wenn man's hören würde. Kam nun jemand, so wollte ich sagen, sie möchten doch die Ringe wegnehmen, denn ich hätte ein paar verdächtige Kerle gesehen, die sie stehlen wollten. Dies war ein guter Einfall: Ich klopfte ein paarmal an, es kam aber niemand. Da schlug ich stärker gegen die Scheibe, daß sie zerbrach und nahm die Ringe fort.

Nun wußte ich nicht, wo ich meine gestohlenen Sachen anbringen oder verkaufen sollte, besonders die beiden Stücke Seidenwaren, weil ich sie nicht gern unter ihrem Wert verhandeln wollte. So geht's allen unglücklichen Dieben, wenn sie, mit der größten Lebensgefahr vielleicht, ein Ding gestohlen haben, das Wert hat, so sind sie doch gezwungen, es zu einem Spottpreis zu verkaufen. Ich nahm mir aber vor, dies nicht zu tun, es koste, was es wolle. Indes wußte ich doch nicht, wie ich es anstellen sollte. Zuletzt fiel mir meine alte Hofmeisterin ein, und ich entschloß mich, die frühere Bekanntschaft zu erneuern. Die fünf Pfund für meinen kleinen Sohn hatte ich ihr alle Jahre bezahlt, solange ich Vermögen hatte, mußte es aber unterlassen, als es mit mir zurückging. Ich hatte ihr aber geschrieben, daß sich meine Lage verschlimmert und daß ich meinen Mann verloren hätte, daß ich also nicht länger zahlen könnte und bäte, sie möchte doch das arme Kind der Mutter Unglück nicht entgelten lassen.

Ich besuchte sie nun und fand, daß sie zwar ihr altes Handwerk noch betrieb, daß es aber nicht mehr so einträglich war wie früher, denn es hatte sie ein gewisser Mann belangen lassen, dem seine Tochter entführt worden, wobei sie wohl geholfen hatte, und sie war gerade noch knapp davon gekommen. Die Kosten des Prozesses hatten sie geschädigt, ihr Haus war nur schlecht bestellt, und ihr Handwerk hatte nicht mehr den früheren guten Ruf. Doch sie litt keine Not, denn da sie eine rührige Frau war und noch einen kleinen Vorrat im Hinterhalt hatte, lieh sie Geld auf Pfänder und kam ziemlich gut dabei zurecht.

Sie empfing mich sehr freundlich und sagte mit Verbindlichkeit, sie halte deswegen nicht weniger von mir, obgleich ich so zurückgekommen wäre. Dank ihrer Fürsorge leide mein Sohn keinen Mangel, trotzdem ich nicht mehr für ihn bezahlt hätte, die Frau, die ihn groß zöge, sei ganz zufrieden und ich sollte mich um ihn nur nicht bekümmern, ich würde schon instand kommen, ihm meine Sorgfalt zukommen zu lassen.

Ich sagte, es sei mir wenig Geld übrig geblieben, ich

hätte aber noch Sachen, die Wert hätten, wenn ich nur wüßte, wo ich sie verkaufen könnte.

Sie fragte mich, was es sei.

Ich zeigte ihr die goldenen Perlen und sagte, es sei ein Geschenk von meinem seligen Mann. Danach zeigte ich ihr auch die beiden Stücke Seidenzeug und gab vor, ich hätte sie mir aus Irland mitgebracht. Es kam auch noch der kleine Diamantring zum Vorschein, das Silberzeug hatte ich schon selbst angebracht, und das Kindbettzeug wollte sie für sich behalten, denn sie glaubte, es sei mein eigenes. Sie sagte mir, daß sie Geld auf Pfänder leihe und die Sachen für mich verkaufen wolle, als ob sie bei ihr versetzt und verfallen wären. Sie ließ sogleich einige von ihren Abnehmern holen, welche es ihr gleich aus der Hand abkauften und auch ziemlich gut bezahlten.

Ich dachte nun, diese Frau könnte mir bei meinem elenden Zustand etwas Arbeit verschaffen, allein mit ehrlicher Arbeit hatte sie nichts zu tun. Wäre ich jünger gewesen, so hätte sie mir vielleicht helfen können, aber meine Gedanken waren von diesen Dingen gänzlich abgewandt, zumal ich bereits 50 Jahre auf dem Buckel hatte, so war in diesem Geschäft nichts mehr zu verdienen.

Endlich bat sie mich, zu ihr zu kommen und so lange bei ihr zu wohnen, bis ich etwas zu arbeiten finden würde, und versprach mir, ich sollte bei ihr so billig wie nur möglich leben. Dies nahm ich mit Dank an und brachte es mit ihrem Beistand dahin, daß mir auch der kleine Knabe, den ich von meinem letzten Mann gehabt, gegen eine jährliche Bezahlung von fünf Pfund, falls ich imstande wäre sie zu bezahlen, abgenommen wurde. Dies war mir eine so große Erleichterung, daß ich eine Zeitlang wünschte, mein gottloses Handwerk an den Nagel zu hängen und gern mit meinen Händen etwas Gutes gewirkt hätte, doch aus Mangel an Bekanntschaft war es unmöglich.

Eines Abends ging ich bei einer Schenke vorüber und sah, daß die Tür eines kleinen Stübchens nahe der Straße offen war, auch daß eine silberne Kanne auf dem Tisch stand, wie es zu der Zeit in den Wirtshäusern sehr gebräuchlich war. Es schien, als wären Gäste dagewesen, und der liederliche Junge hätte die Kanne stehen lassen. Ich ging in das Stübchen, versteckte die silberne Kanne in einer Ecke auf der Bank und setzte mich davor hin, daß man sie nicht sehen konnte. Als ich nun mit dem Fuß geklopft hatte, kam der Junge, dem ich befahl mir Warmbier zu bringen, denn es war kaltes Wetter; der Junge lief hin, und ich hörte ihn die Kellertreppe hinuntersteigen, um Bier zu zapfen. Als er fort war, kam ein anderer und fragte, ob ich gerufen hätte.

Ich sagte, man hole mir schon, was ich verlangt hätte.
Ich trank mein Bier aus, bezahlte, packte die Kanne ein und sagte dem Jungen, als ich fortging, er solle sein Silberzeug wohl in acht nehmen, womit ich das silberne Krüglein meinte, aus dem ich getrunken hatte.
Der Junge sprach: Ja, ja, Madame, besucht uns nur bald wieder, und damit ging ich meiner Wege.
Als ich nach Hause zu meiner Hofmeisterin kam, dachte ich, es sei nun an der Zeit, sie auf die Probe zu stellen, damit ich, wenn es mir einmal mißglücken sollte, einen guten Rückhalt an ihr hätte. Als ich ihr zu verstehen gab, ich hätte ein Geheimnis von der größten Wichtigkeit auf dem Herzen, welches ich ihr anvertrauen wollte, wenn sie verschwiegen wäre, sagte sie:
Eines von meinen Geheimnissen hätte sie treulich verschwiegen, warum sollte sie es mit dem anderen nicht ebenso halten?
Ich sagte ihr darauf, mir sei wider meinen Willen das seltsamste von der Welt begegnet, und erzählte ihr darauf die ganze Begebenheit mit der Kanne.
Habt ihr sie denn mitgebracht, fragte sie.
Ja, sagte ich, und zeigte sie ihr; aber was soll ich anfangen, muß ich sie wieder hinbringen?
Wieder hinbringen? sagte sie, ja, wenn ihr Lust habt, nach Newgate zu wandern.

O, sagte ich, sie werden mich doch nicht anhalten, wenn ich die Kanne zurückbringe.
Mein gutes Kind, sprach sie, ihr kennt die Menschen nicht, sie werden euch nicht nur nach Newgate bringen, sondern sie werden euch ohne Gnade henken lassen und jede gestohlene Kanne auf eure Rechnung setzen. Da ihr die Kanne so geschickt gestohlen habt, müßt ihr sie auch behalten, da ist nichts anderes zu tun, zumal da ihr sie nötiger brauchen könnt als jene. Ich wünschte, daß ihr solchen Fang jede Woche einmal machen könntet.
Da wurde mir klar, daß meine alte Hofmeisterin, seitdem sie Geld auf Pfänder lieh, gewisse Leute um sich hatte, die nicht so ehrlich waren wie die, welche ich früher bei ihr gesehen hatte.
Es dauerte nicht lange, so kam ich völlig hinter ihre Schliche. Denn ich sah von Zeit zu Zeit silberne Gefäße, Löffel, Gabeln, Kannen und dergleichen Sachen mehr, die nicht als Pfänder, sondern zum Verkauf hingebracht wurden. Sie aber erhandelte alles, ohne zu fragen, woher es käme.
Bei diesem Geschäft war sie auch so vorsichtig, alles gekaufte Silberzeug einzuschmelzen, damit man es nicht erkennen und keinen Anspruch mehr darauf erheben konnte. Einmal kam sie zu mir und sagte, sie wolle schmelzen, und wenn ich wollte, so könnte ich meine

Kanne auch umgießen lassen, damit sie niemand mehr zu sehen bekäme. Ich war hierzu bereit, und wir wogen die Kanne; sie gab mir das volle Gewicht an Silber, obgleich sie mit ihren anderen Kunden nicht so verfuhr.

Ich erinnere mich noch, daß ich eines Tages etwas still war und bei mir überlegte, wie ich nunmehr ein gutes Stück Kapital vor mich gebracht hätte, und beinahe 200 Pfund bares Geld besäße, wie mich zwar anfangs die Armut verführt, wie aber nun meine Lage besser wäre, und ich durch meiner Hände Arbeit so viel verdienen könnte, als zu meinem Unterhalt nötig wäre, und wie mich nun nichts mehr triebe zu stehlen. Bis jetzt sei es immer gut abgelaufen, aber es würde wohl nicht immer so gut ausgehen, sondern wenn man mich einmal erwischte, würde es um mich geschehen sein.

Allein mein Schicksal wollte es anders haben, und der emsige Teufel, der mich verführt hatte, hielt mich gar fest in seinen Klauen. Die Armut hatte mich hineingebracht, jetzt hielt mich der Geiz in diesem unglücklichen Zustand fest, so daß ich nicht mehr zurück konnte. Alle guten Gründe, die mir die Vernunft an die Hand gab, daß ich das Handwerk niederlegen sollte, wurden von dem Geiz über den Haufen geworfen, der mir eingab: Fahre nur damit fort, du hast bisher immer Glück gehabt, fahre fort, bis du 400 bis 500 Pfund zusammen hast, dann höre auf, dann kannst du in Ruhe leben, ohne an Arbeit denken zu müssen.

Diese Gedanken bewirkten bei mir wenigstens so viel, daß ich vorsichtiger zu Werke ging, besonders beim Plündern der Krambuden, wo oft rechte Argusaugen anzutreffen waren. Ein paarmal sprach ich bei den Spitzenhändlern und Galanteriewarenkrämern vor und brachte ein Stück Spitze, etwa sechs oder sieben Pfund wert, als Beute heim, aber das geschah nur einmal, es war ein Griff, der sich nicht zweimal machen ließ.

So oft ich von einem neuen Laden hörte, war ich meiner Sache sicher, besonders, wenn es solche Krämer waren, die den Handel nicht verstanden oder die nie in dergleichen Geschäften gewesen waren.

Ich tat dann noch ein paar Gänge, aber sie brachten mir nicht viel ein. Es wollte lange Zeit nichts glücken, und ich dachte, das beste würde sein, ein für allemal aufzuhören, doch meine Hofmeisterin, die nicht Willens war, mich zu verlieren, weil sie noch große Dinge von mir erwartete, brachte mich einmal in die Gesellschaft einer jungen Frau, die einen Kerl bei sich hatte, der ihr Mann sein sollte, obwohl ich hinterher erfuhr, daß sie keine Eheleute, sondern Diebesgenossen waren, die zusammen stahlen, zusammen schliefen, zusammen ins Loch mußten und auch zusammen an den Galgen gehenkt wurden.

Ich geriet in ein gewisses Bündnis mit diesen beiden Galgenvögeln durch die Vermittlung meiner Hofmeisterin, und ich wagte dann und wann einen Gang mit ihnen, sah aber bald, daß sie die Sache zu grob machten und kein Fortkommen dabei haben konnten, es sei denn durch ihre aufgelegte Unverschämtheit und durch die sträfliche Nachlässigkeit anderer Leute. Ich entschloß mich, mich ihnen nur selten und mit der größten Vorsicht anzuschließen. Ja, wenn sie mir zwei oder drei Vorschläge machten, nahm ich oft keinen davon an, sondern redete sie ihnen aus.

Einmal hatten sie sich vorgenommen, einem Uhrmacher drei goldene Uhren auf einmal wegzunehmen. Sie hatten am Tag vorher genau gesehen, wo er sie hingelegt hatte. Einer von ihnen verfügte über so viele Schlüssel, daß er nicht zweifelte, das Schloß damit öffnen zu können, wo die Uhren lagen. Als ich aber das Ding bei Licht besah, war es auf einen regelrechten Einbruch abgesehen, wofür ich mich bedankte und sie allein gehen ließ. Sie kamen mit Gewalt ins Haus hinein, erbrachen den Ort, wo die Uhren lagen, fanden aber nur eine goldene und eine silberne, die sie zu sich steckten und glücklich aus dem Haus brachten. Indes die Leute im Hause hatten Unrat gemerkt und riefen: Diebe! Diebe!, worauf der Kerl zuerst, die Frau aber, als sie schon weit fort war, ergriffen wurde, und auch das Gestohlene bei ihr gefunden wurde. Dies war meine zweite Warnung, denn sie mußten beide hängen, weil sie, obwohl noch jung an Jahren, doch alt an Verbrechen und für den Galgen reif waren.

Nun wurde ich noch vorsichtiger als zuvor, bekam aber einen neuen Versucher in meiner alten Hofmeisterin, die mir beständig in den Ohren lag. Sie führte mich gleichsam mit der Hand zu jedem Schelmenstück hin, gab mir so guten Unterricht, daß ich dadurch zur geschicktesten Diebin meiner Zeit wurde und mich so gewandt aus aller Gefahr zu winden wußte, daß ich, während meine Kameraden nach kaum halbjähriger Tätigkeit schon in Newgate saßen, beinahe fünf volle Jahre mein Gewerbe ausübte, ohne daß jemand in Newgate meinen rechten Namen wußte. Sie hatten zwar viel von mir gehört und hatten mich dort oft schon in einer eingelieferten Person vermutet, aber ich kam allemal davon, obgleich oft mit Lebensgefahr.

Jetzt scheute ich vor nichts mehr, bis ich in der Diebeszunft allzu bekannt wurde und mir einige, obwohl ich ihnen nichts getan hatte, vor lauter Neid gehässig gesinnt wurden, weil ich allemal so glücklich entkam, während sie es in Newgate ausbaden mußten. Diese waren es, die mir zuerst den Namen Moll Flanders beilegten, obwohl derselbe weder meinem richtigen noch einem von den falschen Namen, die ich mir beigelegt hatte, ähnlich war. Ich habe aber niemals erfahren können, bei welcher Gelegenheit und warum sie mir diesen Namen gegeben haben.

Ich bekam bald Wind davon, daß einige von den Newgate-Gästen geschworen hatten, mich zu verraten. Da ich nun wußte, daß einige unter ihnen mehr als genug Beweise hatten, wenn sie es tun wollten, wurde mir so angst, daß ich lange Zeit das Tageslicht mied. Aber meine Hofmeisterin, die mit mir Verlust und Gewinn teilte, wurde endlich ungeduldig über ein solch müßiges Leben, das ihr nichts einbrachte, und machte einen neuen Vorschlag, wie ich sicher ein- und ausgehen könne, nämlich, daß ich mich in Mannskleider stecken und es auf diese Art versuchen sollte.

Ich war sehr groß und ansehnlich, aber mein Gesicht war ein wenig zu glatt für einen Mann. Doch da ich mich selten fortwagte und nur in der Nacht, so ging es schon an. Es währte lange, bis ich mich an die neue Kleidung gewöhnte, und es war mir unmöglich, in der neuen Tracht, die der Natur entgegen war, so hurtig, geschwind und geschickt zu sein wie vorher. Ich machte alles tölpelhaft und hatte demnach weder den Erfolg noch die Leichtigkeit zu entwischen wie früher. Deswegen faßte ich den Entschluß, mich nicht mehr zu verkleiden, und

in meinem Entschluß wurde ich noch durch folgendes Ereignis bestärkt.
Als mich meine Hofmeisterin als Mann verkleidet hatte, gab sie mir auch einen Kerl zum Kameraden, einen jungen geschickten Burschen, mit dem ich es etwa drei Wochen zusammen trieb. Unsere Hauptbeschäftigung war, den Budenkrämern auf die Finger zu sehen und das, was etwa nachlässig hingelegt wäre, wegzufischen; wir hatten auch hierbei manchen guten Fang getan. Da wir nun fast immer zusammen waren, wurden wir sehr vertraut, jedoch er wußte es nicht anders, als daß ich wirklich ein Mann sei; ich ging auch verschiedene Male mit ihm in seine Behausung, wie es unsere Geschäfte erforderten, und schlief auch sogar vier oder fünf Nächte bei ihm. Aber wir hatten andere Dinge im Kopf, und es war höchst notwendig für mich, mein Geschlecht zu verbergen, wie man noch hören wird. Die Umstände unserer Tätigkeit, von der wir spät nach Hause kamen und die das Licht scheute, waren so beschaffen, daß ich mich unmöglich hätte weigern können, bei ihm zu liegen, es sei denn, ich hätte ihm mein Geschlecht offenbart, was mir aber nicht geraten schien.
Wir hatten verschiedentlich Beute gemacht, aber erst das letztemal lohnte es sich. Es war in einer Gasse ein Laden, welcher nach hinten einen Packraum hatte, der

auf die andere Straße hinausging, denn das Haus war ein Eckhaus.
Durch das Fenster des Packraums sahen wir fünf Stücke Seidenwaren nebst anderen Stoffen auf der Bank liegen, und obgleich es fast finster war, hatten doch die Kaufleute, die in dem vorderen Laden viel zu tun hatten, noch nicht die Fensterladen zugemacht oder es vielleicht vergessen.
Dies erfreute meinen jungen Kameraden so sehr, daß er nicht an sich halten konnte. Er sagte, es läge so nahe, daß er sie fortnehmen könne und schwor, daß er die Stücke Seide haben müsse, wenn er auch das ganze Haus niederreißen sollte. Ich riet davon ab, aber es half nichts; er ging darauf los, nahm sehr behende eine Fensterscheibe heraus, bekam vier Stück Seide und brachte sie zu mir, es entstand aber augenblicklich ein schreckliches Geräusch und ein großer Lärm. Ich hatte noch kein Stück von der Ware angefaßt, da sagte ich zu ihm in großer Hast, es würde ihn den Hals kosten. Er lief wie der Blitz davon, ich auch, wobei er aber heftiger verfolgt wurde als ich, da er die Waren hatte. Zwei Stücke davon ließ er im Laufen fallen, wodurch der Pöbel ein wenig aufgehalten wurde, allein dieser verstärkte sich immer mehr und verfolgte uns alle beide. Bald darauf kriegten sie ihn zu fassen mit den beiden Stücken und dann ging es hinter mir her. Ich

lief, was ich konnte, und erreichte mein Haus, doch hatten mich etliche mit den Augen so gut verfolgt, daß sie sahen, wo ich hineinlief, und dachten, sie könnten mich dort fangen. Da sie aber nicht gleich an die Tür klopften, sondern etwas warteten, hatte ich Zeit, die Mannskleider abzuwerfen und meine eigenen anzulegen, dabei hielt auch meine Hofmeisterin zunächst ihre Tür verschlossen, redete mit den Leuten aus dem Fenster und versicherte ihnen, es sei kein Mann in ihr Haus gekommen. Diese aber sagten ihr das Gegenteil auf den Kopf zu und schworen, daß sie die Tür aufbrechen wollten.
Meine Hofmeisterin war hierbei sehr gelassen und guten Mutes, redete mit den Leuten ganz gelinde und sagte, sie sollten nur hereinkommen und das ganze Haus durchsuchen, wenn sie erst einen Polizisten geholt hätten, damit niemand anderes hereinkäme, als den er für nötig erachtete, denn es würde wohl unbillig sein, die ganze Menge hereinzulassen. Hiergegen konnten sie nichts sagen, obwohl sie in großer Menge waren. Es wurde danach ein Polizist geholt, meine Hofmeisterin öffnete die Tür, welche der Polizist bewachte. Er ließ einige von den Leuten hineingehen, welche das Haus durchsuchten und von der Alten überall begleitet wurden. Als sie an meine Kammer kamen, rief mich die Alte und sagte mit lauter Stimme:

Frau Base, seid so gut und öffnet die Tür, hier sind einige Herren, die Haussuchung halten wollen.
Ich hatte ein kleines Mädchen bei mir, die Enkelin meiner Hofmeisterin, diese ließ ich die Tür öffnen. Ich saß bei der Arbeit, meine Sachen lagen unordentlich um mich her, als ob ich den ganzen Tag gearbeitet hätte. Ich war ausgezogen, hatte nur eine Nachtmütze auf dem Kopf und einen weiten Schlafrock umgeschlagen. Meine Hofmeisterin entschuldigte sich, daß sie mich gestört hätte, und sagte mir die Ursache, weswegen sie die Leute eingelassen hätte, damit sie sich nämlich selber überzeugen könnten, denn alles, was sie ihnen gesagt, hätte nichts geholfen.
Ich saß ruhig da und sagte, sie möchten nur getrost überall herumsuchen, denn wenn auch vielleicht jemand im Hause wäre, so wüßte ich doch gewiß, daß niemand in meine Kammer gekommen wäre. Was aber die übrigen Zimmer beträfe, so hätte ich darin nichts zu sagen, ich begriffe aber nicht, was sie dort finden wollten.
Es hatte alles bei mir einen so ehrlichen und unschuldigen Anschein, daß sie mir höflicher begegneten, als ich vermutet hatte, aber sie durchstöberten doch die Kammer auf das eingehendste, unter dem Bett, im Bett, allenthalben wurde nachgesucht. Als die Sucherei vorbei und niemand gefunden war, baten sie mich um Entschuldigung und gingen hinunter.

Nachdem sie nun das ganze Haus von unten bis oben und von oben bis unten fleißig durchsucht und nichts angetroffen hatten, stellten sie das Volk einigermaßen zufrieden, meine Hofmeisterin mußte aber noch mit zum Richter gehen, wo zwei Männer eidlich versicherten, daß sie einen Kerl, den sie verfolgt hätten, in ihrem Haus hätten verschwinden sehen. Die Alte gebrauchte ihr Mundwerk und machte viel Lärm: daß man ihr Haus so überlaufen und sie selbst dadurch beschimpft hätte, ohne die geringste Schuld bei ihr zu finden. Wäre der Kerl hineingekommen, so könnte er wohl wieder herausgekommen sein, sie aber sei bereit zu schwören, daß keine Mannsperson den ganzen Tag mit ihrem Wissen über ihre Schwelle getreten wäre, was sich ja auch so verhielt. Es könne sein, während sie oben gewesen sei, hätte jemand die Tür offen gefunden, und wäre aus Angst und um sich zu verbergen hineingelaufen, allein sie wisse nichts davon, und wenn dies geschehen sei, so müßte er gewiß wieder zur anderen Tür hinausgegangen sein, denn sie hätte eine Hintertür in ihrem Haus, die in ein kleines Gäßchen führe, und durch diese könnte der Kerl wohl entwischt sein.

Dies kam sehr glaubwürdig heraus, und der Richter nahm ihr den Eid ab, daß sie keinen Kerl in ihrem Haus empfangen oder hineingelassen hätte, um sich dort zu

verbergen oder ihn wider Recht und Billigkeit zu schützen oder zu verstecken. Dies konnte sie mit gutem Gewissen beschwören, sie tat es auch und wurde entlassen.
Mein armer Kamerad war inzwischen übel daran, denn sie brachten ihn zum Bürgermeister, der ihn nach Newgate schickte. Seine Kläger waren so bereit wie auch im Recht, ihm den Prozeß zu machen, daß sie sich sogar erboten, Bürgen zu stellen und bei nächster Gerichtsverhandlung zu erscheinen, um die Anklage gegen ihn zu beweisen.
Dessenungeachtet wurde die Sache aufgeschoben, weil er versprach, seine Helfershelfer zu entdecken, besonders aber den Kerl, welcher beim letzten Diebstahl beteiligt gewesen wäre, er tat auch sein Möglichstes und gab mich unter meinem Namen Gabriel Spender an, denn so hatte ich mich in seiner Gesellschaft genannt.
Hier sah ich nun, wie klug ich gehandelt hatte, mich vor ihm nicht zu entdecken, denn sonst wäre ich sicherlich verloren gewesen.
Er wandte alle Mühe an, diesen Gabriel Spender zu entdecken, er beschrieb meine Gestalt und den Ort, wo er glaubte, daß ich wohnte, ja, alle Umstände, auch die allerkleinsten, auf die er sich nur besinnen konnte, da ich ihm aber mein Gesicht verborgen hatte, so richtete er mit seinen Angaben nichts aus. Zwei oder drei Familien

wurden deswegen in Unruhe gebracht, weil er vermeinte, mich dort zu finden, allein diese wußten weiter nichts von der Sache, als daß sie einen Kerl bei ihm gesehen hatten, und das war alles.
Das war nun um so schlimmer für ihn, denn da er versprochen hatte, seinen Mitschuldigen zu entdecken und es nun nicht bewerkstelligen konnte, wurde es nur als ein Vorwand angesehen, und seine Ankläger waren um so eifriger hinter ihm her.
Es war mir doch nicht ganz wohl bei der Sache, vielmehr schrecklich angst. Damit ich nun weniger zu befürchten hätte, machte ich mich für eine Weile aus dem Staub und verließ meine Hofmeisterin. Allein ich lebte noch immer in großer Furcht, denn ich hatte keine Zuflucht, keine Vertraute, keinen Freund als meine alte Hofmeisterin, und ich wußte kein anderes Mittel als mein Leben in ihre Hand zu geben. Ich tat es auch und ließ sie wissen, wo ich mich aufhielt, empfing auch verschiedene Briefe von ihr. Einige von diesen Briefen jagten mir großen Schrecken ein, doch zuletzt bekam ich von ihr die fröhliche Nachricht, daß der Kerl gehenkt worden sei, was mir sehr angenehm zu hören war.
Ich kam wieder lustig in London an und fand meine Hofmeisterin ebenso vergnügt. Sie wollte mir, sagte sie, nie wieder einen Kameraden bringen, denn ich hätte

doch das meiste Glück, wenn ich es für mich allein wagte. Und es verhielt sich auch so, zumal ich selten in Gefahr geriet, wenn ich allein war, oder wenn es doch einmal brannte, so wußte ich mich allein allemal besser herauszuwinden, als wenn ich Leute bei mir hatte, die vielleicht weniger Vorsicht und mehr Ungeduld gehabt hatten als ich.

Ich verlor noch eine andere Gehilfin, deren Untergang mir sehr zu Herzen ging, so daß es lange dauerte, bis ich sie vergessen hatte. Die ganze Sache ging so zu: Ich hatte aus einem Laden ein Stück Damast entwendet und kam glücklich damit fort, gab es aber meiner Gefährtin beim Herausgehen aus dem Laden und nahm einen ganz anderen Weg. Wir hatten uns noch nicht lange getrennt, als der Kaufmann seinen Damast vermißte und seine Leute ausschickte, den einen hierhin, den anderen dorthin. Diese trafen die Frau bald an, die den Damast trug, und hielten sie fest. Ich war zu meinem Glück in ein Haus getreten, in dessen erstem Stock ein Spitzenladen war, dort hatte ich das Vergnügen oder besser den Schreck, die arme Person durch das Fenster zu sehen, wie man sie zum Richter schleppte, der sie auch sogleich nach Newgate schickte.

Ich sah mich wohl vor, daß ich in dem Spitzenladen nichts anfaßte, ließ mir aber alles zeigen, um Zeit zu gewinnen. Zuletzt kaufte ich einige Ellen schmaler Spitze, bezahlte sie und ging schweren Herzens fort, denn das arme Weib mußte auslöffeln, was ich eingebrockt hatte. Hier hatte ich es nun wieder meiner alten Vorsicht zu danken, daß es nicht über mich herging. Denn obgleich ich mit diesen Leuten oft auf einen Fang ausging, so gab ich mich ihnen doch niemals zu erkennen, sie konnten auch meine Wohnung nicht entdecken, trotzdem sie mich oft belauerten. Sie kannten mich alle nur unter dem Namen Moll Flanders, viele unter ihnen glaubten auch, daß ich so hieße, wußten es aber doch nicht gewiß. Dieser Name war in jedermanns Munde, aber niemand wußte mich zu finden oder meine Wohnung zu erraten, ob sie im Osten oder Westen der Stadt läge. Und dieser Vorsicht hatte ich mein Leben bei vielen Gelegenheiten zu danken.

Ich hielt mich ganz zurück wegen dieses letzten Vorfalls, denn ich wußte, wenn mir das geringste mißglücken und ich ins Gefängnis kommen sollte, wo das besagte Weib zugegen sein würde, so würde sie mich sofort verraten, um ihr Leben durch meinen Tod zu retten. Wäre ich nun den Häschern einmal in die Hände gefallen, so wären sie wohl mit mir wie mit einer alten Missetäterin verfahren. Deshalb wurde ich bei mir zuletzt schlüssig, keinen Fuß aus dem Haus zu setzen, ehe ich nicht wußte, wie es mit

dem armen Weib abgelaufen wäre. Inzwischen ließ ich ihr heimlich zum Trost etwas Geld zustecken.
Endlich wurde sie verhört und sagte aus, sie habe die Sachen nicht gestohlen, sondern eine gewisse Frau, die man Moll Flanders nenne, welche sie aber weiter auch nicht kenne, habe ihr das Stück Damast zugesteckt, als sie aus dem Laden gekommen sei, und habe ihr gesagt, sie solle es nach Hause tragen.
Sie wurde gefragt, wo denn diese Moll Flanders sei. Allein, sie konnte darüber nichts angeben.
Der Verkäufer aus dem Seidenladen schwor, daß sie im Laden gewesen wäre, als der Damast gestohlen wurde, daß man das Stück im Augenblick vermißt, sie verfolgt und es auch bei ihr gefunden habe. Hierauf wurde sie von den Geschworenen für schuldig erkannt, allein das Gericht zog in Erwägung, daß sie wohl die Person nicht sei, die den Damast gestohlen habe, aber daß es ihr wohl nicht möglich wäre, die Moll Flanders ans Licht zu bringen, obwohl sie sich dadurch hätte retten können. Deswegen wurde sie des Landes verwiesen, was das mildeste Urteil war, und es wurde ihr sogar dabei gesagt, daß wenn sie während der Zeit die Moll Flanders aufspüren und zu ihrer Verhaftung helfen könnte, es wollte man ihr Gnade widerfahren lassen; das heißt soviel, wenn sie mich ausfindig machen und an den Galgen bringen könnte, so

sollte sie nicht verbannt werden. Ich trug nun Sorge, daß ihr dies unmöglich gelingen konnte, und sie wurde bald darauf zu Schiff nach Westindien gebracht.
Ich muß aber sagen, daß mich dieses arme Weib sehr jammerte und ich mir viele Gedanken darüber machte, zumal ich wirklich die Schuld an ihrem Unglück trug. Allein, die Sorge um mein eigenes Leben ging vor, und da ich sah, daß sie noch gnädig genug davonkam, gab ich mich endlich zufrieden, zumal sie nun so weit fort war und mir nun nicht mehr schaden konnte.
Nun war ich ziemlich ruhig und hatte keine Furcht mehr, daß mich jemand verraten könnte, zumal diejenigen, mit denen ich zu tun gehabt hatte, oder die mich unter dem Namen Moll Flanders kannten, entweder gehenkt oder verschickt waren. Wenn ich nun auch so unglücklich sein sollte, daß man mich erwischte, so mochte ich mich nennen, wie ich wollte, ohne zu befürchten, daß mir die geringste alte Missetat in die Schuhe geschoben würde. Also ging ich wieder von neuem aus, aber mit größerer Vorsicht.
Es kam nun die lustigste Zeit des Jahres, und der Bartholomäusmarkt ging an. Ich begab mich nach den Klostergärten und geriet in eine Bude, wo gewürfelt wurde. Ich fand hier wenig zu tun, allein, es kam ein vornehmer Herr, der die Augen auf mich warf und mit mir ein Ge-

spräch anfing, wie es in solchen Buden gewöhnlich ist. Zuerst sagte er mir, er wolle für mich setzen, und ich sollte werfen, ich gewann auch, ich glaube, einen Federmuff, und den schenkte er mir. Hierauf unterhielt er sich weiter mit mir, aber alles ging höflich zu, wie es unter vornehmen Leuten bräuchlich ist.

Er hielt mich so lange im Gespräch fest, bis er mich aus der Bude gezogen und zu einem Spaziergang nach den Klostergärten beredet hatte. Dort gab er mir zu verstehen, es gefiele ihm meine Gesellschaft so gut, daß er mich bäte, etwas mit ihm in seiner Kutsche umherzufahren. Er sagte mir ferner, daß er ein ehrenhafter Mann sei, der mir nichts Ungehöriges zumuten wolle. Ich stellte mich eine Weile spröde und ließ mich ein wenig bitten, dann tat ich endlich seinen Willen.

Zuerst wußte ich nicht, was ich aus diesem Herrn machen sollte und was er mit mir im Sinn hätte, doch merkte ich bald, daß er etwas im Kopf hatte und gern noch mehr trinken wollte. Er führte mich in den Spring-Garten, wo wir spazieren gingen und uns gut bewirten ließen. Ich merkte, daß er stark trank und mich nötigen wollte, das gleiche zu tun, ich schlug es aber ab.

Bis jetzt hatte er Wort gehalten und nichts Unbilliges von mir verlangt. Wir fuhren um zehn Uhr wieder fort und die Straßen auf und ab, bis er vor einem Haus, wo er bekannt sein mußte, still halten ließ. Sobald wir ausgestiegen, brachte er mich die Treppen hinauf in eine Schlafkammer. Ich stellte mich erst, als ob ich nicht gern hinaufginge, doch nach einer kurzen Überredung ließ ich es mir gefallen und war wirklich neugierig, das Ende von dieser Komödie zu sehen, in der Hoffnung, einen Vorteil für mich dabei herauszuschlagen. Denn was das Bett und die übrigen Dinge betraf, darum bekümmerte ich mich nicht viel.

Dann fing er an, ein wenig freier mit mir umzugehen, als er mir versprochen hatte, und ich gab immer mehr nach, bis er zuletzt machte, was er wollte. Hierbei ließ er das Glas nicht aus der Hand, er soff, daß es nur so eine Art hatte, und etwa um ein Uhr nach Mitternacht setzten wir uns wieder in den Wagen. Die Luft und das Rütteln der Kutsche bewirkten, daß ihm der Wein vollends zu Kopf stieg, er wurde mir lästig, da er das Spiel wieder beginnen wollte, wo er aufgehört hatte, aber da ich meinen Fang nunmehr für gewiß hielt, leistete ich ihm Widerstand und brachte ihn ein wenig zur Ruhe, so daß er nach fünf Minuten einschlief.

Ich benutzte die Gelegenheit, ihn aufs genaueste zu untersuchen. Seine goldene Uhr samt einem seidenen Beutel mit Gold, die große schöne Perücke, die Handschuhe mit silbernen Fransen, den Degen und die kostbare Tabaksdose, das alles packte ich zusammen, öffnete den Schlag des Wagens ganz behutsam und hielt mich bereit, im Fahren herauszuspringen. Der Wagen wurde in einer engen Gasse aufgehalten, und diese Zeit nahm ich wahr, stieg aus, machte den Schlag wieder zu und ließ meinen Herrn samt dem Kutscher fahren, wohin sie wollten.

Dies war gewiß ein unverhoffter Zufall, an den ich nicht gedacht hatte. Doch war mir die Lust noch nicht so ganz vergangen, daß ich nicht hätte wissen sollen, wie ich mich dabei benehmen müsse, wenn es einem blöden Stutzer gefiele, eine alte Frau für eine junge zu halten. Ich sah in der Tat wohl zehn oder zwölf Jahre jünger aus als ich war. Doch konnte man mich immerhin von einem siebzehnjährigen Mädchen wohl unterscheiden. Nichts in der Welt ist so abgeschmackt, so widerlich und so lächerlich als ein Mann, den der Wein erhitzt hat und der neben einer unbezähmbaren Begierde auch noch einen schlechten Geschmack hat. Er ist zugleich von zwei Teufeln besessen und kann sich mit der Vernunft so wenig raten, wie eine Mühle ohne Wasser mahlen kann. Seine Sinne sind von übermäßiger Begierde verblendet, und er begeht Torheiten, die er selber sieht. Je besoffener er schon ist, desto mehr will er trinken, dann hängt er sich an ein gemeines Straßenfrauenzimmer, ohne zu untersuchen, ob sie gesund oder ansteckend, rein oder unrein, ob sie schön oder häßlich, alt oder jung ist. Ein solcher Mann ist schlimmer als ein Mondsüchtiger, er weiß nicht, was er tut, wie mein armer Tropf auch von nichts wußte, als ich ihm die Taschen leerte und samt der Uhr auch die Geldbörse einsteckte.

Von diesen Leuten sagt Salomo: Sie werden wie Ochsen zur Schlachtbank geführt, bis ihnen ein Pfeil die Leber spaltet, in welchen Worten, beiläufig erwähnt, eine vortreffliche Beschreibung der furchtbaren Krankheit enthalten ist, die nichts anderes ist als eine giftige tödliche Seuche, die sich mit dem Blut vermischt, dessen Mittelpunkt die Leber ist. Durch den schnellen Umlauf des Blutes geht sofort der ganze ekelhafte, greuliche Stoff durch die Leber, steckt das Blut an und ersticht die Lebensgeister wie mit einem Pfeil.

Solche Gefahr lief mein unbesonnener Galan nicht bei mir, vielmehr hatte ich mich anfangs davor gefürchtet, was ich vielleicht von ihm auflesen konnte. Es schien ein guter Mensch zu sein, ein Kavalier, der nichts Arges an sich hatte, ein verständiger Mann, der sich gut zu benehmen verstand, ansehnlich von Gestalt, von sittsamer und gesetzter Person, schön von Gesicht und auch sonst in allen Stücken angenehm. Sein Unglück war, daß er den Abend vorher einen starken Rausch gehabt und nicht ins Bett gekommen war, wie er mir erzählte, nun war er hitzig und sein Blut wurde aufs neue vom Wein entzündet, so daß die Vernunft bei ihm eingeschlafen, ja, gleichsam abgetötet war.

Was mich betraf, so trachtete ich nur nach seinem Geld und nach dem, was ich sonst von ihm bekommen konnte. Zunächst hätte ich ihn gern, wäre es möglich gewesen, unberührt nach Hause schicken mögen, weil er zweifellos Frau und Kinder hatte, die seinetwegen in tausend Sorgen waren und ihn gern bei sich gehabt hätten, seiner zu warten und ihn zu pflegen, bis er wieder zu sich selbst gekommen wäre. Mit welcher Scham und Reue würde er sich nun betrachten: Daß er sich mit einer gemeinen Hure abgegeben, die er in dem ärgsten Kellerloch unter allem Gesindel der Stadt ausgesucht hatte! Wie würde er zittern, aus Furcht, daß ihm ein Pfeil die Leber gespalten, und wie würde er sich selbst hassen, so oft er an die Unsinnigkeit seiner viehischen Lust zurück dächte! Wie würde ihm davor grauen, daß er auf seine ehrliche, tugendhafte Frau etwas Schlimmes übertragen und dadurch seine ganze Nachkommenschaft anstecken könnte.

Wenn solche Herren nur bedenken wollten, wie verächtlich sie von der Person selbst angesehen werden, mit der sie ihre Lust gebüßt haben, so würde sie ihnen nie wieder ankommen. Denn solche Weiber schätzen die Lust gering, sie haben nicht die Neigung zum Mann, sondern die Gier nach Geld, im übrigen verhalten sie sich ganz träge. Wenn ihn nun seine schändliche Lust gleichsam trunken gemacht hat, so wühlen sie mit ihren Händen in seinen Taschen und nehmen heraus, was sie finden, und das merkt er ebensowenig in diesem Augenblick, als er voraussehen kann, wohin ihn die Begierde treibt.

Ich habe eine Frau gekannt, die darauf so abgerichtet war, daß sie einem Mann, der es nicht besser verdiente, diese Posse spielte und ihm, während er sich mit ihr abgab, nicht nur eine Börse mit 20 Guineen aus der Brusttasche stibitzte, wohin er das Geld aus Furcht vor ihr gesteckt hatte, sondern noch dazu eine andere Börse anstatt der seinigen mit vergoldeten Spielmarken hineinsteckte. Als er seine Lust befriedigt, fragte er sie, ob sie ihm nun nicht die Taschen ausgeräumt hätte.

Sie nahm es scherzend auf und sagte, er hätte nicht viel darin gehabt.

Er legte die Hand an die Brusttasche und fühlte mit den Fingern, daß die Börse da war, was ihn gänzlich zufrieden stellte. Das Weib ging indes mit dem Geld davon und machte ein rechtes Gewerbe daraus, denn sie war allzeit mit einer falschen vergoldeten Uhr und mit einer Börse voll Spielmarken versehen, die sie bei solchen Gelegenheiten glücklich anzubringen wußte.

Mit meiner letzten Beute kam ich endlich nach Hause, und als meine Hofmeisterin die Geschichte hörte, mußte sie so sehr lachen, daß ihr die Tränen in die Augen kamen beim Gedanken daran, daß ein solcher Herr in sein Verderben gerannt war, der nur ein Glas Wein zuviel getrunken hatte.

Allein sonst war sie mit dem Handel wohl zufrieden, weil wir recht viel dabei gewonnen hatten. Und wer weiß, sagte sie, ob ihn dieser Zufall nicht weiser machen wird als alle Predigten, die er seiner Lebtage gehört hat. Es verhielt sich auch so, wie die Folge zeigen wird.

Am nächsten Tage war meine Alte sehr eifrig beschäftigt diesen Herrn ausfindig zu machen. Die Beschreibung, die ich ihr von seiner Kleidung, seiner Person, seinem Aussehen machte, brachte sie auf die Spur; sie schwieg eine Weile, dann sagte sie, sie wolle hundert Pfund wetten, wenn es nicht der und der sei.

Es sollte mir leid tun, sprach ich, wenn die Sache ans Licht käme. Es ist ihm bereits Unrecht genug geschehen, ich möchte nicht die Ursache sein, daß ihm noch mehr widerführe.

Nein, nein, antwortete sie, ich will ihm nichts tun, aber laßt mir nur meinen Willen, wenn es der ist, den ich meine, so will ich ihn schon ausfindig machen.

Sie fing die Sache auf andere Art an, ohne mir etwas davon zu sagen, und war entschlossen, hinter das Geheimnis zu kommen. Danach begab sie sich zu einer Bekannten, die in dem Haus aus- und einging, auf das ihre Gedanken gerichtet waren, sagte ihr, sie hätte etwas Besonderes an den Herrn des Hauses zu bestellen, welcher ein Baron von vornehmer Herkunft war, wüßte aber nicht, wie sie es anstellen sollte, es wäre denn, daß sie von jemandem eingeführt würde. Die Freundin versprach ihr, daß sie es tun wolle, ging auch alsbald hin und erkundigte sich, ob der Herr in der Stadt sei.

Am folgenden Tage kam die Freundin zu meiner Hofmeisterin und brachte ihr Bescheid, der Herr Baron sei zu Hause, es sei ihm aber etwas Seltsames begegnet, und er befände sich so schlecht, daß ihn niemand sprechen könne.

Was ist ihm denn geschehen?, fragte meine Alte. Nun, er ist in Hamstead gewesen und hat einen guten Freund besucht; auf dem Rückweg aber haben ihn die Straßenräuber in der Mache gehabt und ihm, da er zuviel getrunken, übel mitgespielt, so daß er nun sehr krank darniederläge.

Haben sie ihm auch etwas abgenommen?, fragte die Alte.

Ach ja, sagte die andere, sie haben ihm eine goldene Uhr, eine goldene Tabaksdose, seine schöne Perücke und ei-

nen wertvollen Beutel mit Gold gestohlen, denn er hätte jederzeit eine stark gefüllte Börse bei sich.
Ach was, sagte die Alte spöttisch, ich will wetten, daß er betrunken gewesen ist und ein Frauenzimmer bei sich gehabt hat, die ihm die Taschen ausgeraubt hat. Nun kommt er nach Hause und macht der Frau weis, er sei beraubt worden; das ist das alte Lied, womit sich die armen Frauen heutzutage gar oft müssen abspeisen lassen.
Pfui, sagte die Freundin, es scheint wohl, daß ihr den Herrn Baron gar nicht kennt. Er ist ein tugendhafter Herr, und niemand in der ganzen Stadt ist so sittsam und zurückhaltend wie er. Vor solchen Dingen hat er einen Ekel, und wer ihn kennt, wird solches nicht von ihm denken.
Schon gut, sprach die Alte, es geht mich nichts an, die Mannsleute, welche vor den Leuten so züchtig sind, machen es oft nicht besser als andere, nur daß sie den Schein nach außen hin mehr wahren, oder besser, daß sie geschickter heucheln können.
Nein, nein, antwortete jene, ich kann euch versichern, der Herr Baron ist kein Heuchler, er ist wirklich ein ehrbarer, sittsamer Kavalier und ganz gewiß in den Händen der Straßenräuber gewesen.
Es mag wohl sein, sprach die Alte, was geht es mich an,

ich wollte nur gern die Ehre haben, mit ihm von einer ganz anderen Sache zu reden.
Die Sache, sprach die andere, mag sein wie sie will, ihr könnt jetzt nicht mit ihm sprechen, denn er läßt sich nicht sehen, weil er gefallen und übel zugerichtet ist.
So muß er in schlimmen Händen gewesen sein, sagte die Alte. An welcher Stelle ist er denn verwundet worden?
Am Kopf, sagte die Freundin, an der Hand und im Gesicht, sie sind barbarisch mit ihm umgegangen.
So muß ich wohl noch lange Geduld haben, bis es besser mit ihm geworden ist, hoffentlich wird es nicht allzu lange dauern.
Meine Hofmeisterin erzählte mir darauf, was vorgefallen war und wie sie meinen Galan entdeckt habe, der übel daran sei, wie sie aber in aller Welt nicht begreifen könne, was ich mit ihm gemacht hätte, zumal er fast tödlich verwundet darniederläge.
Ich war bestürzt und sagte, sie müsse sich in der Person irren, ich wüßte nichts von Wunden, ich hätte ihm keinerlei Übel zugefügt, sondern ihn bei gutem Wohlsein gelassen, obwohl er betrunken und in tiefem Schlaf gewesen sei. Das muß geschehen sein, nachdem ich von ihm weggegangen, denn bis dahin fehlte ihm noch nichts.
Etwa zehn Tage danach begab sich meine Hofmeisterin wieder zu ihrer Freundin, damit sie mit dem Herrn Ba-

ron sprechen könnte, und sie wurde auch, da es nunmehr besser mit ihm ging, an demselben Tage vorgelassen. Meine Alte wußte ihre Sache trefflich vorzubringen. Sie machte ihre Sache viel besser, als ich es beschreiben kann, denn sie hatte ein unvergleichliches Maulwerk. Sie sagte, sie käme als eine Unbekannte, um ihm einen Dienst zu erweisen, und er würde finden, daß sie keine andere Absicht dabei hätte. Sie gab ihm nach einigen Umschweifen zu verstehen, wie sie nämlich zufällig einige besondere Umstände von seiner letzten Geschichte erfahren hätte und zwar auf solche Art, daß niemand in der Welt davon wisse als er und sie, sogar nicht einmal die Person, die bei ihm gewesen sei.

Er wurde leicht böse und fragte: Welche Angelegenheit? Sie sagte: Mein Herr Baron, die Begebenheit, als ihr von der Ritterbrücke, ich wollte sagen von Hamstead, gekommen und beraubt worden seid. Der Herr möge sich nicht wundern, aber sie könne ihm jeden Schritt sagen, den er an diesem Tag getan, nämlich von den Gärten in Smithfield nach dem Spring-Garten an der Ritterbrücke und von da nach ... am Strand. Sie wüßte auch, wie ihn im Wagen der Schlaf überfallen habe und so weiter. Der Herr möge sich darüber nicht wundern, denn sie komme ja nicht, um etwas von ihm zu holen, sondern nur um ihm zu versichern, daß die Frauensperson, die bei ihm gewesen, nicht weiß, wer der Herr ist und es auch nimmer wissen soll. Dessenungeachtet möchte sie ihm noch weiter dienen können, zumal sie nicht bloß deswegen hergekommen, dem Herrn zu melden, daß sie um alle diese Dinge wisse und etwas dafür begehre, sondern sie vielmehr geheim halten wolle, und der Herr Baron möge versichert sein: Was sie wisse, soll bei ihr begraben sein.

Er entsetzte sich hierüber und sagte ganz ernsthaft: Gute Frau, ihr seid mir unbekannt, aber es ist seltsam, daß gerade ihr die schlimmste Tat meines ganzen Lebens wissen solltet, weswegen ich mich genug schäme und bisher dabei den Trost gehabt habe, daß niemand als Gott und mein eigenes Gewissen Zeugen derselben gewesen sind.

Ich bitte euch, Herr Baron, sprach die Alte, seht das nicht als euer Unglück an, daß ich darum weiß. Ich glaube, ihr seid ganz unschuldigerweise dazu gekommen, und vielleicht hat die Frauensperson besondere Künste gebraucht, um euch anzufeuern. Dem sei nun wie ihm wolle, es soll den Herrn nimmer gereuen, daß die Sache mir kund geworden ist, sein eigener Mund kann nicht so verschwiegen sein, wie es der meine ist und auch bleiben soll.

Aber ich muß dem Frauenzimmer, sprach er, wer sie auch sein mag, zu ihrer Ehre nachsagen, daß sie gar keine

Künste angewandt, sondern mich vielmehr von meinem Vorhaben abgehalten hat. Meine eigene Torheit und Schwäche haben mich dazu gebracht, ja, sie ist selbst durch mich verführt worden; ich will ihr kein Unrecht tun. Was aber die Sachen betrifft, die sie mir weggenommen hat, so konnte ich mir bei meinem damaligen Zustand nichts anderes versehen, ja, ich weiß bis zu dieser Stunde noch nicht, ob ich von ihr oder von dem Kutscher bestohlen worden bin. Hat sie es getan, so vergebe ich es ihr und denke dabei, so sollte es mit Recht allen Leuten ergehen, die sich auf solchen Weg begeben, allein ich bekümmere mich um etwas anderes mehr als um das, was sie mir entwendet hat.

Nunmehr kam meine Hofmeisterin völlig hinter die Sache, und sie sprach offen mit ihm. Sie gab ihm zu verstehen, es sei ihr lieb, daß er solch gerechte Gedanken über die Person hege, die bei ihm gewesen war. Sie versichere ihm, daß er es mit einer rechtschaffenen Frau und mit keiner Straßendirne zu tun gehabt hätte, welche, obwohl sie ihm zu Willen gewesen, doch kein Gewerbe daraus mache. Ihr habt, sprach sie, euch in große Gefahr begeben, aber, mein Herr Baron, wenn ihr deswegen bekümmert seid, so kann ich euch beteuern, daß die Person von keinem Mann berührt worden ist, seitdem sie Witwe ist, und das ist nun acht Jahre her.

Es schien wohl, daß dies die größte Ursache seines Kummers war. Deswegen wurde er froh, als die Alte ihm das ausredete, er sagte, er wolle den anderen Verlust gern verschmerzen, wenn er nur hierüber beruhigt sein könnte. Denn die Versuchung war groß und die Person vielleicht arm und bedürftig. Aber wohl bekomme es ihr! Ich sage noch einmal, alle Kavaliere, die es so machen, sollten solchen Lohn empfangen, dann würden sie gewitzter werden. Ich bekümmere mich um weiter nichts als um diesen einen Punkt, den ihr genannt habt. Hierauf erzählte er der Alten umständlich, was zwischen uns vorgefallen war, und was ich nicht beschreiben mag. Er entdeckte ihr die Angst, in der er geschwebt, daß er seiner Frau etwas Schlimmes mit nach Hause gebracht hätte, fragte dabei, ob sie ihm keine Gelegenheit verschaffen könnte, mit mir zu sprechen.

Meine Alte versicherte ihm abermals, daß er von mir gar nichts zu befürchten hätte und meinetwegen so sicher sein könnte, als ob er bei seiner eigenen Frau gelegen hätte. Allein mich zu sprechen dürfte wohl gefährliche Folgen haben, dennoch wolle sie sich bei mir erkundigen und ihn meine Meinung wissen lassen, widerriet es ihm aber unter dem Vorwand, es könne ihm zu nichts dienen, da er doch einerseits hoffentlich keine Lust haben würde, die Bekanntschaft fortzusetzen und

weil ich andererseits mein Leben dadurch in seine Hände gäbe.
Es wurde nun zunächst von den verlorenen Sachen gesprochen, wobei er besonders zu verstehen gab, daß er gern seine goldene Uhr wieder haben möchte mit dem Versprechen, daß er den Wert der Uhr gern bezahlen wolle, wenn er sie nur wiederbekäme.
Die Alte sagte, sie wolle sich bemühen, die Uhr zu bringen und ihm anheim stellen, sie so hoch zu schätzen, wie es ihm beliebte.
Dieser Verabredung zufolge brachte sie ihm die Uhr am anderen Tage, und er gab ihr 30 Guineen dafür, das war mehr, als ich daraus gelöst hätte, obgleich sie mehr gekostet haben mochte. Er gedachte auch der Perücke, welche er, wie es schien, für 60 Guineen gekauft hatte, erwähnte auch dabei seine Tabaksdose. Die Alte brachte beides nach ein paar Tagen zu ihm und empfing nebst vielem Dank noch 30 Guineen. Kurz darauf schickte ich ihm den schönen Degen und das Spanische Rohr umsonst, ohne etwas dafür zu verlangen, hatte aber keine Lust ihn zu sehen, damit er nicht merken sollte, daß ich ihn kannte, was ihm wohl nicht angenehm gewesen wäre.
Danach kam er mit der Hofmeisterin in ein langes Gespräch und wollte wissen, woher sie alles erfahren hätte.

Sie war nicht faul und erdichtete eine ganze Fabel, wie sie es dadurch zu wissen bekommen, daß ich mit einem Menschen darüber gesprochen hatte, um Abnehmer für die Sachen zu suchen. Dieser aber hätte ihr alles zugetragen, weil sie Geld auf Pfänder ausleihe. Da sie nun inzwischen von dem Unfall des Herrn Baron gehört habe, so sei ihr es gleich klar gewesen, die Sachen müßten ihm gehören, deshalb habe sie den Versuch machen wollen. Schließlich versicherte sie ihm abermals, daß sie reinen Mund halten und mir niemals sagen würde, wer er sei, allein dies war gelogen. Doch geschah ihm dadurch kein Eintrag, denn ich sagte es keinem Menschen weiter.
Es ging mir immer im Kopf herum, daß er mich zu sehen verlangt hatte, und es gereute mich fast, daß ich es abgeschlagen hatte. Ich dachte, wenn ich ihn sehen würde, würde es mir vielleicht zum Vorteil gereichen und mir vielleicht einen Unterhalt verschaffen, zumal wenn er merkte, daß ich ihn kenne. Obgleich auch diese Lebensart gottlos war, so schien sie mir doch lange nicht so gefährlich wie die Spitzbüberei. Doch blieb es für diesmal dabei, und ich ließ mir die Lust vergehen. Hingegen besuchte meine Hofmeisterin ihn oft, und er war ihr so gewogen, daß er sie fast jedesmal beschenkte, wenn sie zu ihm kam. Einmal fand sie ihn sehr aufgeräumt und dem Anschein nach ein wenig berauscht. Da fing er wieder

davon an, sie möchte ihn doch die Person sehen lassen, die ihn damals in der Nacht so bezaubert hätte. Meine Alte, die von Anfang an nichts anderes gewünscht hatte, obgleich sie es sich nicht merken ließ, sagte endlich, da er so begierig danach sei, dürfte sie es ihm wohl nicht weiter versagen, wenn sie mich nur dazu bewegen könne. Sie fügte hinzu, wenn es ihm gefällig wäre, am Abend bei ihr vorzusprechen, so wollte sie ihr Bestes tun, doch mit der wiederholten Versicherung, daß alles Vergangene vergessen und vergeben sein sollte.

Sie kam zu mir und erzählte mir, was vorgefallen war, brachte mich auch gar bald auf ihre Seite, obgleich ich ungern wollte. Ich bereitete mich darauf vor, ihn zu empfangen, schmückte und putzte mich über alle Maßen und brauchte zum ersten Mal Kunstmittel. Ich unterstreiche: zum ersten Mal, denn bisher hatte ich mich nie geschminkt, sondern mir eingebildet, ich hätte es nicht nötig.

Zur bestimmten Stunde stellte er sich ein, und es verhielt sich so, wie die Alte gesagt hatte: daß er ein wenig angeheitert war, indes nicht betrunken. Er freute sich mich zu sehen und fing ein langes Gespräch wegen der alten Geschichte mit mir an. Ich bat ihn öfters um Verzeihung, soweit ich Schuld hatte, beteuerte, daß ich bei unserer ersten Begegnung dergleichen nicht im Sinn gehabt hätte

und nicht mit ihm ausgefahren wäre, wenn ich ihn nicht für einen vornehmen Herrn gehalten hätte, der mir so viele Male versprochen, nichts Unanständiges mit mir vorzunehmen.
Der Wein diente ihm zur Entschuldigung, daß er selbst kaum gewußt, was er gemacht habe, sonst hätte er sich solche Freiheiten nicht mit mir erlaubt. Er schwor, daß er seit seiner Heirat kein Frauenzimmer außer mir berührt und daß es ihn ganz plötzlich überkommen hätte, machte mir dabei ein Kompliment, daß es besonders angenehm gewesen sei und dergleichen. Er trieb es mit solchen Reden so weit, daß er neue Lust zu mir bekam. Allein ich wies ihn kurz ab und sagte, ich hätte keinen Mann auf mich kommen lassen, solange mein Witwenstand währte, also nun seit beinahe acht Jahren.
Er sagte, daß er gar nicht daran zweifele, und dies hätte ihm die Frau Hofmeisterin auch schon gesagt, deswegen sei er auch mit solch guter Meinung von mir hergekommen, er dächte aber, weil einmal die Bahn befahren und kein Unglück darauf geschehen sei, so dürften wir es wohl von neuem wagen. Kurz er ging soweit, als ich es erwartete und tat das, was sich schlecht erzählen läßt.
Meine Alte hatte dieses ebenfalls vorausgesehen und ihn deshalb in ein Zimmer gebracht, in welchem kein Bett stand, es war aber eine Kammer nebenan, in welcher alles

schon bereit war. Dahin zogen wir uns zurück und brachten das Werk zu Ende. Endlich legte er sich hin und schlief ein, während ich mich entfernte. Gegen Morgen, als er ausgeschlafen hatte, ging ich aller Kleidung bloß wieder zu ihm und lag ihm noch eine Weile bei.

Als er Abschied nahm, sagte ich, diesmal würde er ungerupft davonkommen.

Er meinte, daß er daran nicht zweifle, griff in seine Tasche und gab mir fünf Guineen, dies war das erste Geld, das ich seit langem auf diese Weise verdient hatte. Er machte mir danach noch öfter Besuche solcher Art, allein es kam nicht zu einem so beständigen Unterhalt, wie ich es wohl gewünscht hätte. Einmal fragte er mich, wie ich zurecht käme und wovon ich lebte.

Meine Antwort hatte ich schon bereit und sagte, daß ich niemals den Weg gewandelt, auf den er mich geführt hätte, sondern ich hätte mich kümmerlich mit der Nadel ernährt, wobei ich es mir zuweilen hätte sauer werden lassen und mit schmaler Kost vorlieb nehmen müssen.

Er nahm es sich zu Herzen, daß er der erste gewesen, der mich zu einer solchen Lebensart verleitet, auf die ich von selbst niemals gekommen wäre, und daß er nicht nur die Ursache seiner eigenen Sünde, sondern auch der meinigen sei. Bisweilen stellte er sich selbst das Verbrechen und seine besonderen Umstände mit lebhaften Farben vor und beklagte, daß ihn der Wein verführt habe, worauf er über sich allemal selbst das Urteil fällte.

Wenn er diese Einfälle bekam, ging er fort und ließ sich bisweilen vier und mehr Wochen lang nicht blicken. Sobald aber die ernsthaften Gedanken nachließen, traten die leichtfertigen an ihre Stelle, und er kam in vollen Sprüngen zu mir. Das ging so eine Zeitlang fort, und obgleich er mich nicht unterhielt, so war er doch so freigebig, daß ich ohne Arbeit, und was noch besser war, ohne Stehlen ganz gut davon leben konnte.

Allein es nahm auch diese Freude ein Ende, denn nachdem sie etwa ein Jahr gedauert hatte, kam er nicht mehr so fleißig zu mir wie vorher und blieb nach und nach ganz weg, ohne irgendwelches Mißvergnügen gezeigt zu haben und ohne Lebewohl zu sagen. Also war es mit diesem kurzen Abschnitt meines Lebens vorbei, wobei ich nicht viel gewonnen, sondern nur mehr Grund zur Reue bekommen hatte. Während dieser Zeit blieb ich fast immer zu Hause und ging noch ein Vierteljahr darauf nicht wieder auf Abenteuer aus, solange ich ziemlich zu leben hatte. Da es aber hieran fehlte und ich mein Kapital anzugreifen Bedenken trug, so mußte mein altes Handwerk wieder heran, und ich betrat das Pflaster aufs neue, sah mich wacker in den Gassen um und hatte auch einen guten Verdienst.

Ich kleidete mich wie eine Bettlerin in die allerschlechtesten Lumpen, die nur zu finden waren, steckte die Nase überall hin, guckte durch alle Fenster und Türen, wohin ich kam. Es gefiel mir aber nicht, weil ich von Natur einen Abscheu vor Schmutz und Lumpen hatte. Meine Erziehung war reinlich gewesen, und das hing mir allenthalben an, deshalb fiel mir diese Verkleidung unter allen am schwersten. Ich dachte gleich bei mir: Das wird nicht gut gehen, jeder hat eine Scheu vor den Bettlern, und den Leuten graut es vor ihnen. Es kam mir auch so vor, als ob mich alle Leute ansähen und mich nicht nahe an sich herankommen lassen wollten, als möchten sie etwas Schlimmes von mir bekommen. Den ganzen Abend wanderte ich so herum, als ich das erstemal in solcher Verkleidung ausging und brachte nichts nach Hause als nasse Knochen, schmutzige Kleider und müde Beine. Dennoch schreckte mich dies nicht ab, sondern ich versuchte es noch einmal am folgenden Abend, da ich einen Fang machte, der mich beinahe teuer zu stehen gekommen wäre. Ich stand bei einer Herberge, da kam ein Herr geritten und stieg ab. Weil er aber gern hineingehen wollte, rief er einen Hausknecht, der ihm das Pferd hielte. Der tat es auch, der Herr blieb aber etwas lange im Haus, so daß der Wirt den Knecht rief. Diesem war bange, sein Herr möchte böse werden, deswegen winkte er mir zu und sagte: Da, Frau, haltet das Pferd ein wenig, ich muß hineingehen, wenn der Herr kommt, wird er euch wohl etwas geben.

Gut, sagte ich, nahm das Pferd beim Zügel und schlenderte ganz ehrlich damit nach Hause zu meiner Hofmeisterin.

Für Leute, die sich darauf verstanden hätten, wäre dies wohl eine gute Beute gewesen, wir aber waren ratloser als je ein armer Dieb sein kann, der nicht weiß, was er mit der gestohlenen Sache anfangen solle.

Als ich zu Hause ankam, war meine Hofmeisterin ganz bestürzt, und keine von uns wußte, was wir mit dem Gaul machen sollten. Ihn in einen Stall zu bringen, wäre übel gewesen, denn wir konnten annehmen, daß man das Pferd in der Zeitung beschreiben würde, und wir hätten nicht den Mut gehabt, es von dort wieder abzuholen.

Das einzige Mittel war, das Pferd nach einem Wirtshaus zu bringen und einen Brief nach der Herberge zu senden mit der Nachricht, das Pferd, das dort verloren gegangen wäre, sei in dem besagten Wirtshaus eingefangen worden und dort abzuholen. Die arme Frau hätte das Pferd nicht halten, noch weniger wieder an seinen Ort zurückführen können. Nun hätten wir zwar warten können, bis sich der Eigentümer des Pferdes gemeldet und eine Be-

lohnung darauf ausgesetzt hätte, aber wir mochten es doch nicht wagen.
Dies war demnach ein Raub und auch kein Raub, denn es wurde wenig dabei gewonnen. Die Bettlertracht war mir auch zuwider, weil sie nichts einbrachte und noch dazu ein böses, unglückliches Zeichen war.
Zu der Zeit, als ich in Lumpen einherging, geriet ich in Gesellschaft eines Gesindels, das noch viel ärger war als alles andere, und nach deren Verhältnissen ich mich auch ein wenig erkundigte. Es waren die Kipper und Wipper oder Falschmünzer, die mir zwar etwas Einträgliches anboten, mir aber auch die allergefährlichste Arbeit dabei anwiesen. Wenn ich dabei ertappt worden wäre, hätte man mich lebendig verbrannt. Das wußte ich und ließ deswegen die Hände davon, obwohl sie mir als einer Bettlerin goldene Berge versprachen. Wäre ich eine wirkliche Bettlerin oder auch so verzweifelt wie anfangs gewesen, so hätten sie mich vielleicht dazu beredet, denn was fragt einer nach der Todesart, der nichts zum Leben hat. Aber jetzt war es mit mir anders bestellt, und ich hielt von solchen entsetzlichen Dingen nichts, ja, der Gedanke, lebendig verbrannt zu werden, erfüllte meine Seele mit Schrecken, das Blut erstarrte mir in den Adern, und der Angstschweiß brach mir aus, daß ich am ganzen Leib zitterte.

Nach dieser Begebenheit warf ich die Bettlerkleider ab, denn obwohl mir der Vorschlag der Münzer mißfiel, sagte ich es ihnen doch nicht, sondern stellte mich, als ob ich ihn guthieße und versprach, mich wieder bei ihnen einzufinden. Das aber durfte ich nicht wagen, denn wenn ich ihren Willen nicht getan hätte, so würden sie, ungeachtet aller versicherten Verschwiegenheit meinerseits, doch kurzen Prozeß mit mir gemacht und mir bald hinübergeholfen haben, um sicher und unverraten zu bleiben. Was dies für eine elende Sicherheit ist, mögen diejenigen beurteilen, die da wissen, wie solchen zumute ist, die ihrer eigenen Gefahr durch anderer Leute Mord entgehen.

Pferdestehlen und Geldmachen waren also zwei Dinge, die mir nicht gelingen oder anstehen wollten, ich ließ deshalb meine Finger davon. Meine Tätigkeit schien von einer anderen Art zu sein, denn obgleich auch Gefahr genug dabei war, so paßte die bisher gepflogene Art doch besser für mich, erforderte mehr Kunstgriffe und gab mehr Gelegenheit, sich herauszuwickeln, wenn man einmal ertappt werden sollte.

Hierauf hatte ich ein Erlebnis, das von ganz anderer Art war als alle vorigen. Es fiel in einem Spielhaus vor nahe beim Covent Garden.

Ich sah verschiedene Leute dort aus- und eingehen und

stand eine Zeitlang im Torweg mit einer anderen Frauensperson. Da ging ein Kavalier hinein, der etwas mehr bedeuten mußte als andere. Den fragte ich, ob es einer Frau erlaubt wäre, da hineinzugehen.
Gewiß, Madame, sagte er, sogar spielen könnt ihr, wenn ihr nur wollt.
Das möchte ich gerade, sagte ich. Darauf erbot er sich mich einzuführen, wenn ich Lust hätte.
Ich folgte ihm bis an die Saaltür, wo er nur hineinsah und zu mir sprach: Seht, Madame, da sitzen die Spieler, und dort könnt ihr euch auch hinsetzen.
Ich guckte hinein und sprach zu meiner Gefährtin: Hier sind lauter Herren, ich mag es nicht wagen.
In diesem Augenblick rief einer von den Anwesenden: Nur herein, Madame, hier sind lauter ehrliche Spieler, ihr sollt ihnen willkommen sein und könnt setzen, so hoch oder so niedrig ihr wollt.
Ich ging ein wenig näher und sah dem Spiel zu, dann brachte mir jemand einen Stuhl, auf welchen ich mich zum Zuschauen setzte.
Bald darauf sagte ich zu meiner Gefährtin: Wir wollen wieder gehen, die Herren spielen zu hoch für uns.
Jedermann zeigte sich höflich gegen uns, und einer unter ihnen machte mir Mut, indem er sich erbot, für alles Unglück, das ich haben sollte, einzustehen.

Ich hoffe, sagte ich, die Herren werden keine Frau betrügen, allein ich mag es doch nicht wagen. Inzwischen zog ich einen Beutel mit Gold hervor, damit sie sehen sollten, daß es mir daran nicht fehlte.

Hernach saß ich noch eine Zeitlang still, bis einer von ihnen scherzend zu mir sagte: Ich sehe wohl, Madame, daß ihr Furcht habt, für euch selbst zu setzen, aber mir hat allemal ein Frauenzimmer Glück gebracht. Ihr sollt nun für mich setzen, wenn ihr es für euch selbst nicht wagen wollt.

Ich erwiderte, daß es mir leid tun würde, wenn ich sein Geld verspielte, obwohl ich sonst wohl Glück zu haben pflegte, aber das Spiel sei zu hoch, daß ich mein Geld nicht daran wagen möchte.

Hier sind zehn Guineen, sagte der Kavalier, setzt sie für mich. Ich nahm das Geld und setzte es, er sah zu. Ich setzte nur einen oder zwei Guineen auf einmal, allein ich verlor allemal. Dann kamen die Würfel an meinen Nachbarn, der Kavalier gab mir noch zehn Guineen und wollte, ich sollte fünf auf einmal setzen, ich tat es auch und gewann sie für ihn. Dies gefiel ihm, und er verlangte, ich sollte nun selber Bank halten. Ich hatte Glück, und ich hielt so lange die Bank, bis ich ihm sein Geld wieder gewonnen und eine ganze Handvoll Guineen in meinem Schoß hatte.

Als es so weit geglückt war, bot ich dem Kavalier alles gewonnene Geld an, denn es kam ihm von Rechts wegen zu und war sein Gewinn. Ich verlangte, er solle nunmehr für sich spielen, weil ich das Spiel nicht zum besten verstünde.

Er lachte und sagte, wenn ich nur Glück hätte, käme es nicht darauf an, ob ich das Spiel verstünde oder nicht, ich sollte aber beileibe nicht aufhören. Indes nahm er doch die 15 Guineen des ersten Einsatzes heraus und hieß mich mit dem übrigen spielen. Ich wollte haben, er sollte den Rest zählen, allein er wollte es nicht, sondern sagte, er halte mich für ehrlich, und es bringe immer Unglück, wenn man seinen Besitz zählte, ich sollte nur weiterspielen.

Ich verstand das Spiel sehr gut, obgleich ich es mir nicht anmerken ließ und ging vorsichtig zu Werke, damit ich einen guten Vorrat in meinem Schoß behalten möchte, von dem ich zuweilen einige Stücke heimlich in die Tasche steckte, doch so, daß es niemand sehen konnte.

Ich spielte lange und hatte viel Glück. Zuletzt, als der Wurf an mir war, setzten wir alle sehr hoch, und ich hielt so lange mit, bis ich beinahe 80 Guineen eingestrichen hatte, wovon ich aber mehr als die Hälfte beim letzten Wurf wieder einbüßte. Als das geschehen war, stand ich auf, denn mir war bange, daß ich alles verlieren könnte und sagte zu meinem Kavalier, er sollte nun das Geld nehmen und selber spielen, denn ich hätte bis jetzt das meinige dazu beigetragen. Als ich ihm das Geld überreichte, zählte ich es und fand, daß es 63 Guineen waren. Ich würde über hundert gewonnen haben, wenn ich den letzten Wurf nicht getan hätte. Er wollte das Geld nicht eher nehmen, als bis ich mir nach meinem eigenen Gefallen etwas genommen hätte. Ich weigerte mich, etwas zu nehmen und stellte es seinem Willen anheim, falls er mir davon etwas zuwenden wolle.

Als die übrigen Herren sahen, daß wir deswegen miteinander stritten, sprachen sie zu ihm, er sollte mir alles geben, aber das wollte ich durchaus nicht annehmen. Da sagte einer, er solle es mit mir teilen, man dürfe vor einer Frau keinen Vorzug haben. Dieser Rat war gut, ich bekam 30 Guineen, ohne die 43, die ich heimlich eingesteckt hatte, was mir jetzt leid tat, weil er sich so freigebig gegen mich gezeigt hatte.

Also nahm ich von ihnen Abschied und brachte 73 Guineen mit nach Hause, worüber sich meine Hofmeisterin wunderte, weil sie nicht gedacht hatte, daß ich soviel Glück im Spiel haben würde. Sie riet mir aber, ich sollte es nicht wieder wagen, und ich folgte ihrem Rat und ging nicht wieder hin. Denn es war mir sowohl wie ihr bekannt, daß man durch die Lust am Spielen leicht alles verlieren könne.

Das Glück hatte mir bisher so gelacht, und ich war samt meiner Alten, die allemal ihren Anteil bekam, so reich geworden, daß diese im Ernst meinte, wir müßten aufhören, wenn das Spiel am besten sei, und uns mit dem begnügen, was wir hätten. Aber ich weiß nicht, welcher Unstern mich führte, denn ich war nun ebenso lässig, diesem Wink zu folgen, wie sie es vormals gewesen war, als ich den Vorschlag machte. Wir ließen demnach zu unserem Unglück die guten Gedanken wieder fahren und wurden dagegen viel verwegener als vorhin, und mein Name wurde berühmter als der aller Spitzbuben, die vor mir gewesen waren.

Bisweilen machte ich einen Streich zweimal, obschon es gegen unsere Regeln verstieß, und dennoch glückte er mir. Allein ich nahm immer eine andere Gestalt an, so oft ich ausging, und befliß mich, immer in einer neuen Figur zu erscheinen.

Einmal, am ersten Weihnachtstag, ging ich meiner Gewohnheit nach gegen Abend aus, um zu sehen, was vorfallen möchte. Ich kam zu eines Goldschmieds Laden in der Foster Allee und sah solche Leckerbissen, denen ich nicht widerstehen konnte. Im Laden war niemand, und es lag sehr viel Silberzeug sowohl im Schaufenster als auch auf dem Stuhl des Gehilfen, welcher kurz vorher hinausgegangen sein mußte.

Ich ging frech hinein und wollte eben lange Finger machen, hätte auch alles fortnehmen und wegschaffen können, ehe jemand im Haus mich gewahr geworden wäre, allein ein dienstfertiger Kerl, der gegenüber wohnte, hatte mich hineingehen sehen und wohl gemerkt, daß niemand im Laden war. Er kam wie der Blitz über die Straße gerannt, ergriff mich, ohne zu fragen, wohin und woher, und rief die Leute im Haus zusammen.
Ich hatte noch nichts im Laden angerührt, sondern soviel Verstand gezeigt, als ich nur den Schatten eines Vorüberlaufenden sah, daß ich mit dem Fuß hart auf den Boden stieß und stampfte, ja, eben rufen wollte, als mich der Kerl anpackte.
Mein Mut war allemal am größten, wenn es am gefährlichsten zuging, und ich gab alsobald vor, ich sei gekommen, um ein halbes Dutzend silberne Löffel zu kaufen. Der Kerl, der mich angefaßt hatte, lachte darüber und brüstete sich mit dem Dienst, den er seinem Nachbarn geleistet hätte, behauptete deshalb kurz, ich sei nicht um zu kaufen, sondern um zu stehlen in den Laden gekommen und machte einen solchen Höllenlärm, daß die Leute aus allen Ecken zusammenliefen. Der Besitzer war indessen aus der Nachbarschaft geholt worden, und ich sagte, es diene zu nichts, solchen Lärm zu machen und hier zu streiten. Der Kerl da beschuldige mich, ich

sei zum Stehlen gekommen, das müsse er vor dem Richter beweisen, wohin ich zu gehen verlangte und wohin er mich begleiten müßte ohne Widerrede. Ich sah schon, daß ich mit dem Kerl fertig werden würde, der mich angegriffen hatte.

Der Herr und die Frau des Hauses waren in der Tat nicht so heftig gegen mich wie dieser Kerl. Der Goldschmied sagte, es könne wohl sein, daß ich ohne böse Absicht in den Laden gekommen wäre, allein es sei doch verdächtig, in einen Laden zu gehen, wenn niemand darin wäre, und er könnte nicht umhin, seinem Nachbarn von drüben Dank zu sagen, auch zu bekennen, daß sein Verfahren mit mir nicht ohne Grund gewesen sei. Dennoch, fügte er hinzu, kann ich nicht behaupten, daß ihr etwas habt fortnehmen wollen, und ich weiß wirklich nicht, was ich bei der Sache tun soll. Das waren ungefähr seine Worte, ich aber drang darauf, mit ihm zum Richter zu gehen, wo ich willig nachgeben wollte, sofern mir etwas bewiesen würde, anderenfalls behielte ich mir die Schadenerstattung und mein Recht vor.

Wie sich dies gerade zutrug und eine Menge Menschen vor dem Hause standen, kam ein Richter dahergegangen, welchen der Goldschmied bat einzutreten, um die Sache zu entscheiden.

Das muß ich sagen, der Goldschmied brachte sein Anliegen mit aller Vernunft und Bescheidenheit vor, der Kerl aber, der herübergekommen war und mich angepackt hatte, redete in großem Eifer und mit vieler Hitze, was mir wohl zustatten kam. Nun war die Reihe an mir, und ich erzählte dem Herrn Richter ruhig, daß ich eine fremde Person sei, die neulich aus dem Norden von England nach London gekommen sei und da und da wohne. Ich sei durch diese Straße gegangen und hätte in diesem Goldwarenladen ein Dutzend silberne Löffel kaufen wollen – zum Glück hatte ich gerade einen in der Tasche, den ich herauszog – die zu meinem anderen passen sollten, weshalb ich das Muster mitgebracht hätte. Als ich nun hereingekommen wäre und niemanden im Laden erblickt hätte, da hätte ich nicht nur sehr stark mit dem Fuß auf den Boden gestoßen, damit es die Leute im Haus hören sollten, sondern auch mit lauter Stimme gerufen. Es läge zwar sehr viel Silberzeug im Laden umher, aber niemand könne sagen, daß ich auch nur das geringste angerührt hätte. Inzwischen wäre ein Kerl von der Straße hereingekommen und hätte mich mit Gewalt angegriffen, wie ich gerade die Leute im Hause gerufen. Hätte dieser nun wirklich im Sinn gehabt, seinem Nachbarn einen Dienst zu erweisen, so hätte er ja von fern stehen bleiben und stillschweigend abwarten können, ob ich etwas anfassen

würde und hätte mich dann auf frischer Tat ertappen sollen.
Das ist wahr, sagte der Richter, wandte sich nach dem Kerl hin und fragte, ob es sich so verhielte, daß ich mit dem Fuß auf die Erde gestampft hätte.
Er sagte, ich hätte gestampft, aber das wäre wohl nur deswegen geschehen, weil ich ihn hätte kommen sehen.
Halt, sagte der Ratsherr, hier widersprecht ihr euch selbst, denn ihr habt bisher gesagt, daß sie im Laden gewesen, euch den Rücken zugewendet und euch nicht eher gesehen hätte, als bis ihr sie angegriffen.
Es verhielt sich nun zwar so, daß ich mich zum Teil mit dem Rücken nach der Straße gekehrt hatte, weil mein Geschäft es aber erforderte, die Augen allenthalben zu haben, so sah ich ihn wirklich, als er über die Gasse lief, doch hatte er das nicht gemerkt.
Nach einem völligen Verhör erklärte sich der Richter dahin, daß sich der Nachbar geirrt hätte und ich also unschuldig sei. Der Goldschmied gab sich hiermit zufrieden, ebenso seine Frau, und ich wurde entlassen.
Als ich weggehen wollte, rief mich der Richter wieder zurück mit den Worten: Einen Augenblick noch, Madame, wenn es eure Absicht gewesen ist Löffel zu kaufen, so hoffe ich, ihr werdet trotz dieses Irrtums meinem Freunde dennoch euer Geld gönnen.

Ich antwortete alsobald: Gerne, wohlweiser Herr, will ich die Löffel hier kaufen, wenn ich welche finde, die zu dem meinigen passen. Darauf zeigte mir der Goldschmied einige Löffel, die ebenso gemacht waren wie der meine. Ich ließ sie wiegen, und sie kamen auf 35 Schillinge.
Da zog ich meine Geldbörse hervor, um die Löffel zu bezahlen. Es waren darin etwa 20 Guineen, denn ich ging nie ohne eine solche Summe aus, weil ich nicht wissen konnte, was vorfallen möchte, und ich machte die Erfahrung, daß es sowohl in allen anderen Fällen wie auch in diesem klug gehandelt war.
Als der Richter mein Geld sah, sagte er: Nun bin ich überzeugt, Madame, daß man euch zu nahe getreten ist, und eben um dieser Ursache willen ermunterte ich euch, die Löffel zu kaufen und wollte abwarten, ob ihr sie auch bezahlen könntet, denn hättet ihr kein Geld gehabt, so wäre ich doch argwöhnisch geworden, ob ihr nicht doch des Stehlens wegen in den Laden gekommen wäret, zumal die Leute, die solches im Sinn haben, selten soviel Gold haben wie ich bei euch sehe.
Ich lächelte und sagte, ich hätte also einen Teil seiner Gunst meinem Geld zu verdanken, hoffte aber dennoch, daß er auch andere Ursachen finden möchte, seinen vorhin gegebenen gerechten Ausspruch aufrecht zu erhalten.

Er sagte, es wären freilich andere Ursachen vorhanden, allein diese habe ihn in seiner Meinung bestätigt, und er sei nun ganz gewiß überzeugt, daß mir Unrecht geschehen sei. So wickelte ich mich mit guter Art aus dieser garstigen Sache, die mich auf ein Haar den Hals gekostet hätte.

Es war drei Tage darauf, als ich wiederum etwas wagte, ohne im geringsten an meine vorige Gefahr zu denken, noch eine Warnung daraus zu nehmen. Ich sah eine Haustür offen, ging hinein und steckte zwei Stücke geblümte Seide, die man Brokat nennt und sehr wertvoll ist, zu mir, meinte auch nicht, daß es jemand gesehen haben könnte. Es war kein Laden, auch keines Kaufmanns Lager, sondern sah wie ein gewöhnliches Wohnhaus aus, darin dem Anschein nach ein Mann wohnen mußte, der Weberarbeit tat und sie an die Krämer verhandelte oder der ein Makler oder Zwischenmeister war.

Um diese unglückliche Begebenheit kurz zu erzählen: Es kriegten mich zwei Mägde zu fassen, schrien dabei wakker und zerrten mich in die Stube und verschlossen die Haustür. Ich wollte ihnen gute Worte geben, aber es half nichts. Zwei feurige Drachen hätten nicht giftiger sein können, sie rissen meine Kleider in Fetzen, drohten und schrien, als ob sie mich umbringen wollten. Die Haus-

wirtin und auch der Hausherr kamen, und alle miteinander waren rasend und wütend.
Ich gab dem Herrn gute Worte, sagte, die Tür sei offen gewesen, die Sachen hätten mich in Versuchung geführt, ich sei arm und elend, der Mangel sei eine solche Plage, der nur wenige widerstehen könnten, ich bäte ihn deshalb unter Tränen, großmütig zu sein und Mitleid mit mir zu haben.
Die Frau wurde zur Barmherzigkeit bewegt und war geneigt, mich loszulassen, hatte auch bereits ihren Mann dazu beredet, aber die garstigen Mägde liefen, ehe man ihnen dazu Auftrag gegeben hatte und holten einen Wachtmeister. Als dieser ankam, sagte der Herr des Hauses zu mir, er könne nun nicht wieder zurück, ich müßte zum Richter gehen, seiner Frau aber gab er zu verstehen, wenn er mich losließe, so könnte er leicht selbst deswegen Ungelegenheiten bekommen.
Die Gegenwart des Wachtmeisters nahm mir allen Mut, und ich hätte in die Erde sinken mögen. Ich fiel in Ohnmacht, und jedermann dachte, ich würde den Geist aufgeben. Die Frau im Haus redete mir abermals das Wort und bat ihren Mann, mich doch gehen zu lassen, weil doch nichts gestohlen worden wäre. Ich erbot mich, die beiden Stücke Seide zu bezahlen, sie möchten kosten, was sie wollten, obgleich ich sie nicht bekommen hätte,

stellte ihm auch vor, da er von seinen Waren nichts verloren hätte, so würde es eine Grausamkeit sein, meinen Tod zu verursachen und nach meinem Blut zu trachten eines bloßen Versuches wegen, den ich gemacht hätte. Ich führte dem Wachtmeister zu Gemüt, daß ich keine Türen erbrochen und nichts weggetragen hätte. Als ich zum Richter kam und dort diese Umstände vorbrachte, hätte mich dieser beinahe losgelassen, aber die erste freche Magd, die mich angepackt hatte, behauptete, daß ich mit den Waren schon hätte zum Haus hinauswollen, wenn sie mich nicht aufgehalten und zurückgezogen hätte. Dieser einzigen Sache wegen mußte ich daran glauben und nach Newgate wandern, in das entsetzliche Gefängnis, worüber mein Blut erstarrt, wenn ich nur daran denke oder den Namen nenne, nach dem Ort, wo meine Mutter soviel Elend ausgestanden hatte und wo ich zur Welt gekommen war, woraus es kein Entrinnen gab als durch einen schändlichen Tod, nach dem Ort, der meiner schon so lange wartete und dem ich nur durch große Kunst und Geschicklichkeit so lange entgangen war.

Hier saß ich nun fest, und der Schrecken meiner Seele läßt sich unmöglich beschreiben. Ich hielt mich selbst für verloren, dachte an nichts anderes als aus der Welt zu scheiden, und zwar auf die allerschmählichste Weise.

Der höllische Lärm, das Geschrei, das Fluchen und Geplärre, der Gestank und der Unflat nebst anderen greulichen jämmerlichen Dingen, die ich dort sah, ließen mir den Ort als ein Abbild der Hölle selbst erscheinen oder wenigstens wie der Eingang zu derselben.
Nun überdachte ich die vielfachen Warnungen, die ich oben erwähnt, die mir die gesunde Vernunft, mein reichliches Auskommen und die häufige Gefahr, in der ich geschwebt, an die Hand gegeben, und die mir geraten hatten aufzuhören, als das Spiel noch am besten stand. Ich verzieh mir nicht, daß ich diesem allem entgegengehandelt und mein Herz gegen alle Furcht verhärtet hatte; es kam mir vor, als ob mich ein unvermeidliches Schicksal in dieses Elend gestürzt hätte, daß ich nun alle meine Missetaten an dem Galgen büßen, daß ich jetzt mit meinem Blut der Gerechtigkeit Genüge leisten und zugleich mit der letzten Stunde meines Lebens auch die letzte meiner Gottlosigkeit erwarten müßte. Diese Gedanken machten mein Gemüt verwirrt und begruben mich mit Schwermut und Verzweiflung.
Nichts Entsetzlicheres könnte man sich vorstellen als diesen greulichen Ort, nichts war mir verhaßter als die dortige Gesellschaft. Da hätte man nur sehen sollen, wie die abgehärteten Bösewichter, die schon dort waren, über mich triumphierten.

Ei, sprachen sie, ist Moll Flanders nun endlich doch nach Newgate gekommen! Ja, auch die Molly hat es erwischt! Das kann nicht mit rechten Dingen zugegangen sein, ich müßte den Teufel im Bund gehabt haben, daß ich mich so lange hätte halten können, sie hätten mich schon seit etlichen Jahren erwartet, und nun sei ich endlich gekommen! Darauf höhnten sie mich, hießen mich willkommen, wünschten mir Glück zu meinem neuen Wohnort, hießen mich guten Mutes sein, vielleicht hätte es keine Not mit mir und dergleichen. Endlich ließen sie Branntwein holen, tranken mir zu und stellten ihn auf meine Rechnung, denn sie sagten, ich wäre ein Neuankömmling in ihrer Versammlung und würde ganz gewiß Geld haben. Dabei sangen sie ein lustiges Diebeslied, das einer in Newgate verfaßt hatte.

An demselben Abend, als man mich nach Newgate brachte, ließ ich es meine alte Hofmeisterin wissen, die, wie man sich leicht denken kann, sehr bestürzt darüber war und die Nacht fast ebenso übel außerhalb Newgate verbrachte wie ich drinnen.

Sie besuchte mich am folgenden Morgen, tröstete mich, so gut sie konnte, sah aber, daß es nichts nützen würde. Sie sagte endlich: Wer unter der Last niedersinkt, macht sie nur um so schwerer dadurch. Sie ging hin und versuchte alle Mittel, um den befürchteten Ausgang zu hin-

tertreiben. Zuerst machte sie sich an die beiden wütenden Mägde, die mich ergriffen hatten, suchte sie zu gewinnen und zu überreden, auch mit Geld zu bestechen, kurz auf allerhand Art und Weise von weiterer Anklage abzuhalten. Der einen bot sie sogar 100 Pfund, daß sie von ihrem Herrn weggehen und nicht gegen mich zeugen sollte, aber obgleich die Magd nur um drei Pfund jährlich diente, schlug sie dennoch diesen Antrag rundweg ab und hätte nicht 500 Pfund genommen. Die andere Magd war nicht so störrisch und ließ sich zur Barmherzigkeit bewegen, aber die erste gab ihr den Rückhalt und wollte nicht einmal zugeben, daß die Alte mit der anderen rede, drohte vielmehr, sie selbst beim Kragen nehmen zu lassen, weil sie Zeugen bestechen wolle.
Hierauf wandte sich die Alte an den Herrn, dem die Waren gehörten, die ich hatte stehlen wollen, besonders hielt sie sich an die Frau, welche anfangs einiges Mitleid mit mir gezeigt hatte. Diese fand sie auch noch in derselben guten Meinung, der Mann aber wandte ein, er habe nun A gesagt, nun müsse er auch B sagen, sonst würde er sich selbst zu Schaden bringen.
Manchen Tag brachte ich in unbeschreiblichem Kummer zu. Ich sah den Tod vor Augen und dachte an nichts anderes als an Galgen und Strick, an böse Geister und Teufel. Es ist nicht zu beschreiben, wie ich schwach

wurde durch die unerträgliche Todesfurcht und durch die Gewissensbisse, die ich hatte, wenn ich mir mein abscheuliches Leben vorhielt.

Der Gefängnisprediger in Newgate kam zu mir und redete etwas auf seine Art daher, aber seine ganze Predigt lief darauf hin, daß ich mein Verbrechen bekennen – obwohl er nicht einmal wußte, worin es bestand – und alle meine Gehilfen angeben sollte, sonst würde mir Gott nimmermehr vergeben. Er brachte so wenig geeignetes vor, daß ich nicht den geringsten Trost von ihm hatte. Ich bemerkte zugleich, daß der Mann, der mir des Morgens von Bekennen und Reue vorpredigte, am Mittag von Branntwein besoffen war. Ich bekam vor ihm einen Ekel, der sich nach und nach auf alle sein Reden und Tun erstreckte, so daß ich ihn endlich ersuchte, mir nicht weiter lästig zu fallen.

Ich weiß nicht, wie es zuging, aber durch den unermüdlichen Fleiß meiner alten Hofmeisterin kam es, daß bei der nächsten Sitzung des Gerichts keine Anklage wider mich vorgebracht wurde, dadurch hatte ich vier bis fünf Wochen gewonnen.

Gleichwie das Wasser, das sich in den Felsenhöhlen sammelt, alles zu Stein macht, worauf es tröpfelt, so tat auch der stete Umgang mit den Höllenhunden in diesem Gefängnis eben diese Wirkung bei mir wie bei anderen. Ich

wurde härter als Stein, erst stumpf und un
dann viehisch und sorglos, zuletzt so rasend
einer unter ihnen. Kurz, der Ort kam mir e
türlich, so angenehm und bequem vor,
nicht nur dort geboren, sondern auch dort
wäre. Man kann kaum glauben, daß die m
tur so entarten kann, daß ihm dasjenig
anmutet, was doch für ihn selbst das gr
bedeutet.

Ich war als eine alte Spitzbübin bekannt
als den Tod zu erwarten, ja, ich dachte
daran, daß ich daraus entkommen
wiegte sich meine Seele in Sicherhe
Unruhe, keine Furcht, keine Sorge
Schreck vorüber war. Es war mir, ich
mute. Meine Sinne, meine Vernunft,
ren abgestumpft und gefühllos. M
Jahre waren ein Gewebe von Hur
schande, Lüge, Dieberei, mit einer
taten außer Mord und Verräterei,
trieben von meinem achtzehnte
sechzigsten Jahr. Nun war ich ins
nur ein schmachvoller Tod konn
dennoch empfand ich meinen J
der an Himmel noch an Hölle,

mpfindlich,
toll wie nur
ndlich so na-
vie wenn ich
aufgewachsen
enschliche Na-
so gefällt und
äßlichste Elend

und hatte nichts
auch nicht einmal
würde. Trotzdem
t, ich hatte keine
mehr, als der erste
weiß nicht wie zu-
mein Gewissen wa-
eine letzten vierzig
erei, Ehebruch, Blut-
n Wort aller Schand-
das alles hatte ich ge-
n bis fast zu meinem
Gefängnis gekommen,
te mich daraus erlösen,
mmer nicht, dachte we-
nur manchmal nebenbei,

–

d kommt und bald
veder suchen noch
neines Erachtens
ensten Elendes

h und heulte
ärre der Ge-
e als ihnen
ürgert und
t in ganz
aum die
das ich
h bis-
e. So
ang
en

Es ist nicht verwunderlich, daß wir Gefangenen alle miteinander Lust bekamen, diese tapferen Burschen zu sehen, von denen man sagte, daß sie nicht ihresgleichen hätten, besonders weil gemeldet war, daß sie am folgenden Tag nach einem anderen besseren Gefängnis, Pressyard genannt, geführt werden sollten, ein Vorzug, den sie mit ihrem Geld erkauft hatten. Wir Weiber stellten uns am Gang auf, damit wir sie im Vorbeigehen betrachten könnten. Aber wie erstaunt war ich, als ich in dem ersten meinen Mann aus Lancashire erkannte, denselben, mit dem ich so gut gelebt und den ich hernach gesehen hatte, als ich mit meinem letzten Mann Hochzeit machte.

Ich erstarrte und verstummte bei seinem Anblick, ich wußte nicht, was ich sagen oder tun sollte. Er erkannte mich nicht, und das war der geringe Trost, den ich noch dabei hatte. Ich verließ die Mitgefangenen und zog mich so weit zurück, als es in dem abscheulichen Ort anging, weinte und heulte heftig eine lange Zeit. Das Entsetzen, das ich darüber empfand – denn ich schrieb mir allein sein Unglück zu – ging mir mehr zu Herzen und verursachte mir mehr Nachdenken als alles andere, was mir vorher begegnet war. Ich grämte mich Tag und Nacht, um so mehr, als man mir sagte, er sei der Hauptmann der Bande und habe so viele Räubereien begangen, daß der berühmte Straßenräuber Hind oder der Goldene Pächter im Vergleich zu ihm nur Stümper gewesen seien. Er würde auch ganz gewiß gehenkt werden, denn es würden eine Menge Kläger gegen ihn auftreten.

Der Kummer, den ich seinetwegen hatte, überwältigte mich ganz und gar, mein eigenes Herzeleid griff mich lange nicht so an wie die Vorwürfe, die ich mir über seinen Zustand machte und die schwer auf mir lasteten. Ich beweinte mein Unglück und sein Verderben so heftig, daß ich mich nicht mehr wie zuvor trösten lassen wollte. Dazu stellte sich das Grauen vor dem Ort und der Ekel vor der dortigen Lebensart aufs neue bei mir ein. Nun war ich wieder völlig verändert, wieder ein ganz anderer Mensch geworden.

Während ich nun in solcher Qual rang, lief die Nachricht ein, daß ich bei der nächsten Gerichtsverhandlung ins Verhör genommen werden sollte.

Sobald ich nur daran dachte, brach ich in Verzweiflung aus: Was wird aus mir werden? Was soll ich tun? Es ist um mich geschehen, mir ist der Strick sicher! Da ich auch niemanden hatte, dem ich meine Schwermut mitteilen konnte, so drückte sie mich so arg, daß ich eine Ohnmacht über die andere bekam. Ich ließ meine alte Hofmeisterin holen, welche in Wahrheit wie eine ehrliche Freundin an mir handelte. Sie wandte alle Mittel an, damit die Geschworenen keine Anklage gegen mich finden mochten, sie ging zu verschiedenen von ihnen, sprach mit ihnen und versuchte, ob sie nicht den einen oder den anderen gewinnen könnte, da ich doch nichts weggenommen, auch nicht in das Haus eingebrochen und so weiter. Allein es wollte alles nichts helfen, die beiden Mägde beschworen die Tat, und die Anklage lautete auf Diebstahl und Einbruch.

Meine Hofmeisterin war mir eine wahre Mutter, sie beklagte mich und weinte um mich, aber sie vermochte mir nicht zu helfen. Und damit mir ja rechtschaffen bange werden sollte, redete jedermann im Gefängnis von nichts anderem, als daß ich würde verurteilt werden. Ich mußte es so oft anhören, wenn sie untereinander den Kopf schüttelten und sagten, es täte ihnen leid, und dergleichen. Niemand aber gab mir seine Gedanken zu verstehen, bis zuletzt einer von den Wächtern zu mir kam und seufzend zu mir sagte: Meine gute Frau Flanders, am Freitag werdet ihr vor Gericht erscheinen müssen – es war Mittwoch – was werdet ihr tun?

Ich wurde blaß wie eine Leiche und sprach: Gott weiß, was ich tun soll, ich weiß es nicht.

Er sagte: Ich will euch nicht hinters Licht führen, mein Rat wäre, ihr bereitetet euch hübsch auf den Tod vor, ich fürchte, man wird euch das Leben glatt absprechen, und

da ihr schon eine alte Missetäterin seid, dürfte euch wenig Mitleid widerfahren. Er fügte hinzu, man sage, daß die Sache sonnenklar sei und daß die Zeugen ihre Aussage beschwören wollten, also würde gar nichts dawider zu tun sein.
Ich konnte lange Zeit kein Wort sprechen, weder ein gutes noch ein böses. Zuletzt brach ich in Tränen aus und fragte den Wächter, was ich denn tun müßte.
Er sagte, ich sollte einen Geistlichen holen lassen und mit ihm sprechen, denn wenn ich nicht einflußreiche Freunde hätte, sei es um mich geschehen.
Das war aufrichtig geredet, es machte mich sehr betrübt und kam mir hart vor. Ich befand mich nun in der größten Verwirrung und lag die ganze Nacht schlaflos. Ich sagte Gebete her: Es war wirklich nur ein Hersagen, da mein Herz in solcher Angst war. Obgleich ich weinte und verschiedene Male die gewöhnlichen Worte: Herr, sei mir gnädig! wiederholte, hatte ich trotzdem kein Empfinden dabei, daß ich eine elende große Sünderin sei, die ich doch war. Ich war zu tief in die Betrachtung meines leiblichen Unglücks versunken, weil ich den Tod und meine Hinrichtung vor Augen sah. Hierüber rief ich Tag und Nacht aus: Herr, was wird aus mir werden? Herr, was soll ich tun? Herr, sei mir gnädig! und dergleichen.

Am Donnerstag wurde ich vorgeführt und angeklagt, am Freitag aber sollte die Sache ausgetragen werden. Bei der Anklage berief ich mich auf meine Unschuld und zwar mit Recht, denn man konnte mich keines Einbruchs überführen.

Die Klage lautete: Ich hätte diebischerweise zwei Stücke Brokat, 46 Pfund wert, Anton Johnson gehörig, entwendet und die Türen erbrochen. Und ich wußte doch, daß ich keine Klinke, geschweige denn eine Tür angerührt noch weniger erbrochen hatte.

Am Freitag sollte ich wieder vorgeführt werden, hatte mich aber zwei bis drei Tage dermaßen durch Weinen geschwächt, daß ich die Nacht vom Donnerstag zum Freitag besser schlief, als ich vermutete und also mehr Mut bekam, als ich dachte.

Als nun die Sache untersucht wurde und die Anklage verlesen war, wollte ich reden, man sagte mir aber, die Zeugen müßten erst vernommen werden, und alsdann stünde es mir frei, zu sprechen. Die Zeugen waren nun die beiden halsstarrigen Mägde, welche die Sache, obschon sie im Grund ihre Richtigkeit hatte, doch auf das äußerste vergrößerten und schworen, daß ich die Waren gänzlich in meiner Macht gehabt und sie in meinen Kleidern versteckt gehabt, auch mich damit schon auf den Weg gemacht hätte. Den einen Fuß hätte ich schon aus der Tür gesetzt gehabt, wie sie dazu gekommen wären, auch den anderen Fuß schon nachgezogen, wäre also sogar schon aus dem Haus auf der Straße gewesen, als sie mich gegriffen, um mir die Waren wegzunehmen. Die Tat an sich war nicht wegzuleugnen, ich berief mich aber darauf, daß ich den Fuß noch nicht über die Schwelle gesetzt hätte. Allein das wollte nicht viel helfen, denn ich hatte die Waren genommen und wäre damit entlaufen, wenn sie mich nicht angehalten hätten.

Ich wandte ein, es sei nichts gestohlen noch verloren worden, die Tür sei offen gewesen, ich sei mit dem Vorhaben hineingekommen, etwas zu kaufen. Da ich nun niemand im Haus gesehen, hätte ich ein paar Stücke in die Hand genommen, woraus noch lange nicht zu schließen sei, daß ich hätte stehlen wollen, zumal ich sie nicht weiter als bis an die Tür getragen hätte, damit ich sie bei Licht besehen könnte.

Das Gericht wollte diese Einwendungen nicht gelten lassen und lachte darüber, daß ich hätte Waren kaufen wollen, wo doch kein Laden war, die Mägde aber spotteten meiner, daß ich vorgäbe, ich hätte die Waren bei Licht besehen wollen und stellten ihre naseweisen Betrachtungen darüber an, indem sie sagten, ich hätte sie zu gut besehen, und sie hätten mir zweifellos gefallen, weil ich sie schon aufgepackt und damit hätte forteilen wollen.

Kurz, ich wurde des Diebstahls schuldig erklärt, vom Einbruch aber freigesprochen. Das war ein schlechter Trost, denn eines war zum Todesurteil schon genug, mit beidem zusammen wäre es auch nicht schlimmer ausgefallen.
Am folgenden Tag wurde ich zum dritten Mal vor Gericht gebracht, um das schreckliche Urteil anzuhören. Als ich nun, wie es üblich war, gefragt wurde, ob ich noch etwas einzuwenden hätte, das den Urteilsspruch verhindern könnte, stand ich eine Zeitlang stumm, bis mich jemand ermunterte und mit lauter Stimme sagte, ich solle nur mit den Richtern sprechen, man könne die Sache noch günstig für mich auslegen.
Dies machte mir Mut und ich sagte: Es sei zwar nichts einzuwenden, was den Spruch aufheben könnte, aber ich hätte viel zu sagen, um das Gericht zum Mitleid zu bewegen, ich hoffte, man würde mir in diesem Fall einige Gnade widerfahren lassen, da doch die Umstände so wären, daß ich keine Türen erbrochen noch etwas weggeschafft hätte und kein Mensch im geringsten dabei zu kurz gekommen sei, daß der Mann, dem die Sachen gehörten, selbst verlange, man möge Gnade für Recht ergehen lassen – was er auch treuherzig tat – kurz, ich redete mir größerer Kühnheit als ich gedacht hatte und dazu noch mit so bewegter Stimme, daß ich merkte, obgleich meine Augen voll Tränen standen, es rühre die

Zuhörer so, daß viele sich des Weinens nicht enthalten konnten.
Die Richter saßen ernsthaft und still da und hörten mir aufmerksam zu, ließen mir auch Zeit, alles vorzubringen, was ich nur wußte, sagten dazu aber weder Ja noch Nein, sondern sprachen das Todesurteil gegen mich aus.
Es läßt sich leichter denken als beschreiben, wie mir zumute war. Der Tod stand mir vor Augen, und da ich keine Freunde hatte, die sich meiner annehmen konnten, so erwartete ich nichts anderes, als meinen Namen auf dem Befehl zu lesen, den der Henker am nächsten Freitag erhalten würde, mich samt fünf anderen abzutun.
Inzwischen schickte mir meine bekümmerte Hofmeisterin einen Geistlichen, der mich auf ihr Geheiß besuchen mußte. Dieser ermahnte mich ernstlich zum Bereuen aller meiner Sünden, stellte mir vor, ferner nicht mit meiner Seele zu scherzen noch mir mit der Hoffnung auf ein zeitliches Leben zu schmeicheln, da er wisse, daß es damit ganz aus sei. Ich sollte mich mit ganzer Seele Gott zuwenden und ihn um Vergebung anrufen. Er unterstützte seine Rede mit passenden Stellen aus der Heiligen Schrift, wo auch der größte Sünder zur Buße berufen und ermahnt wird, von seinem bösen Wandel abzulassen. Nach vollendeter Predigt knieten wir nieder, und er betete mit mir.

Dies war das erstemal, daß ich wirkliche Anzeichen der Buße bei mir wahrnahm. Ich sah mit Grauen auf mein früheres Leben zurück, und da mein Blick schon auf das zukünftige gerichtet war, schien mir die gegenwärtige Welt – wie es, glaube ich, in solchem Zustand immer ist – ganz anders und insbesondere verächtlich zu sein. Die Aussicht auf weltliche Glückseligkeit und Freude sowohl als der Kummer um dieses Leben stellten sich mir ganz verändert vor, und meine Gedanken waren so sehr auf das Höhere gerichtet, daß ich auch das Köstlichste in der Welt dagegen für nichts und für etwas Einfältiges ansah. Unter anderem schien mir alle Lustbarkeit abgeschmackt, ich meine solche Dinge, die ich vorher als Lustbarkeiten angesehen hatte, da ich nunmehr erwog, daß es schändliche Nichtigkeiten sind, um derentwillen wir die ewige Seligkeit hintanstellen und verscherzen.

Ich bin nicht dafür geeignet, jemandem heilsamen Unterricht in diesen Dingen zu geben, ich erzähle nur so, wie es mir widerfahren ist, so deutlich und genau, als ich es nur kann. Dennoch reicht meine Beschreibung nicht aus, sondern kommt unendlich zu kurz gegen den lebhaften Eindruck, den solche Betrachtungen zu jener Zeit auf meine Seele machten.

Ich komme nun auf das, was sich weiter mit mir ereignete. Der Geistliche sagte nur, seine Verrichtung sei nicht die eines gewöhnlichen Gefangenenpredigers, Bekenntnisse herauszupressen, wodurch andere Mitschuldige entdeckt würden, sondern mich zu bewegen, mir mein Herz zu erleichtern und ihm Gelegenheit zu geben, mir Trost zuzusprechen, soweit es in seinen Kräften stünde, indem er mir die Versicherung gab, daß das, was ich ihm sagte, bei ihm begraben sein und ein solches Geheimnis bleiben sollte, das nur Gott und mir selbst bekannt bleiben würde.

Die aufrichtige und freundliche Art, mit der er mir begegnete, öffnete ihm die geheimsten Kammern meines Herzens, ich ließ ihn in meine Seele blicken und erzählte ihm alle Bosheiten und Sünden, die ich in meinem Leben begangen hatte, so daß ihm nichts verborgen blieb. Ich bin nicht imstande, die Gespräche mit diesem erfahrenen Manne wiederzugeben, alles, was ich sagen kann, ist dies, daß er mein Herz aufs neue belebte und mir Gedanken eingab, die ich vorher nicht empfunden hatte.

Meine trüben Gedanken verflogen schnell, und die neuen, welche ich nun empfing, hatten etwas Hohes und Erhabenes, daß ich in diesem Augenblick ohne die geringste Unruhe, sogar mit Freuden hätte zur Hinrichtung gehen können.

Der gute Mann war so gerührt, als er sah, was in mir vorging, er dankte Gott, daß er ihn zu mir gesandt hatte und wollte mich nicht verlassen, solange ich noch zu leben hätte.

Zwölf Tage verstrichen noch nach der Verkündigung des Urteils, dann aber kam der Anschlag, und ich fand darauf meinen Namen. Mein gefaßter Mut bekam hierdurch einen grausamen Stoß, ich wurde ohnmächtig und hatte nicht die Kraft, ein Wort hervorzubringen. Der gute Geistliche bekümmerte sich herzlich darüber und tat sein Bestes, mich mit den stärksten Gründen und seiner trefflichen Beredsamkeit aufzurichten, er blieb auch abends so lange bei mir, wie die Gefangenwärter es nur erlauben wollten.

Ich wunderte mich, daß ich ihn den ganzen folgenden Tag nicht zu sehen bekam, obschon es der letzte vor der Hinrichtung war. Ich wurde sehr kleinmütig und niedergeschlagen, ja, ich kam fast um aus Mangel an Trost, den er mir so oft und mit so viel Erfolg durch seinen Zuspruch gespendet hatte. Ich wartete mit der größten Niedergeschlagenheit des Gemüts bis zum Nachmittag, da er zu mir in die Zelle kam. Ich hatte nämlich mit Hilfe von Geld den Vorzug erlangt, daß ich nicht in der Höhle der Verurteilten mitten unter den anderen, die hingerichtet werden sollten, zu liegen brauchte, sondern eine eigene kleine schmutzige Zelle erhielt.

Das Herz hüpfte mir vor Freude im Leib, als ich seine Stimme an der Tür hörte, noch ehe ich ihn sah. Aber wer könnte je ermessen, was ich in meinem Herzen empfand, als er mir nach einer kurzen Entschuldigung wegen seines langen Ausbleibens erklärte, daß er seine Zeit zu meinem Nutzen angewendet hätte, daß er vom Gericht in meiner Sache einen günstigen Bescheid erhalten, kurz, daß er einen Aufschub der Hinrichtung zuwege gebracht hätte.

Er bediente sich aller möglichen Vorsicht, es mir kundzutun, was zu verhehlen eine doppelte Grausamkeit gewesen wäre. Denn wie mich zuerst der Kummer übermannt hatte, so tat nun die Freude dasselbe, und ich fiel in eine weit gefährlichere Ohnmacht als vorher, aus der ich nur sehr schwer wieder zu erwecken war.

Der fromme Geistliche hielt mir eine christliche Ermahnung, daß ich mir durch die Freude über den erhaltenen Aufschub die Erinnerung an mein vergangenes Herzeleid nicht aus dem Sinn schlagen sollte. Der Leser wolle mir vergönnen, meine Geschichte vollständig zu machen, sonst könnte er sagen, die Reue sei nicht so angenehm zu lesen wie die Missetat, und er hätte es lieber gesehen, daß es mit dieser Erzählung ein trauriges Ende genommen hätte, wozu es sich ja auch bereits stark anließ.

Ich will aber fortfahren und erzählen, daß im Gefängnis am folgenden Tag ein trauriger Auftritt stattfand. Das erste, was ich morgens hörte, war das klagende, langsame Geläute der großen Glocke, wodurch der traurige Tag eingeleitet wurde. Sobald sie summte, vernahm man ein greuliches Winseln und Wehklagen aus der Höhle, wo die sechs Verurteilten lagen, die am selben Tag hingerichtet werden sollten, der eine wegen dieser, der andere wegen jener Missetat, zwei wegen Mordes.

Hierauf folgte ein wüstes Geschrei im ganzen Haus unter den übrigen Gefangenen, wodurch sie auf ungehobelte Weise ihr Mitleid über die armen Geschöpfe, die sterben sollten, zu verstehen gaben, das sich auf verschiedene Art äußerte: Einige beweinten die armen Sünder, andere schrien Hurra und wünschten ihnen glückliche Reise, andere wiederum verdammten und verfluchten diejenigen, die Schuld daran hätten, etliche und zwar die meisten hatten rechtes Mitleid mit ihnen, die allerwenigsten aber beteten für sie.

Die ganze Zeit über, da die armen Sünder sich auf den Tod vorbereiteten und der Gefängnispriester mit ihnen beschäftigt war, daß sie sich dem Recht unterwerfen sollten, hatte ich kein Glied am Leib, das nicht zitterte, wie wenn ich darunter gewesen wäre. Dieser Vorfall griff mich an wie kaltes Fieber, ich redete und sah aus wie jemand, der nicht bei Sinnen ist. Sobald aber die armen Sünder auf dem Karren wegfuhren – dies mir anzusehen hatte ich nicht das Herz – überfiel mich wider meinen Willen ein heftiges Weinen, so stark und so anhaltend, daß ich mich trotz aller Macht nicht dagegen wehren konnte.

Dieser Anfall währte zwei ganze Stunden, solange die sechs Übeltäter auf dieser Welt waren, darauf folgte eine sehr demütige, ernste Art von Freude, ich strömte über von Dankbarkeit und verblieb in solchem Zustand die meiste Zeit desselben Tages.

Am Abend kam der gute Geistliche wieder zu mir und wünschte mir Glück, daß ich noch eine Frist bekommen, meine Reue fortzusetzen und Früchte der Buße zu zeigen, wogegen jene sechs armseligen Geschöpfe ihren Lohn empfangen hätten. Zuletzt sagte er mir, ich dürfte ja nicht denken, daß die Gefahr vorüber sei, denn ein Aufschub sei noch kein Freispruch, und er könne für nichts einstehen, was noch folgen könne.

Diese Reden machten mich wieder schwermütig und furchtsam, daß die Sache zuletzt doch schlimm für mich ablaufen würde, dennoch fragte ich ihn diesmal weiter um nichts, weil er versprochen hatte, sein Äußerstes zu tun, damit alles zu einem guten Ende kommen möchte; jedoch könnte er mir nichts versprechen, und er wollte auch nicht, daß ich mich allzu sicher fühlen sollte.

Ich reichte eine demütige Bittschrift ein, daß man mich verschicken möchte, um dadurch dem sonst unvermeidlichen Strick zu entgehen. Der üble Ruf, in dem ich als alte abgefeimte Spitzbübin stand, tat mir größeren Schaden als mein letztes Verbrechen, aber ich hatte nach gesetzlichen Begriffen wenig Schuld auf mir und hatte in des Richters Augen ein anderes Ansehen, denn ich war nur dieses einzige Mal vor Gericht gebracht worden, daher konnte man mich nicht wie eine alte Missetäterin richten; auch stellte der Staatsanwalt meine Sache so vor, wie es ihm gut dünkte.

Endlich ward ich zwar meines Lebens versichert, doch unter der harten Bedingung, daß ich des Landes nach Virginia verwiesen wurde, zwar an sich eine harte Strafe, indes nichts im Vergleich zum Galgen. Ich will deshalb nichts gegen mein Urteil sagen, weil doch kaum etwas so schlimm in der Welt ist, das man nicht lieber wählen würde als den Tod.

Der gute Geistliche, den ich sonst nichts anging, war meinetwegen von Herzen traurig. Seine Hoffnung, sagte er, sei gewesen, daß ich meine übrige Lebenszeit mit heilsamem Unterricht in gottseliger Übung zubringen würde, ohne meine ausgestandene Qual zu vergessen, nicht aber, um mit solchem losen Gesindel, wie die Verschickten es sind, aufs neue in Sünde und Schande zu fallen. Denn ich müßte, sagte er weiter, eine ungewöhnliche verborgene Hilfe von Gottes Gnade haben, falls ich nicht bei solcher Gelegenheit wieder ebenso ruchlos würde wie früher.

Es dauerte nun noch fünfzehn Wochen, daß ich dort gefangen gehalten wurde, ich wußte nicht, aus welcher Ursache. Endlich brachte man mich mit dreizehn anderen Galgenvögeln aus Newgate auf ein Schiff, das auf der Themse lag. Vielleicht würde es kindlich aussehen, wenn ich hier alle Kleinigkeiten, die bei dieser Gelegenheit vorfielen, aufzeichnen wollte, das aber, was mich und meinen Mann aus Lancashire betrifft, darf ich indes nicht übergehen.

Er war, wie ich schon erwähnt habe, aus dem gemeinen Gefängnis nach dem Pressyard gebracht worden und hatte seitdem zu seinen beiden Kameraden noch einen dritten Mann bekommen. Hier wurden sie, ich weiß nicht warum, alle vier fast drei Monate gefangen gehalten, ehe man sie vor Gericht brachte. Es schien aber, daß sie Mittel gefunden hatten, diejenigen zu bestechen, welche gegen sie zeugen sollten, so daß es dem Gericht an Beweismaterial fehlte. Nachdem es eine Zeitlang gedauert, fand sich endlich mit genauer Not soviel Zeugnis, daß zwei von den vieren daran glauben mußten, die Sache der beiden anderen, von denen der eine mein Mann war, blieb unentschieden. Man hatte zwar, wie mir gesagt wurde, einen gewichtigen Zeugen gegen sie, da aber das Gesetz zwei verlangte, so war nichts damit gewonnen, dennoch wollte man sie nicht loslassen, in der Hoffnung, es würden sich noch mehr Zeugen finden. Zuletzt wurde bei öffentlichem Trommelschlag ausgerufen, daß ein jeder kommen und die gefangenen Straßenräuber ansehen könnte, vielleicht wüßte der eine oder andere etwas von ihnen.

Ich benutzte die Gelegenheit, meinen Mann zu sehen, indem ich vorgab, ich sei einst in einer Landkutsche beraubt worden und wollte deshalb diese Leute sehen. Ich hatte mich verkappt und vermummt, so daß er nur wenig von mir erblickte und nicht wußte, wer ich war; als ich aber wieder zurückkam, sagte ich öffentlich, daß ich sie beide gut kenne.

Sofort wurde es im ganzen Hause ruchbar, daß die Moll Flanders wider einen von den Straßenräubern Zeugnis ablegen und sich dadurch von der Landesverweisung befreien wolle.

Auch die Räuber in Pressyard bekamen Wind davon, und mein Mann besonders verlangte die Moll Flanders zu sehen, die gegen ihn zeugen wolle. Aus diesem Grund wurde mir vergönnt, zu ihm zu gehen. Ich legte die besten Kleider an, die ich im Gefängnis bekommen konnte

und ging nach Pressyard, verhüllte aber mein Gesicht mit einer Kapuze.
Er fragte mich, ob ich ihn kenne. Da ich auch noch meine Stimme verstellte, konnte er nicht erraten, wer ich war, als ich sagte, ich kenne ihn sehr gut.
Er fragte mich darauf, wo ich ihn gesehen hätte.
Ich antwortete: Zwischen Dunstable und Brickhill. Darauf wandte ich mich zu dem danebenstehenden Wächter und fragte, ob es mir nicht erlaubt wäre, mit dem Gefangenen allein zu sprechen. Der Wächter vergönnte es mir und war so höflich, hinauszugehen.
Sobald er fort war und ich die Tür zugemacht hatte, schlug ich die Kapuze zurück, brach in Tränen aus und sagte: Mein Liebster, kennst du mich nicht mehr?
Er erblaßte und verstummte, als wenn ihn der Donner gerührt hätte, konnte auch seinen Schrecken nicht bemeistern und setzte sich an den Tisch, stützte den Kopf auf die Hand, blickte starr zur Erde wie ein Wahnsinniger. Ich weinte so bitterlich, daß lange Zeit auf beiden Seiten kein Wort fiel.
Endlich schlug er die Augen auf und fragte, wie ich so grausam sein könnte.
Ich verstand nicht, was er damit sagen wollte und fragte deshalb, warum er mich grausam nenne.
Daß du zu mir kommst, sagte er, an einen solchen Ort,

meiner zu spotten und mich zu beschimpfen, da ich dir doch nichts geraubt habe, wenigstens nicht auf der Landstraße.

Hierbei merkte ich, daß er von meinem jämmerlichen Zustand nichts wußte, sondern glaubte, ich hätte von ihm gehört und wäre nur deswegen gekommen, um ihm vorzuwerfen, daß er mich schändlich verlassen.

Ich hatte ihm viel zuviel zu sagen, als daß ich ihm dies hätte übel nehmen sollen, gab ihm aber zu verstehen, ich sei ganz und gar nicht deswegen gekommen, um seiner zu spotten und ihn zu beschimpfen, sondern um mit ihm zu klagen, er würde dies bald einsehen, wenn ich ihm sagte, daß meine Lage in vielen Stücken noch ärger sei als die seine.

Diese Worte befremdeten ihn, er lächelte ein wenig und fragte, wie das wohl möglich wäre, da ich ihn in Ketten und Banden in Newgate anträfe und mir nicht unbekannt sein könnte, daß bereits zwei seiner Kameraden mit dem Tod hätten abgehen müssen.

Ich sagte ihm, es würde lange Zeit erfordern, wenn ich ihm meine Geschichte erzählen und er sie anhören sollte, wenn aber solches geschehen wäre, so würde er bald meiner Meinung sein, daß nämlich mein Zustand viel ärger sei als der seine.

Wie wäre das möglich, fragte er wieder, da mir bei nächster Gerichtsverhandlung das Leben wird abgesprochen werden.

Und es ist doch wahr, sprach ich, denn du mußt wissen, daß ich schon in drei Gerichtsverhandlungen das Todesurteil erhalten habe und daß es noch über mir schwebt. Nun, ist meine Lage nicht schlimmer als deine?

Hierauf wurde er ganz still, wie wenn seine Zunge gelähmt wäre. Danach sprang er auf und rief: Unglückseliges Paar!

Ich nahm ihn bei der Hand und bat ihn, sich neben mich zu setzen. Ich berichtete ihm so viel von meinen Erlebnissen, als ich für gut hielt, berief mich auf die Armut und die böse Gesellschaft, die mich verleitet hätten, mit ihnen zu gehen und daß ich denn an eines Kaufmanns Tür gefangengenommen worden sei. Ich wäre schließlich für schuldig erklärt und zum Tod verurteilt worden, worauf die Richter, die von meiner Unschuld überzeugt gewesen wären, mir die Gnade erwiesen hätten, daß ich nach Virginia verschickt würde. Ich sagte ihm ferner, daß ich ihn zu Brickhill gesehen und auf welche Art ich ihn dort von seinen Verfolgern befreit hätte. Er hörte mir mit aller Aufmerksamkeit zu und lächelte zu meinen Übeltaten, die seinen Begebenheiten nicht das Wasser reichen konnten. Als ich aber den Zufall in Brickhill erwähnte, wunderte er sich und fragte, ob ich diejenige ge-

wesen sei, die den Pöbel dort so hübsch hinters Licht geführt hätte.
Ich erzählte ihm nun gewisse Umstände, woraus er mit Sicherheit entnehmen konnte, daß ich es gewesen.
So hast du, sprach er, damals mein Leben gerettet, und ich bin froh, es dir zu verdanken, deswegen will ich jetzt diese Schuld abtragen und dich aus dem Zustand, in dem du bist, befreien oder auch mein Leben dabei verlieren.
Ich hielt ihn davon ab, stellte ihm vor, es sei gar zu viel dabei gewagt, und meine Person verdiene die Gefahr gar nicht, in die er sich begeben wolle.
Es schadet nichts, sagte er, dein Leben schätze ich höher als die ganze Welt, es ist ein Leben, welches das meinige erneuert hat, denn, fuhr er fort, ich bin niemals so sehr in Gefahr gewesen als damals zu Brickhill und das letztemal, als ich gefangen wurde.
Bei dieser Gelegenheit kam die Reihe an ihn, mir seinen Lebenslauf zu erzählen, der sehr abwechslungsreich ist und allein ein ergötzliches Buch abgeben würde. Er gestand mir, daß er schon zwölf Jahre vorher, ehe er mich geheiratet, die Wege unsicher gemacht hätte. Die Frau, die ihn Bruder genannt hätte, sei gar nicht mit ihm verwandt gewesen, hätte ebenfalls zur Zunft gehört, hätte die Korrespondenzen geführt und allzeit in London ge-

wohnt, hätte einen großen Bekanntenkreis gehabt und ihnen von allen reisenden Leuten genaue Kunde gegeben, durch welche sie manche schöne Beute gemacht. Die Person hätte wirklich gemeint, sein Glück zu machen, als sie mich zu ihm gebracht hätte, doch sei sie betrogen worden, und er könne sie deswegen nicht beschuldigen. Wenn ich, wie sie gemeint hatte, Geld gehabt hätte, so hätte er das Räubern aufgegeben und ein neues Leben angefangen, aber dennoch sich nicht öffentlich zeigen wollen, bis ein Generalpardon erfolgt oder bis er durch Geld seine eigene Begnadigung erhalten hätte. Da es aber anders ausgefallen sei, so habe er sein altes Handwerk wieder aufnehmen müssen.

Er erzählte mir nun ein langes und breites von seinen Abenteuern, besonders, als er die Kutsche nahe bei Lichfield geplündert und eine sehr große Beute gemacht hatte, darauf wie er im Westen fünf Viehhändler beraubt hatte, die Schafe kaufen wollten. Er sagte mir, diese beiden Taten hätten ihm so viel Geld eingebracht, daß, wenn er mich gefunden hätte, er ganz gewiß meinen Vorschlag, nach Virginia zu gehen, angenommen oder sich in irgendeiner anderen amerikanisch-englischen Kolonie als Pflanzer niedergelassen haben würde.

Da es ihm nun, fuhr er fort, hierin auch fehlgeschlagen, habe er hernach das Handwerk immer fortsetzen müssen, obgleich er, nachdem er soviel Geld gewonnen, nicht mehr so waghalsig gewesen wäre. Hierauf erzählte er mir einige verzweifelte harte Kämpfe, die er unterwegs gehabt hätte, wenn man das Geld nicht habe geben wollen. Er wies mir verschiedene Wunden auf, die er empfangen, darunter ein paar entsetzliche, insbesondere ein Pistolenschuß, der ihm den Arm zersplittert hatte und ein Degenstoß, der durch und durch gegangen sei, wovon er aber doch, weil die edlen Teile unverletzt geblieben waren, wieder geheilt wurde. Einer seiner Kameraden habe ihm dabei so treulich und freundlich beigestanden und sei 80 Meilen mit ihm geritten, bis sein zerbrochener Arm behandelt werden konnte.

Er gab mir eine so anschauliche Kunde von seinen Abenteuern, daß ich mich recht zwingen muß, sie hier nicht zu erzählen, da dies doch meine und nicht seine Geschichte ist.

Ich fragte ihn darauf, wie seine Sache jetzt stünde und was er erwartete, wenn man ihn vor Gericht bringen würde.

Er meinte, es würden sich keine Zeugen gegen ihn finden, zumal er zu seinem Glück nur an einer der drei Räubereien, deren man sie beschuldigte, teilgenommen, für die aber nur ein Zeuge vorhanden sei, der allein nichts gelte. Man erwarte aber, daß sich mehr melden würden, und er habe gedacht, als er mich zuerst gesehen, ich sei deswegen gekommen, sollte sich aber kein weiterer Beweis finden, so hoffe er, die Freiheit zu erhalten. Man habe ihm schon zu verstehen gegeben, falls er sich zur Verschickung verstehen wollte, so würde er ohne Verhör eingeschifft werden, allein er könnte sich nicht dazu entschließen und wollte lieber hängen.

Ich redete ihm dies aus, weil ja beim Transport hundert Mittel und Wege gefunden werden könnten, wodurch er seine Freiheit erlangen, ja, er wohl noch, ehe er abführe, entkommen könnte.

Er lächelte und meinte, das letztere würde ihm am besten gefallen, denn er habe einen besonderen Abscheu, nach den Plantagen verschickt zu werden, wie die Römer ihre Sklaven zur Arbeit in die Bergwerke sandten, er halte den Galgen für einen anständigen Abschluß seines Lebens, und solche Gedanken hegten alle rechtschaffenen Ritter, die durch Not und Mangel dazu getrieben wären, ihr Glück auf der Landstraße zu suchen. Wenigstens sei auf dem Richtplatz ein Ende alles gegenwärtigen Elends, und was das zukünftige beträfe, so könnte ein Mann seiner Meinung nach in den letzten vierzehn Tagen seines Lebens sich in der Angst des Gefängnisses und in der Hölle der Verurteilten ebenso ernstlich bekehren als in den weiten amerikanischen Waldungen und Wildnissen. Knechtschaft und Arbeit aber wären Dinge, zu denen sich kein Edelmann erniedrigen dürfte, und er könne ohne den größten Abscheu nicht daran denken.

Ich wandte alle Mittel an, um ihn eines anderen zu überzeugen und verstärkte meine Gründe durch die gewöhnliche Redekunst der Weiber, durch Tränen. Ich stellte ihm die Schmach einer öffentlichen Hinrichtung vor Augen, zum wenigsten behielte er bei der Verschickung sein Leben, das er sonst dem Henker hingeben müßte. Es sei auch das einfachste von der Welt, den Schiffskapitän auf die Seite zu bringen, weil diese Leute fast alle mit sich reden ließen, so daß er, besonders wenn er Geld dabei springen ließe, sich bald loskaufen könnte, wenn er in Virginia ankäme.

Er sah mich an, als wollte er sagen: Ja, wer nur Geld hätte! Allein ich irrte mich, er hatte andere Gedanken. Ich habe dich so verstanden, sagte er, daß ich, noch ehe ich eingeschifft wäre, entkommen könnte, und in solchem Fall wollte ich lieber 200 Pfund geben und im Land bleiben, als mich mit 100 Pfund erst in Virginia befreien.

Ich antwortete, diese Gedanken kämen daher, weil er das Land nicht kenne. Wenn er auch zu dieser Fahrt gezwungen werden sollte, so wollte ich ihm doch helfen, daß er kein Knecht zu werden brauchte, besonders da es ihm, wie ich sähe, an Geld nicht fehle, das in solchen Fällen der beste Freund sei. Er dürfe aus meinen Reden nicht schließen, daß ich etwas von ihm verlangte, vielmehr hätte ich selbst noch so und so viel, daß ich ihm eher davon etwas abgeben als ihm seinen Beutel erleichtern wollte, dessen er wohl auf der Reise benötigte, auch wenn er doppelt so gespickt wäre.

Er erklärte sich hierauf mit aller Gutmütigkeit und sagte, sein Kapital sei zwar auch nicht groß, doch wollte er mir, wenn ich dessen benötigte, keinen Penny davon vorenthalten, versicherte mir auch, daß er mich nicht in solcher Absicht gefragt hätte, sondern seine Gedanken wären nur auf meinen Vorschlag gerichtet gewesen: hierzulande wisse er etwas anzufangen, in Virginia würde er aber ganz hilflos sein.

Ich sagte, er habe einen Schrecken vor Dingen, die nichts Schreckliches enthielten. Hätte er Geld, was mir angenehm sein würde, so könnte er sich nicht nur die Freiheit erkaufen, sondern ein solches neues Leben beginnen, das sicherlich glücklich werden müßte, falls man den gehörigen Fleiß darauf verwende; er solle sich doch erinnern, wie nachdrücklich ich ihm solches schon vor vielen Jahren empfohlen und als ein zulängliches Mittel vorgeschlagen hätte, unser Glück in der Welt wieder aufzu-

richten. Nun müßte ich ihm aber noch mehr sagen, um ihn sowohl von der Gewißheit als von meiner Erfahrung in der Sache zu überzeugen, nämlich, ich wollte mich erst selber von der Verschickung befreien und hernach ohne den geringsten Zwang, aus freiem Willen mit ihm hinübergehen, ich erböte mich hierzu aber nicht aus Not, als ob ich mich nicht getraute, ohne seinen Beistand zu leben, sondern gedächte vielmehr, daß unser gemeinsames Unglück eine solche Verbindung erfordere, mittels welcher wir diesen Weltteil verlassen und an einem Ort wohnen könnten, wo niemand etwas über uns noch wir über andere das geringste zu sagen hätten.
Ich bekräftigte dies mit so vielen Gründen und widerlegte alle seine Einwürfe so kräftig, daß er mich umarmte und sagte, ich handelte an ihm so getreu, daß er mir vertrauen müsse, er wolle meinem Rat folgen und sich dem Schicksal unterwerfen in der Hoffnung, den Trost einer so getreuen Ratgeberin und einer solchen Reisegefährtin, wie ich sei, zu genießen. Trotzdem erinnerte er mich wieder an das, was ich vorher gesagt hatte, nämlich einen Weg zu finden, wodurch er loskäme, ehe die Verschiffung vor sich gehen würde und daß man also die Reise ganz und gar unterlassen könnte. Ich sagte, er sollte nur völlig davon überzeugt sein, daß ich auch hierin mein Äußerstes tun würde, sollte es aber nicht angehen kön-

nen, so wollte ich doch das übrige gut zuwege bringen. Nach dieser langen Unterredung schieden wir voneinander und zwar mit vielen Liebes- und Freundschaftsbezeugungen.
Das Anerbieten einer Verschickung war ihm durch Vermittlung einer vornehmen Persönlichkeit gemacht worden, durch welche er sehr gedrängt wurde, es anzunehmen.
Zuletzt ergab er sich darein, wenn auch erst nach harter Mühe. Ein Freund hatte sich für ihn so verbürgt, daß er selbst zu Schiff gehen und in einer bestimmten Zeit nicht nach England zurückkommen würde. Ich meinerseits war nun nicht so sehr darüber bekümmert, daß ich nach Amerika sollte. Es war im Februar, als man mich mitsamt dreizehn anderen Verurteilten an Bord eines nach Virginia fahrenden Handelsschiffes brachte. Der Kerkermeister überantwortete uns dem Kapitän, der ihm darüber eine Quittung ausstellte.
Die erste Nacht wurden wir unter Verdeck eingeschlossen und waren so eingeengt, daß ich aus Mangel an Luft zu ersticken vermeinte. Am folgenden Morgen wurden die Anker gelichtet, und wir fuhren den Fluß hinunter, und damit war uns die Gelegenheit zum Entwischen genommen. Als wir nun dort lagen, gab man uns die Freiheit, auf Deck, doch nicht auf das Hinterteil des Schiffes

zu kommen, da dieses für den Kapitän und die Passagiere allein bestimmt war.
Als ich aus dem Geschrei der Matrosen und aus der Bewegung des Schiffes wahrnahm, daß wir unter Segel waren, wurde mir schon angst, daß wir wirklich die Reise antreten müßten und nicht das Vergnügen haben sollten, von unseren alten Freunden Abschied zu nehmen. Allein ich gab mich bald darauf wieder zufrieden, als ich merkte, daß sie Anker warfen und einige von den Bootsleuten uns sagten, wir sollten am folgenden Tage Erlaubnis haben, auf Deck zu kommen und unsere Freunde zu sehen.
Diese Nacht lag ich auf dem Boden wie die anderen Gefangenen, später wurden uns kleine Kojen angewiesen, wohinein diejenigen ihr Bett legen konnten, die eines hatten. Dies muß ich wohl dazusetzen, denn einige hatten weder Hemd noch Halstuch, weder Leinen noch Wolle, nur was sie am Leib trugen, ja, sogar auch keinen Heller Geld, womit sie sich hätten helfen können. Trotzdem fand ich nicht, daß es ihnen im Schiff an etwas gebrach, besonders nicht den Weibern, die für die Matrosen wuschen und Geld von ihnen dafür bekamen, was zu ihrer Notdurft schon ausreichte.
Als wir nun am folgenden Morgen auf das Verdeck kamen, fragte ich einen von den Offizieren, ob ich nicht ei-

nen Brief an Land senden und meinen Freunden mitteilen könnte, an welchem Ort wir lägen, damit sie mir einige notwendige Sachen schicken könnten. Dies war der Oberbootsmann, ein höflicher, umgänglicher Mann, welcher mir sagte, ich sollte alle verlangte Freiheit genießen, die er mir gestatten könnte.

Ich sagte, daß ich keine andere Freiheit als diese begehrte, und er antwortete: Es würde das Schiffsboot bei der nächsten Flut hinauf nach London gehen, da wolle er meinen Brief mitschicken.

Als nun das Boot abstoßen wollte, kam der Oberbootsmann und sagte mir, er ginge selbst mit und wolle meinen Brief bestellen lassen, falls ich ihn fertig hätte. Ich war schon vorher auf Schreibzeug bedacht gewesen, und mein Brief an die Hofmeisterin lag fertig, in welchen ein anderer an den Gefährten meiner Gefangenschaft eingeschlossen war, von dem ich ihr aber beileibe nicht gesagt hatte, daß er mein Mann sei. In dem Schreiben teilte ich ihr mit, wo das Schiff läge und bat sie inständigst, mir die Sachen zu schicken, die sie zu meiner Reise angeschafft hätte.

Bei Überreichung des Briefes gab ich dem Oberbootsmann einige Schillinge mit der Bitte, sie demjenigen geben zu wollen, der den Brief hinbringen würde, und es, sobald als er ankäme, zu erledigen, damit ich eine Ant-

wort erhalten und wissen könnte, wie es um meine Sachen stünde; denn wenn ich sie nicht bekäme, ehe das Schiff absegelte, wäre es um mich geschehen.
Ich war so schlau, als ich ihm das Geld gab, daß ich ihn zugleich merken ließ, ich hätte etwas mehr bei mir als die übrigen Gefangenen, nämlich einen Beutel mit einem guten Stück Geld, und ich fand, daß der bloße Anblick des Geldes mir auch schon eine bessere Behandlung verschaffte als ich sonst gehabt haben würde. Denn obgleich der Bootsmann schon vorher sehr höflich war und Mitleid mit mir als einer unglücklichen Frau hatte, so wurde er dadurch noch viel verbindlicher und half, daß es mir auf dem Schiff besser erging als allen anderen, worüber ich bald noch reden werde.
Er brachte meinen Brief zu meiner Hofmeisterin und ihre Antwort zu mir, bei deren Überreichung er mir mein Geld wiedergab und sagte, er hätte den Brief selbst besorgt.
Ich wußte nicht, was ich hierauf antworten sollte, sagte aber endlich, es sei allzu gütig gehandelt, denn da er den Brief selbst besorgt hätte, so hätte er sich doch wenigstens einen Wagen nehmen sollen.
Nein, sagte er, ich bin reichlich bezahlt worden. Was ist das für eine Frau, zu welcher ihr mich gesandt habt? Ist sie etwa eure Schwester?

Nein, sprach ich, sie ist keine Verwandte, sondern die einzige wahre Freundin, die ich in der Welt habe.
Es gibt wenige solcher Freunde, sagte er, sie weinte und heulte über euch wie ein Kind.
Ja, sprach ich, sie gäbe wohl 100 Pfund, wenn sie mich damit befreien könnte.
Ist das wahr?, sagte er. Für das halbe Geld wollte ich euch wohl einen Weg weisen, wie ihr loskommen könntet – das aber brachte er so leise vor, daß es niemand außer mir hören konnte.
Ich erwiderte darauf, das würde wohl eine solche Befreiung sein, die mir den Hals kosten würde, wenn man mich dabei ertappte.
Er sagte, das könne er nicht wissen, denn wenn ich einmal vom Schiff wäre, müßte ich für mich selbst sorgen. Hiermit endigte für diesmal unser Gespräch.
Inzwischen hatte die getreue Hofmeisterin Mittel gefunden, den Brief, der in dem ihrigen eingeschlossen war, an die richtige Adresse zu befördern und eine Antwort darauf zu erhalten.
Am nächsten Tag kam sie selbst und brachte mir zunächst ein Seebett samt allem Zubehör, dann eine Seekiste, worin alles war, was die Matrosen auf See nötig haben, ja, fast alles, was ich nur verlangen konnte. In einer Ecke dieser Kiste, wo eine verborgene Schublade war,

hatte sie mir meine Bank eingerichtet, worin soviel Geld war, als ich mir vorgenommen hatte mitzunehmen. Einen Teil meines Kapitals aber ließ ich zurück, dafür sollte sie Güter und Waren einkaufen, wie ich ihr schreiben würde, sobald ich angekommen wäre, zumal in Virginia das Geld keinen Wert hat, weil man alles für Tabak kaufen kann und man sogar Verluste hat, wenn man Bargeld hinüberbringt.

Ich lag inzwischen ganze drei Wochen auf dem Schiff in der größten Ungewißheit, ob ich meinen Mann mitbekommen würde oder nicht. Endlich aber, nach vieler Mühe, kam er, ja, sogar mit allen Formalitäten eines Verurteilten und Verwiesenen, der er doch gar nicht war, weil man ihn nicht einmal verhört hatte, und das ging ihm besonders nahe. Er wurde an Bord gebracht, wir waren nun beieinander und sollten wirklich nach Virginia segeln in der schimpflichen Eigenschaft als landesverwiesene Übeltäter, zum Verkauf als Sklaven bestimmt, ich auf fünf Jahre, er durfte auf Lebenszeit nicht wieder nach England kommen. Das verdroß ihn über die Maßen und schlug ihn gänzlich nieder, daß er als Gefangener an Bord gebracht werden sollte, obzwar ihm vorher gesagt worden war, er sollte als freier Reisender hinübergehen. Soviel hatte er voraus, er sollte nicht wie ich und die anderen bei unserer Ankunft verkauft werden, dafür

aber mußte er dem Kapitän die Fracht bezahlen, was wir nicht brauchten. Im übrigen war er wie ein Kind in allem, was er tat, man mußte ihn alles heißen und ihm alles vorsagen.
Als er nach Ablauf der drei Wochen an Bord kam, sah er grimmig und verzweifelt aus, sein Herz war voll Wut und Hochmut, weil er von drei Gefangenwärtern aus Newgate wie ein überführter Missetäter an Bord gebracht wurde, obgleich er doch nicht einmal vor Gericht gewesen war. Seine Freunde mußten sich deshalb öffentlich beschweren, man wies sie aber ab mit der Bemerkung, daß ihm schon Gnade genug widerfahren sei, denn es wären seit der Erlaubnis zur Verschickung solche Dinge von ihm eingelaufen, daß er sich nur glücklich schätzen sollte, einem weiteren Verfahren entgangen zu sein.
Diese Antwort beruhigte ihn, denn er wußte gar wohl, was daraus entstehen und daß er zuletzt nichts Gutes zu erwarten haben würde. Nun fand er, wie gut der Rat gewesen, den ich ihm zur Überfahrt gegeben hatte und als sich sein Unmut etwas gelegt hatte, sah er viel freundlicher und lustiger drein.
Ich zeigte ihm meine Freude, als ich ihn nun zum zweiten Mal aus den Klauen der Häscher erlöst sah, und er nahm mich in die Arme, dankte mir von Herzen mit der größten Zärtlichkeit für meinen guten Rat.

Mein Schatz, sagte er, du hast mir zweimal das Leben gerettet, hinfort soll es nur zu deinen Diensten angewendet werden, und ich will deinem Rat allemal folgen. Das erste, was wir vornahmen, war, unser Kapital zu vergleichen. Er war sehr aufrichtig und sagte mir, sein Vorrat sei ziemlich groß gewesen, als er zuerst in Newgate angekommen sei, allein er habe als Kavalier gelebt, und auch die Freunde, die er gebraucht hätte, um seine Sache zu fördern, hätten ihn nicht wenig gekostet. Kurz, was er noch übrig hätte, beliefe sich auf 108 Pfund, die er in Gold bei sich hätte.

Ich entdeckte ihm ebenso treulich, was ich bei mir hatte, denn ich war entschlossen, das, was ich zurückgelassen hatte, für mich zu behalten, weil ich nicht wissen konnte, wie die Sache ausgehen würde. Sollte ich sterben, so war dies genug für ihn, und was meine Hofmeisterin in Händen hatte, würde alsdann ihr eigen sein, was sie auch wirklich um mich verdient hatte.

Mein Kapital, das ich mit mir nahm, bestand aus 246 Pfund und einigen Schillingen, so daß wir zusammen 350 Pfund hatten, aber niemals ist Geld zusammengekommen, das auf so üble Art erworben worden war wie dieses.

Außerdem hatte ich auch einige Kostbarkeiten bei mir, nämlich zwei goldene Uhren, etwas Silbergerät und einige Ringe, alles gestohlenes Gut. Mit diesem Schatz fuhr ich im 61. Jahre meines übelgeführten Lebens in eine neue Welt hinein als eine arme Verurteilte, die dem Galgen entkommen ist. Meine Kleider waren schlecht und gering, jedoch nicht zerrissen oder besudelt, und niemand im ganzen Schiff wußte, daß ich etwas von Wert bei mir hatte.

Das Schiff war nun bald voll, es kamen auch verschiedene Reisende an Bord, die nichts verbrochen hatten und doch nach Virginia wollten. Diesen wurden allerlei Bequemlichkeiten in der großen Kajüte und anderswo angewiesen, während wir armen Verurteilten hinunter sollten, ich weiß nicht, wohin. Als aber mein Mann an Bord kam, redete ich mit dem Oberbootsmann, der mir früher gefällig gewesen war. Ich sagte ihm, er habe mir viel Freundschaft gezeigt, und ich hätte ihm noch nicht dafür gedankt, dabei steckte ich ihm eine Guinee zu. Ich sagte weiter, mein Mann sei an Bord gekommen, und obgleich wir beide jetzt ins Unglück geraten wären, so wären wir doch ganz andere Leute als unsere Gefährten. Deswegen möchte ich gern wissen, ob der Kapitän nicht dahin zu bringen wäre, daß er uns einige Bequemlichkeit im Schiff vergönnte, wofür wir nicht nur das Gebührliche bezahlen würden, sondern uns auch gegen ihn selbst, wenn er uns dazu verhelfe, erkenntlich zeigen wollten. Er nahm zuerst die Guinee, wie ich merkte, mit großem Vergnügen an und versprach mir seinen Beistand.

Bald darauf sagte er, es sei kein Zweifel, daß sich der Kapitän, ein gütiger Mann, dazu bereden lassen würde, uns alle mögliche Bequemlichkeit zu verschaffen, denn er finde ein besonderes Vergnügen daran, sich gütig und liebreich erweisen zu können, besonders gegen Unglückliche. Zunächst zeigte er mir verschiedene kleine Kabinen, die teils in der großen Kajüte, teils außer derselben abgeteilt waren, alle aber in die große Kajüte führten, zur Bequemlichkeit der Reisenden; von diesen ließ er mich auswählen, welche ich haben wollte. Ich wählte eine, die nahe am Steuer lag, wo genug Raum war, unsere Kisten und Kästen und einen Tisch hinzustellen.

Dies war mir eine große Annehmlichkeit nach so viel erlittener Drangsal und dem Herzeleid. Ich bedankte mich auf das beste und ging zu meinem Mann, um ihn aufzumuntern und erfreute ihn mit dieser Nachricht nicht wenig, so daß er ein ganz anderer Mensch wurde und neuen Mut bekam, da er bisher den ihm zugefügten Schimpf noch nicht vergessen hatte. Es ist sehr wahr, daß die größten Geister, wenn sie vom Kummer übermannt werden, der größten Kleinmütigkeit fähig sind.

In solcher Verfassung gingen wir freudigen Herzens unter Segel. Wir liefen nirgends an und erreichten nach 42 Tagen die Küste Virginias.

Als wir an Land kamen, rief mich der Kapitän zu sich und sagte, er habe wohl aus meinen Reden entnommen, daß ich Verwandte im Land hätte und früher schon dort gewesen wäre, deshalb meinte er, würde ich wohl den Brauch kennen, wie man mit den verschickten Gefangenen zu verfahren pflege.

Ich verneinte dies und sagte, ich würde mich, solange ich Gefangene wäre, keinem meiner Verwandten zu erkennen geben, übrigens unterwürfen wir uns ganz und gar seinem Willen in der Hoffnung, er werde uns beistehen, was er auch versprach.

Darauf gab er mir zu verstehen, ich müsse jemanden aus dem Land bringen, der käme und mich als seine Magd kaufte und für mich beim Gouverneur einstünde, wenn dieser nach mir fragen sollte.

Ich sagte, wir würden tun, was er für gut befände. Er brachte darauf einen Pflanzer aufs Schiff, mit welchem er verhandelte und verkaufte mich als Magd an ihn. Mein Mann aber brauchte diese Form nicht, denn er war frei und durfte nicht verkauft werden, mit mir dagegen wurde der Handel abgeschlossen, und der Pflanzer führte mich mit sich an Land.

Der Kapitän ging auch mit und brachte uns in ein Haus

am Strand; ob es ein Wirtshaus war, weiß ich nicht mehr, aber wir tranken dort einen Rumpunsch und waren sehr lustig. Nach einiger Zeit gab mir der Pflanzer den Abschied und ein Zeugnis, daß ich ihm treu und redlich fünf Jahre gedient hätte, also war ich am folgenden Morgen von ihm los und konnte gehen, wohin ich wollte.

Für diesen Dienst forderte der Kapitän von mir 6000 Pfund Tabak, wovon er seinem Bericht nach Zoll und Fracht bezahlen mußte. Wir kauften ihm den Tabak und schenkten ihm noch 20 Guineen, womit er überaus zufrieden war.

Es geht aus gewissen Ursachen nicht an, daß ich den Ort und die Gegend Virginias bei Namen nenne, wo wir uns niederließen, wir wollten uns zuerst am Potomack, wohin auch das Schiff bestimmt gewesen war, niederlassen, entschieden uns dann aber anders.

Als ich meine Güter und Sachen an Land geschafft und in einem Packraum, den wir nebst einigen Kammern gemietet hatten, verwahrte hatte, fragte ich sogleich nach meiner Mutter und nach meinem Bruder, mit welchem ich ehemals so unglücklich verheiratet gewesen war und fand heraus, daß meine Mutter schon das Zeitliche gesegnet hatte, mein Bruder aber noch lebte und sich von der alten Plantage etwas entfernt zu einem seiner Söhne, nahe dem Ort, wo wir landeten, begeben und sich dort ein Haus gemietet hatte.

Dies machte mich ein wenig stutzig, doch dachte ich, er würde mich wohl nicht mehr erkennen und wollte ihn gern sehen, ohne von ihm gesehen zu werden. Deshalb forschte ich die Pflanzung aus, wo er wohnte, kriegte eine alte Frau heran, die mit mir gehen mußte, als ob ich mir die Gegend ansehen und das Land zeigen lassen wollte, und so kamen wir alsbald so in die Nähe, daß ich meines Bruders Haus erblicken konnte.

Ich fragte meine Führerin, wem die Pflanzung gehöre, worauf sie mir den Namen nannte, sich ein bißchen umsah und zu mir sprach: Seht, da ist der Herr selbst mit seinem Vater.

Der Leser mag wohl erraten, welches Gemisch von Freude und Furcht sich bei mir einstellte, als ich sie erblickte, denn ich erkannte alsbald, daß dies mein eigener Sohn war. Dann zeigte sie mir seinen Vater, der mein Bruder war. Ich hatte keinen Schleier, bedeckte aber das Gesicht mit einer Kapuze, so daß ich sicher war, er würde mich nicht erkennen, zumal ich länger als zwanzig Jahre fortgewesen und er mich auch nicht in Virginia vermuten konnte. Allein es bedurfte dieser Vorsicht nicht, denn eine Krankheit hatte sich bei ihm auf die Augen gelegt, und er konnte nur so viel sehen, daß er beim Gehen an keinen Baum stieß oder in keinen Graben fiel. Ich wurde dadurch so sicher, daß ich meine Kapuze zurückschlug und die beiden vorübergehen ließ. Es war etwas Trauriges, daß eine Mutter ihrem Sohn so nahe sein mußte, einem schönen, ansehnlichen jungen Mann von blühendem Aussehen und sich ihm doch nicht zu erkennen geben noch sich das geringste gegen ihn merken lassen durfte. Wenn eine Mutter, die Kinder hat, dieses liest, so wollte ich wohl, daß sie eine Betrachtung darüber anstellen und nachdenken möchte, wie mir dabei zumute war. Ich erkundigte mich bei der Frau, meiner Führerin, nach allen Einzelheiten und fand, daß meine Geschichte überall bekannt war. Dies lag mir Nacht und Tag schwer auf dem Herzen, ich konnte weder schlafen noch recht mit den Leuten umgehen. Mein Mann merkte es, wunderte sich darüber und tat sein Möglichstes, mich aufzuheitern, aber es war alles umsonst. Als er mich nach dem Grund fragte, erdichtete ich endlich eine Fabel, die eine Wahrheit zum Grund hatte. Ich sagte ihm, es ginge mir nahe, daß wir unsere Wohnung würden verändern müssen, da man mich an diesem Ort bald erkennen würde, wenn wir länger dablieben. Nachdem meine Mutter verstorben, hätten verschiedene meiner Anverwandten sich hier niedergelassen und ihnen müßte ich mich entweder entdecken, was sich in unserem gegenwärtigen Zustand wohl nicht schicken würde, oder wir müßten uns bequemen, einen anderen Aufenthaltsort zu suchen. Nun wüßte ich nicht, welches von beidem ich tun sollte, und darüber sei ich allzeit so tief in Gedanken.

Er war soweit mit mir einig, daß es sich nicht schickte, uns jemandem in diesem Zustand zu entdecken, viel lieber wollte er sich an einem anderen Ort des Landes, ja, in welchem Land ich nur wollte, niederlassen. Das war gut, aber nun stand mir dies bei unserer Entfernung im Weg, daß ich mich nicht genügsam wegen meiner mütterlichen Hinterlassenschaft erkundigen konnte. Außerdem durfte ich meinem jetzigen Mann das Geheimnis meiner vorigen Heirat nicht entdecken, es war eine Geschichte, die sich nicht so leicht erzählen ließ, und ich konnte nicht wissen, was daraus erfolgen würde. So war auch dies unmöglich, sofern ich mich nicht im ganzen Land ruchbar und zugleich bekannt machen wollte. Nach solchen Betrachtungen trieb ich meinen Mann an, die Gegend am Potomack zu verlassen, wo man uns gar zu bald erkennen würde, während wir an einem anderen Ort ebenso in Ehren leben könnten wie die anderen Pflanzer. Weil es den Leuten auch allzeit angenehm ist, Ankömmlinge und Nachbarn zu haben, die Geld und Gut mit sich bringen, so könnten wir gewiß sein, daß man uns an allen Orten willkommen heißen würde, wo

es auch noch unmöglich sein würde, etwas von unserem früheren Zustand zu entdecken.
Ich sagte ihm auch, daß ich verschiedene Verwandte an dem Ort hätte, wo wir jetzt wären und mich ihnen nicht zu erkennen geben wollte, da sie dann bald hinter das Geheimnis kommen und uns beschimpfen würden. Ich hatte auch Ursache, fügte ich hinzu, zu glauben, daß mir meine verstorbene Mutter etwas und zwar gar nicht wenig hinterlassen hätte, so daß es sich der Mühe lohnen würde, einmal danach anzufragen, was aber nicht geschehen könne, ohne uns öffentlich bloßzustellen, solange wir dort wären. Daher sei es am besten, diesen Ort zu verlassen und uns anderswo niederzulassen, von wo ich später kommen, meinen Bruder und meinen Neffen besuchen und mich ihnen offenbaren könnte, um nach dem meinigen zu forschen und es mit Ehren und Recht zu erhalten. Täte ich dies nicht, so wäre für mich ohne Ungelegenheiten wenig zu erhoffen, und ich müßte es mit Gewalt suchen, um es mit Fluch, Schimpf und Schande zu empfangen, was ich nicht ertragen könnte. Wenn ich auch gerichtliche Beweise zu bringen genötigt wäre, daß ich wirklich die Person sei, für die ich mich ausgäbe, so dürfte es mir wohl daran fehlen, und ich würde erst nach England deswegen schreiben müssen, und zuletzt doch nichts bekommen. Mit diesen Grün-

den brachte ich meinen Mann dazu, daß er mit mir den Entschluß faßte, uns an einem anderen Ort niederzulassen, und wir dachten zuerst an Carolina.

Danach erkundigten wir uns nach Schiffen, die dorthin segelten und bekamen bald Nachricht, daß sich eines jenseits der Bucht in Maryland befinde, welches von Carolina mit Reis und anderen Gütern angekommen sei und wieder dorthin zurückgehen wolle. Auf diese Nachricht hin mieteten wir eine Schaluppe, in die wir alle unsere Sachen luden, nahmen vom Potomack-Fluß Abschied und fuhren mit der ganzen Ladung nach Maryland hinüber.

Fünf Tage segelten wir, bis wir an das Vorgebirge Philippi kamen, aber das Schiff war seit drei Tagen fort. Das war ein garstiger Streich, da ich mich aber so leicht nicht abschrecken ließ, sprach ich meinem Mann Mut zu und meinte, da wir nun nicht nach Carolina kommen könnten, und uns außerdem das Land, wo wir waren, fruchtbar und gut schien, so wollten wir sehen, ob wir hier nichts nach unserem Gefallen finden und unsere Hütten aufschlagen könnten.

Wir gingen an Land, fanden aber dort keinen geeigneten Platz, uns niederzulassen oder unsere Sachen in Verwahrung zu bringen. Indes ein ehrlicher Quäker gab uns den Rat, etwa 60 Meilen weiter ostwärts, nämlich näher

an den Meerbusen zu fahren, wo er selbst wohnte und wo wir gute Gelegenheit finden würden, uns entweder dort neben ihm anzupflanzen oder uns in der Nähe dort einen besseren Ort auszusuchen. Er nötigte uns mit solcher Freundlichkeit, daß wir den Vorschlag annahmen, zumal er selber mit uns ging.
Hier kauften wir uns zwei Sklaven, nämlich eine englische Magd, die soeben von Liverpool angekommen war, und einen Neger, denn dies ist notwendig für die Leute, die dort im Land etwas anfangen wollen. Der Quäker war uns sehr behilflich, und als wir an dem vorgeschlagenen Ort ankamen, verschaffte er uns sogleich einen bequemen Packraum für unsere Güter und Unterkunft für uns und unsere Sklaven. Nachdem ein paar Monate verflossen waren, erhandelten wir von der Obrigkeit des Landes ein großes Stück Land, um eine Pflanzung daraus zu machen, dagegen gaben wir den Gedanken, nach Carolina zu gehen, gänzlich auf, weil wir uns hier gut einrichten, Land genug bebauen und Material zum Hausbau anschaffen konnten, was wir alles unter der Anleitung des Quäkers ausführten. In einem Jahr machten wir beinahe 500 Morgen Land urbar, wovon ein Teil umzäunt und der andere schon mit Tabak, wenn auch nicht dicht, bepflanzt war. Hier hatten wir auch bald Gartenland und Korn nebst Früchten, Gemüse und Brot für unsere Leute.

Nun beredete ich meinen Mann, daß er mich wieder hinübergehen und nach meinen Verwandten erkundigen lassen möchte. Er war um so bereitwilliger dazu, als er jetzt alle Hände voll zu tun hatte und sich daneben mit der Flinte manches Vergnügen schaffte. Wir sahen uns beide oft mit großem Wohlgefallen an und betrachteten, wieviel besser dieses Leben doch sei, nicht nur als in Newgate zu sitzen, sondern auch als die glücklichsten Zeiten, die wir beide jemals während unseres gottlosen Lebenswandels verlebt hatten.

Ich reiste also hinüber zu meinem Bruder und war entschlossen, ohne weiteren Aufenthalt geradewegs in sein Haus zu gehen und ihm zu sagen, wer ich sei. Aber da ich nicht wissen konnte, in welcher Laune ich ihn finden würde oder vielmehr in welchen Unmut ihn ein so plötzlicher Besuch setzen könnte, besann ich mich und schrieb ihm einen Brief, in dem ich mich ihm entdeckte und sagte, ich sei nicht gekommen, ihm wegen der alten Sachen, die nun hoffentlich vergessen seien, die geringste Ungelegenheit zu machen, sondern bloß, um mich als seine Schwester an ihn zu wenden und um das in Empfang zu nehmen, was meine Mutter für mich hinterlassen hätte, wobei ich an seiner Aufrichtigkeit nicht zweifelte, besonders, wenn er betrachte, daß ich deswegen die weite Reise gemacht hätte.

Ich ließ einige zärtliche Worte betreffs seines Sohnes mit einfließen, welcher doch mein eigenes Kind wäre und den ich sehnlichst zu sprechen verlangte, in der Hoffnung, er werde es mir erlauben, da wir doch beide an der verbotenen Ehe unschuldig gewesen wären. Ich könnte die mütterlichen Gefühle für mein Kind nicht unterdrücken, obgleich es mich weder auf die eine noch auf die andere Art kenne.

Das war der Inhalt meines Briefes. Ich stellte mir nun vor, daß er ihn gleich seinem Sohn zu lesen geben würde, da doch seine Augen so schwach waren, daß er ihn selber nicht lesen konnte. Allein es kam noch besser, als ich gedacht hatte, denn er hatte seinem Sohn schon lange erlaubt, alle an ihn gerichteten Briefe zu öffnen, und als der meine ankam, war der Vater eben nicht zu Hause, so daß mein Sohn den Brief selbst in Empfang nahm und ihn las. Er rief den Boten zu sich und fragte ihn, wo die Person sei, die ihm den Brief gegeben habe. Der Bote deutete ihm den Ort an, der ungefähr sieben Meilen von dort lag. Er ließ ihn warten, sattelte sein Pferd und ritt mit zwei Knechten und dem Boten zu mir hin. Nun kann man sich denken, wie ich mich entsetzte, als mein Bote wiederkam und sagte, der alte Herr sei nicht zu Hause gewesen, der Sohn aber sei mit ihm gekommen und stünde vor der Tür. Ich wurde ganz verwirrt, denn ich wußte nicht, ob das Frieden oder Krieg bedeuten und wie ich mich dabei benehmen sollte. Doch ich hatte nur wenig Zeit, darüber nachzudenken, denn mein Sohn folgte dem Boten auf dem Fuß nach und trat in meine Stube, fragte aber den Boten an der Tür etwas, vermutlich, ob ich die Person sei, die ihn gesandt habe, denn der Bote antwortete: Da ist sie selbst, mein Herr!

Hierauf kam er auf mich zu, küßte mich und nahm mich in die Arme, ich fühlte sein Herz klopfen wie bei einem kleinen Kind, das vor Seufzen und Schluchzen nicht weinen kann. Wir weinten eine Weile laut vor Freude.

Nachdem wir uns etwas erholt hatten und imstande waren zu reden, erzählte er mir, wie alles gekommen sei. Er habe seinem Vater meinen Brief nicht gezeigt noch etwas davon gesagt. Was seine Großmutter mir hinterlassen, habe er in Händen und wolle mir völlig Genüge leisten. Sein Vater sei alt und schwach, sowohl geistig wie körperlich, wunderlich, störrisch, mürrisch, fast blind und zu nichts mehr nutze, ja, es wäre zweifelhaft, ob er wissen würde, sich in einer so heiklen Sache wie dieser zu benehmen; darum sei er selbst hergekommen, sowohl um das Vergnügen zu genießen, mich persönlich zu sehen als auch, um mir anheimzustellen, ob es, nachdem ich alles wohl überlegt hätte, ratsam sei, mich seinem Vater zu entdecken.

Dies war alles so klug und vernünftig angefangen, daß ich meines Sohnes Verstand bewundern mußte und nicht nötig hatte, ihm Unterricht zu geben. Ich sagte ihm, es wundere mich nicht, daß sein Vater so sei, wie er ihn beschrieben habe, zumal er schon damals nicht ganz richtig im Kopf gewesen wäre, als ich ihn verlassen hätte, seine Hauptkrankheit sei darüber ausgebrochen, weil ich nicht ferner bei ihm bleiben wollte, als ich erfahren hatte, daß er mein Bruder sei. Da nun aber mein Sohn jetzt besser wissen müsse, wie es mit ihm beschaffen sei, so wollte ich mich nach seinem Willen richten, es wäre mir auch gleich, ob ich den Vater sähe oder nicht, da ich doch den Sohn gesehen hätte. Es wäre mir sehr angenehm, daß mein mütterlicher Nachlaß in seinen Händen sei, den er mir nun, da er mich als seine Mutter anerkenne, nicht vorenthalten wolle. Ich fragte hierauf, wie lange meine Mutter schon tot sei und wo sie gestorben. Nebenbei sagte ich ihm noch so viele besondere Umstände von unserer Familie, daß er nicht den geringsten Zweifel an meiner Person hegen konnte.

Mein Sohn fragte mich, wo ich mich aufhielte und wie ich lebte. Ich sagte ihm, mein Aufenthalt sei jenseits des Meerbusens in Maryland auf der Plantage eines besonders guten Freundes, der mit mir auf demselben Schiff aus England herübergekommen wäre. Er sagte mir, ich

sollte mit ihm nach Hause gehen und bei ihm leben, solange es mir gefiele. Sein Vater könne niemanden mehr erkennen und würde gar nicht auf mich kommen.
Ich überlegte ein wenig und sagte endlich, obgleich es mir kein geringes Herzeleid machte, so weit entfernt von ihm zu wohnen, ich könnte es doch nicht für gut halten, mit ihm in einem Haus zu sein und den unglücklichen Gegenstand allemal vor Augen zu haben, wodurch meine Ruhe ehemals so jämmerlich gestört worden wäre. Seine Gesellschaft würde zwar für mich die angenehmste von der Welt sein, allein ich würde mich doch stets zwingen müssen, damit ich mich in meinen Reden nicht verriete, ja, es wäre fast unmöglich, im Umgang mit ihm so vorsichtig zu sein, ohne daß ein paar Worte mit unterlaufen könnten, wodurch die Sache ans Licht käme und noch viel ärger würde.
Er gab zu, daß ich hierin recht hätte, aber er sagte: Meine herzliebe Mutter, wenn du nicht bei mir bleibst, so sollst du mir doch so nahe wie möglich sein. Darauf setzte er mich vor sich auf das Pferd und brachte mich nach einer Pflanzung, die nahe an der seinen lag, wo ich so gut bewirtet wurde, als wenn ich in seinem Haus gewesen wäre. Hier ließ er mich, ging nach Hause und versprach, mir am nächsten Tag Rechnung zu legen. Er nannte mich vor den Leuten Frau Base und befahl ihnen, es waren

dem Anschein nach seine Pächtersleute, mir mit aller Hochachtung und Diensteifrigkeit zu begegnen. Etwa zwei Stunden nach seinem Abschied sandte er mir eine Dienstmagd und einen Negerjungen, die mir aufwarten mußten und die auch mein Abendessen völlig zubereitet mitbrachten. So war ich sozusagen in eine neue Welt gekommen und wünschte fast, ich hätte meinen Mann aus Lancashire gar nicht aus England mitgebracht.

Doch war es mir mit diesem Wunsch nicht recht ernst, denn ich liebte diesen Mann von ganzer Seele noch wie am Anfang, und er verdiente es auch, wenn es überhaupt einer in der Welt verdiente. Doch dies sei nur nebenbei gesagt.

Am folgenden Tag besuchte mich mein Sohn ganz früh, als ich kaum aufgestanden war. Nach einem kleinen Gespräch zog er einen hirschledernen Beutel hervor und gab ihn mir. Es waren 55 spanische Pistolen darin, und er sagte, das sollten meine Reisekosten von England sein, denn obwohl es sich für ihn nicht schicke, danach zu fragen, so könnte er sich doch denken, daß ich nicht viel Geld mitgebracht hätte, zumal es auch nicht Brauch sei, ein Vermögen nach Amerika zu bringen. Zunächst zeigte er mir das Testament seiner Großmutter und las es mir vor.

Es ging daraus hervor, daß sie mir eine Pflanzung am

York-Fluß samt allen dazugehörigen Knechten, Mägden, Vieh usw. vermacht und die Verwaltung meinem Sohn aufgetragen hatte, falls etwa Nachricht von mir, meinen Erben und anderweitigen Kindern einlaufen sollte, in deren Ermangelung aber sollte mir freistehen, solche Erben zu ernennen, wie es mir gefällig wäre. Das Einkommen von dieser Pflanzung dagegen sollte mein genannter Sohn so lange genießen, bis ich mich melden würde, und falls ich nicht lebte, hätten er und seine Erben das Gut als ihr Eigentum anzusehen.

Obwohl diese Pflanzung weit von hier lag, hatte mein Sohn sie doch nicht verpachtet, sondern hielt dort einen Verwalter wie auch auf einer anderen nahe dabei gelegenen Pflanzung, die seinem Vater gehörte, und reiste etwa drei- bis viermal im Jahr hinüber, um Abrechnung zu halten. Da er nun merkte, daß ich mich lieber jenseits des Meerbusens niederlassen wollte, oder vielleicht Lust hätte, wieder nach England zu gehen, so erbot er sich, mein Verwalter zu sein und die Pflanzung so ordentlich zu halten, wie er es bisher für sich selbst getan, dabei meinte er, ich könnte wohl durchschnittlich das Jahr für 100 Pfund Tabak und bisweilen mehr daraus ziehen.

Ich sagte ihm, was die Erbschaft beträfe, so hätte ich kein Kind in der Welt als ihn und sei nun in einem solchen Alter, daß ich keines mehr bekommen würde, wenn

ich auch wieder heiraten sollte, bat ihn deshalb, daß er ein Schriftstück ausfertigen lassen möchte, worin ich ihn und seine Nachkommenschaft zu Erben der Pflanzung nach meinem Tod einsetzte, fragte ihn auch zugleich lächelnd, warum er so lange unverheiratet geblieben sei.
Seine Antwort war, es fänden sich in Virginia die Frauen nicht in solcher Menge wie in England, doch da ich wieder dorthin wollte, so bäte er mich, ihm eine gute Frau auszusuchen.
Ich blieb hier über fünf Wochen und hatte viel Mühe, um wieder wegzukommen. Ich mußte in seiner eigenen Schaluppe, welche als Yacht gebaut war, hinüberfahren. Dies nahm ich an und nach vielen Versicherungen beiderseitiger Liebe und Treue reiste ich ab. Ich erzählte meinem Mann alle Umstände dieser Reise, nur daß ich meinen Sohn einen Vetter nannte.
Im zweiten Jahr unseres Aufenthalts an diesem Ort schrieb ich an meine alte Hofmeisterin und erzählte ihr von unserer Freude und unserem Glück, trug ihr dabei auf, wie sie die übrigen bei ihr stehenden 250 Pfund anlegen und uns gewisse Waren dafür herübersenden sollte, was sie auch mit aller Bereitwilligkeit und Treue ausführte.
Die ganze Ladung kam in gutem Zustand an und mit ihr drei Mägde, starke frische Menschen, die mir meine alte

Hofmeisterin ausgesucht hatte und die recht geschickt zur Arbeit waren. Die eine hatte sich unterwegs von einem Matrosen schwängern lassen, noch ehe sie bis Gravesend gekommen war, wie sie mir nachher gestand und brachte etwa sieben Monate nach der Landung einen kräftigen Jungen zur Welt.

Man kann sich leicht denken, daß sich mein Mann nicht wenig über die Ankunft der Ladung aus England verwunderte, worüber er mich auch eines Tages befragte: Mein Schatz, sagte er, wo will das hinaus? Ich fürchte, du wirst uns tief in Schulden bringen. Wann werden wir soviel Vermögen haben, das alles zu bezahlen?

Ich lachte und versicherte ihm, das sei schon alles bezahlt, gab ihm auch zu verstehen, daß ich in Anbetracht dessen, was uns auf der Reise begegnen konnte und anderer Umstände wegen nicht mein ganzes Kapital mit mir genommen, sondern einen großen Teil davon in guten Händen gelassen hätte, und das hätte ich mir nun, da wir glücklich angelangt wären und uns einigermaßen eingerichtet hätten, auf diese Weise, wie er sehe, kommen lassen.

Er stutzte und zählte an den Fingern: erstlich am Daumen 246 Pfund an Geld, dann an dem Zeigefinger zwei goldene Uhren, Diamantringe und Silbergerät, dann am Mittelfinger eine Plantage am York-Fluß mit einem jährlichen Einkommen von 100 Pfund, an dem Goldfinger 150 Pfund in barem Geld, an dem kleinen Finger eine Ladung, die in England 250 Pfund kostet und hier zweimal soviel wert ist. Ich will denjenigen sehen, der da sagen kann, ich sei betrogen worden, als ich mich in Lancashire verheiratete; ich bin der Meinung, daß ich damals eine reiche, ja, eine sehr reiche Partie gemacht habe. Nachdem ich mich ein Jahr still zu Hause gehalten hatte, ging ich abermals über den Meerbusen, meinen Sohn zu besuchen und die Einkäufe des verflossenen Jahres abzuheben, wo ich gleich bei meiner Landung vernahm, daß mein Bruder und ehemaliger Mann verstorben und etwa vierzehn Tage zuvor begraben worden war. Dies war mir, ich muß bekennen, keine unangenehme Nachricht, denn nun konnte ich mich als eine verheiratete Person sehen lassen.

Ich muß noch bemerken, daß ich meinem Mann, sobald mein Bruder tot war, offenherzig die ganze Sache erzählte und auch den Vetter, wofür ich ihn erst ausgegeben hatte, als meinen Sohn anerkannte. Mein Mann machte sich nichts daraus, sondern sagte, er wäre auch zufrieden gewesen, wenn der Alte noch am Leben geblieben wäre, denn, sprach er, es war weder deine noch seine Schuld, es war ein Irrtum, für den keines etwas konnte. Auf solche Art lief es endlich ganz gut mit allen

Schwierigkeiten ab, und wir lebten miteinander in der erdenklichsten Zuneigung und im höchsten Glück bis ins späte Alter hinein.
Nachdem wir uns noch länger in Virginia aufgehalten hatten als die mir vorgeschriebene Frist erforderte und wir ungeachtet aller beschwerlichen Reisen, auch sonstigen vielen Ungemachs und Jammers beide noch ziemlich rüstig und gesund waren, stand uns der Sinn doch zuletzt wieder nach Europa und zwar eigentlich nach Irland, woher mein Mann stammte. Er war 68 und ich 70 Jahre alt, als wir uns entschlossen, unsere Angelegenheiten in Virginia in solchen Zustand zu bringen, daß wir ein ansehnliches Kapital daraus schlagen und uns damit auf die Reise begeben konnten.
Wir verkauften unsere Ländereien und segelten ohne einigen Aufenthalt nach Kinsale in Irland, wo wir glücklich an Land kamen und uns nach der Stadt Gallway begaben, wo mein Mann geboren war. Hier kauften wir uns einige Ländereien und lebten noch zwei Jahre in aller Ehrbarkeit und Glückseligkeit zusammen. Nach deren Ablauf wollte es das Schicksal, daß mir mein Mann – dessen eigentlicher Name Patrick Carrol war – durch den Tod entrissen und ich zum letzten Mal eine betrübte Witwe wurde.

Noch drei Jahre brachte sie im Witwenstand zu, bis sie endlich von Wassersucht und Engbrüstigkeit aufs Krankenlager geworfen wurde. Während der Krankheit, die elf Monate anhielt, hat sie weiter nichts geschrieben, sondern die ganze Zeit mit bußfertigen Verrichtungen in eifriger Andacht zugebracht, sich auch nicht mehr um die Welt gekümmert, vielmehr sich auf das künftige Leben vorbereitet. Es besuchten sie die Herren Geistlichen gar fleißig, besonders aber Reverend Price, ein vornehmer Prediger. In diesem Zustand lag sie bis zum 10. April, an welchem Tag sie denn im 75. Jahre ihres Lebens sanft und selig entschlief, zum nicht geringen Leidwesen der Armen, denen sie in ihren letzten Tagen ungemein viel Gutes getan hatte und dadurch ihr Gewissen erleichterte. Sie ließ 25 alten Männern jährlich 40 Schillinge austeilen, und 20 alten Frauen alle Jahre 30 Schillinge einer jeden, auch gab sie noch 40 Pfund an arme Kinder, damit sie in die Lehre kommen und ein gutes Handwerk ergreifen könnten.

Sobald sie gestorben war, wurde sie nach Landesbrauch schön eingekleidet und auf ein Paradebett gelegt. Das Haus war von unten bis oben schwarz bezogen. Über ihrem Sarg lag eine schwarze Samtdecke, das ganze Sterbezimmer war mit weißen Wachslichtern auf silbernen Leuchtern erhellt. So lag sie drei Tage und wurde von jedermann gesehen. Danach wurde sie in der St. Nicolaikirche begraben, unter Begleitung aller Verwandten von ihres seligen Mannes Seite, sowohl Frauen als Männern, alle in tiefster Trauer, und mehr als 120 Personen, denen allen goldene Ringe zum Andenken geschenkt wurden, worin die Worte standen:

Memento mori, Elisabetha Carrol obiit 1722.

Vier Frauen gingen vor der Leiche her und streuten schöne Kräuter und wohlriechende Blumen auf den Weg, ihnen folgten zwei Pedelle, deren Stäbe mit Zypressen umwunden waren, hinter diesen gingen zwei Prediger und der Küster. Das Leichentuch trugen die Frauen der vornehmsten obrigkeitlichen Personen von Gallway, sechs an der Zahl, und jede Frau wurde von ihrem Mann bei der Hand geführt. Nachdem die Leiche in der Kirche niedergesetzt war, hielt Dr. Shaw eine Trauerrede, nach deren Ende die Beisetzung in das Grab geschah, in das ihr seliger Mann drei Jahre zuvor gelegt worden war.